Una pequeña tienda de antigüedades en París

Una pequeña tienda de antigüedades en París

REBECCA RAISIN

Cualquier forma de reproducción, distribución, comunicación pública o transformación de esta obra solo puede ser realizada con la autorización de sus titulares, salvo excepción prevista por la ley. Diríjase a CEDRO si necesita reproducir algún fragmento de esta obra.
www.conlicencia.com - Tels.: 91 702 19 70 / 93 272 04 47

Editado por HarperCollins Ibérica, S. A.
Avenida de Burgos, 8B - Planta 18
28036 Madrid

Una pequeña tienda de antigüedades en París
Título original: The Little Antique Shop under the Eiffel Tower
© 2023 Rebecca Raisin
© 2023, para esta edición HarperCollins Ibérica, S. A.
Publicado por HarperCollins Publishers Limited, UK
© De la traducción del inglés, HarperCollins Ibérica, S. A.

Todos los derechos están reservados, incluidos los de reproducción total o parcial en cualquier formato o soporte.
Esta edición ha sido publicada con autorización de HarperCollins Publishers Limited, UK.
Esta es una obra de ficción. Nombres, caracteres, lugares y situaciones son producto de la imaginación del autor o son utilizados ficticiamente, y cualquier parecido con personas, vivas o muertas, establecimientos comerciales, hechos o situaciones son pura coincidencia.

Diseño de cubierta: Anna Sikorska © HarperCollinsPublishers Ltd 2016
Imágenes de cubierta: Shutterstock.com

ISBN: 978-84-10021-02-0
Depósito legal: M-29236-2023

Para mi madre,
que se privó de todo para que no nos faltara nada

1

Una deliciosa brisa de nomeolvides agitó las páginas del periódico y ocultó el titular que me había llamado la atención. Las fragantes flores azul cielo brotaban de las macetas del balcón, perfumando dulcemente el aire primaveral. Impaciente, sujeté las hojas, esperando equivocarme y que no hubiera malas noticias en el horizonte. Al menos para nuestros vecinos extranjeros.

—¿Qué pasa? —preguntó Madame Dupont, llevándose una pequeña taza de café negro a los labios pintados de escarlata—. Prácticamente tienes la nariz pegada a la tinta. Se desteñirá, ya sabes, y andarás todo el día con el texto del *French Enquirer* escrito al revés sobre tu piel.

Sacudí la cabeza con pesar. Solo Madame Dupont podía pensar en algo así. Era una mujer vivaracha de setenta y tantos años que seguía llevando la cara completamente maquillada, con las mejillas tan cubiertas de colorete que casi parecían moradas. Sus profundos ojos color avellana estaban delineados con kohl y enmarcados por unas pestañas postizas que parecían exóticos abanicos de ébano. Sin embargo, el brillo de su mirada era el de una mujer de la mitad de su edad, además tenía una vitalidad y una chispa difíciles de igualar. Penachos de humo se le arremolinaban en torno al pelo canoso, cuidadosamente peinado, que no se teñía, alegando que las mechas plateadas le sentaban bien a su tono de piel. Nunca le faltaba un cigarrillo encendido en una boquilla de marfil, una reliquia de otra época. Se la había encontrado en un mercadillo a orillas del Sena y la apreciaba mucho.

Por supuesto, cuando la regañaba por su adicción se reía a carcajadas y declaraba que sus vicios la mantenían joven. Madame Dupont dejaba en la sombra a la mayoría de la gente cuando se trataba de vivir; con su seductor encanto y su sofisticación francesa, era un icono en París. En su juventud, había sido una famosa cantante de *cabaret* y se había codeado con artistas de todo el mundo. Buscada por hombres y mujeres por igual, desesperados por formar parte de su vida y conocer sus secretos. Me divertía ver cómo la gente se peleaba por sus atenciones. Sin embargo, nuestros *tête-à-têtes* matinales tenían lugar en una tranquila avenida de París, para que pudiéramos cotillear en privado sin que algún lugareño viera a Madame Dupont y entablara conversación.

Las páginas en blanco y negro volvieron a revolverse insistentemente, como recordándome el artículo y el angustioso titular.

—Ha habido una oleada de robos en Sorrento, Italia —anuncié, entregándole el periódico a Madame Dupont—. La casa de subastas Dolce y la finca Rocher.

—¿Cómo? ¡Pero si acabamos de estar allí! —dijo Madame Dupont, poniéndose sus gafas con incrustaciones de diamantes y ojeando el artículo.

—*Oui* —dije—. ¿Se lo imagina?

Estábamos al tanto de nuestros homólogos italianos y de lo que comerciaban en el mundo de las antigüedades. Yo acompañaba a Madame Dupont de aventura por lugares exóticos; no podía resistirme a la idea de pisar suelo extranjero y respirar un aire distinto, sentarme bajo estrellas diferentes. Nos íbamos de compras cuando una colección deslumbrante nos llamaba la atención. Más aún Madame, propietaria de Emporio del Tiempo, que viajaba mucho para encontrar relojes únicos. Yo me había especializado en antigüedades francesas, y solo pujaba por piezas que fueran de mi país natal, pero que hubieran residido un tiempo en otro lugar. Entre ventas inmobiliarias, subastas, mercadillos y mis fuentes de información, tenía suficiente con París para mantenerme ocupada, pero un poco de pasión por viajar justificaba mis viajes.

Madame Dupont me había invitado a pasar dos días con ella en la ciudad de Sorrento. Acepté, pero su aguante en el trabajo y el juego me había agotado. En consecuencia, dormía la siesta por la tarde y reponía fuerzas para nuestras salidas nocturnas. Durante el día admirábamos las antigüedades expuestas precisamente en esas exclusivas casas de subastas, y Madame Dupont había pujado con éxito por algunos relojes exóticos. No se ofrecían antigüedades francesas, así que yo me limité a echar un vistazo a los lotes italianos.

Frunció el ceño.

—Oh, no... —dijo, articulando las palabras en silencio mientras seguía leyendo—. Qué tragedia que pierdan las colecciones L'Amore di uno y L'arte di romanticismo. Esas exquisitas joyas eran muy conocidas por su herencia italiana. Los diamantes rosas se habían convertido en sinónimo de Coco Salvatore, la soprano, a la que nunca, hasta su muerte unos años antes, se vio sin ellos.

En Sorrento enmudecimos de asombro cuando llegamos a las colecciones de diamantes rosas expuestas. La vida latía en ellos, como si hubieran absorbido algo de la vivacidad de la soprano, algo de su sonido.

Madame Dupont se llevó una mano al pecho.

—¡Qué noticia tan horrible! ¿Y si el ladrón hubiera pasado por delante de nosotras, pero estuviéramos demasiado absortas con los diamantes para darnos cuenta?

Asentí con la cabeza, dando un sorbo a mi café con leche.

—*Oui*, imagínese. Y no teníamos ni idea de que esas bellezas estaban a punto de ser robadas.

Alisándose la falda, Madame Dupont permaneció callada, hasta que finalmente dijo:

—Sin embargo, es un misterio cómo esos ladrones pueden anular una tecnología capaz de detectar el más mínimo susurro. Tienen que ser expertos en sistemas de seguridad y en todo lo que eso conlleva hoy en día. Yo apenas puedo enviar correos electrónicos, así que aplaudo su ingenio.

—¡Mujer! No puede aplaudir a los ladrones.

Hicimos una pausa mientras un coche diminuto aparcaba de lado en un hueco junto a nosotras. El minicoche era frecuente en París, y los conductores expertos maniobraban los minúsculos vehículos para encajarlos en cualquier hueco.

—¿Por qué? Es verdad, los hechos muestran que él es un ladrón de joyas con cerebro.

—¿Él? —pregunté.

Mirando al cielo, Madame se explicó:

—Claro que es un él. O tal vez es un equipo de él. Las mujeres respetan demasiado los diamantes como para robarlos. Quién sabe, pero sería mucho más fácil si fuera una sola persona. Cuanta más gente conozca el secreto, más probable es que los cojan.

Arrugué la frente con fingida consternación.

—Parece que habla por experiencia, Madame. —No pude evitar burlarme de ella.

El pasado de Madame estaba lleno de historias salaces, pero no salían de sus labios escarlata. Aún abundaban rumores escandalosos sobre sus días de gloria. El más infame era que había sido amante del idolatrado marqués Laurent en los años sesenta; era famoso por su estilo de vida extravagante, su riqueza obscena y sus vínculos con la realeza. Su romance fue escandaloso por muchas razones, pero todo el mundo recordaba sobre todo la ruptura: ella fue la primera mujer que le rompió el corazón. Nadie se alejaba del marqués a menos que él lo dijera, pero Madame Dupont lo hizo porque su plan de sentar la cabeza la aterraba. Ella no se había asentado entonces y no lo haría ahora. Ansiaba ser libre, ya fuera de un hombre, de un hijo o de un pariente.

Eso significaba que jugaba según sus reglas, siempre.

—¿Estás sugiriendo que en mi larga e intensa vida he sido una delincuente de algún tipo? —Una erupción de risitas juveniles brotó de ella.

—No me extrañaría, además nunca lo contaría. —Eso era lo que ocurría con el pasado de Madame: de la propia mujer se hablaba poco.

—*Oui*, mis secretos están bajo llave a menos que me vuelva senil, e incluso entonces espero tener el sentido común de mentir. —Sonrió. Me miró de reojo, mientras reflexionaba—. ¿Has pensado en ello, Anouk, en el trabajo que supone ser un criminal hoy en día? Lo que tendría que hacer para entrar y salir sin ser detectado es increíble. Luego está la venta del botín; nadie podría llevar las joyas, por si son reconocidas.

Corté el pico de mi cruasán. Los trozos de masa se esparcieron por la mesa.

—Qué desperdicio de objetos tan preciosos. No se trata solo del valor de las joyas, hay toda una historia ligada a esos diamantes. Y ahora se ha perdido para siempre. ¿Y para qué? Para estar guardados toda la vida en la caja fuerte de alguien. ¿Qué sentido tiene eso?

Comí despacio, reclinándome en la silla, y me volví hacia la Torre Eiffel, visible desde la *boulangerie* Fret-Co de la Avenue de la Bourdonnais. Madame Dupont y yo llevábamos años desayunando en el mismo sitio. Los clientes habituales entraban y salían rápidamente con una *baguette* recién hecha. Nada cambiaba nunca: el café siempre era fuerte, los cruasanes rebosantes de mantequilla y la vista de la torre parcialmente obstruida por las frondosas copas de los árboles, que se agitaban con el viento. Por las mañanas era un lugar tranquilo, solo el hombre encorvado de la puerta de al lado se paseaba silbando mientras arrastraba sus expositores de postales hasta el sendero y les quitaba el polvo con un trapo.

Madame Dupont vivía en un ático de la Avenue Élisée Reclus, una calle más allá. Casi de un salto llegaba a la Torre Eiffel. Mi pequeña tienda de antigüedades no estaba lejos de allí, más cerca de la Avenue Gustave Eiffel, y rodeada de naturaleza, frondosos árboles y exuberantes jardines, con flores que cambiaban con las estaciones.

—¡Codicia! ¡Eso es lo que es! —exclamó Madame Dupont—. Eso es lo que impulsa a estos compradores del mercado negro. Las colecciones no se perderán, no para siempre. Estoy segura de que los *carabinieri* atraparán a los culpables. Al fin y al cabo, hoy en día están igual de bien equipados tecnológicamente: siempre hay alguien vigilando.

Sus palabras pretendían tranquilizar, pero su tono musical agudo la delató. Sabía tan bien como yo que, si las joyas habían salido del país, las no las volverían a ver nunca.

—Quizá —dije, no muy convencida.

La avenida iba cobrando vida poco a poco: los coches avanzaban a toda velocidad tocando el claxon, los turistas con expresión soñolienta pasaban a la caza de un café... La habitual banda sonora de nuestra mañana, también una señal de que era hora de empezar nuestros propios trabajos.

Me terminé el café.

—Supongo que deberíamos estar agradecidas de que París no haya sido el objetivo.

Madame Dupont se limitó a levantar una ceja y dar un sorbo a su café.

2

Pasado el mediodía, la sombra de la Torre Eiffel entraba por el escaparate de mi pequeña tienda de antigüedades, proyectando una luz sepia sobre los tesoros que reposaban solemnemente en su interior. Los remolinos de color castaño y los matices dorados de la polvorienta luz del sol entraban en la tienda, reverberando sobre las antigüedades y haciéndolas parecer descoloridas, como una fotografía vieja. El espacio parecía de otro mundo, como si realmente hubiéramos retrocedido en el tiempo.

En lugar de entregarme a la bruma como de película, volví a centrarme en el asunto que tenía entre manos, incapaz de deshacerme de la sensación de que no todo era lo que parecía.

—Tienes mi palabra, Anouk —dijo Oceane, con sus ojos azules como la porcelana. Bajó la voz hasta un susurro—. Conozco a Agnes desde siempre. Es de confianza, te lo prometo.

Con un gesto de la mano, señaló a una mujer delgada y de pelo negro que estaba de pie unos pasos más atrás, que se sonrojó bajo mi mirada. Agnes jugueteaba distraídamente con las borlas de su bolso y no me miró.

—¿Es francesa? —susurré, aún no convencida.

Solo vendía mis preciosas antigüedades a quienes me presentaba un cliente de confianza. Un defecto que no cambiaría. Si vendía a cualquiera, ¿quién sabe qué pasaría con nuestro patrimonio? Incluso en tiempos difíciles económicamente, me aseguraba de vender a alguien de confianza.

De vez en cuando, Agnes perdía la compostura y miraba las joyas antiguas con un hambre que afilaba sus facciones. Era el tipo de persona a la que yo decía no, porque no me fiaba de sus motivos. No buscaban un trozo de historia o una reliquia que conservar, sino acumular cosas sin tener en cuenta el pasado. Había que proteger ciertos objetos con valor sentimental e histórico, y yo hacía todo lo posible por defender esos principios, a pesar de la presión económica que a veces suponía. Sin embargo, Oceane, de Érase una vez, una pequeña librería del Sena, era una clienta fiel y de confianza, y solo me presentaba a alguien si le parecía auténtico. Fue el cambio en la mirada de la mujer lo que me hizo dudar. Tal vez me habían inquietado las noticias de los robos italianos de esa misma mañana, y por eso analizaba los motivos de la mujer... demasiado.

Aun así, las antigüedades debían cuidarse. Había que asegurarse de que encajaban a la perfección con sus compradores. Lamentablemente, la tradición iba desapareciendo poco a poco, a medida que la gente miraba hacia el futuro en lugar de hacia el pasado. La tecnología y el deseo de tener todo al instante estaban pervirtiendo los viejos valores. Solo de pensarlo me deprimía.

—Claro que es francesa —dijo Oceane, atrayéndome hacia ella—. Su familia tiene una panadería en la Rue Saint-Antoine. Quiere un pequeño colgante de rubí para su madre. Sus padres celebran su cuadragésimo aniversario de boda. Te lo prometo, es de fiar.

La actitud cautelosa de la mujer cambió al mencionar el inminente aniversario de boda de sus padres. Un regalo de rubíes era tradición tras cuarenta años de matrimonio. Agnes sonrió ligeramente, con expresión relajada; miraba más allá de mí, como si pensara en ellos y en los recuerdos que habían creado en sus años de matrimonio. La observé durante un instante. Ella no era consciente de mi análisis, atrapada en algún lugar de su mente, con los ojos vidriosos, casi hipnotizada, dondequiera que la llevaran sus recuerdos.

Se me puso piel de gallina, señal inequívoca de que podía confiarle mis exquisitas joyas. A veces, me fiaba más de mi propia reacción visceral ante una persona que de cualquier otro indicio.

La mirada de Agnes se desvió hacia un sencillo colgante solitario de rubí en la vitrina, y allí se quedó. No era avariciosa, no los quería todos, solo una pieza perfecta; se podía leer en su rostro con tanta claridad como si las palabras estuvieran escritas en su piel. La preciosa gema centelleaba magnífica, incluso a la sombra del mediodía. Sus dedos encontraron el dobladillo de la blusa y jugueteó con él como si tratara de evitar alcanzar el rubí. Había elegido bien. Clásico, atemporal y absolutamente cautivador. Un rojo tan intenso que uno podría perderse en él.

Me enorgullecía averiguar el origen de cualquier compra que hacía, pues creía que sin eso la pieza perdía parte de su encanto.

—Acérquese. —Indiqué a Agnes—. Compré ese colgante hace unos años en una venta de bienes en la Provenza. ¿Le gustaría saber más sobre el pasado de la pieza?

Ella asintió.

—*Oui*, me gustaría mucho. Nunca he visto nada que le pudiera quedar tan bien a *maman*. De alguna manera, el resto de joyas pierde en comparación.

Era el colgante correcto, de eso estaba segura. Le dije:

—Cuando me hallaba en la subasta, una vecina vino a ver cómo se subastaban las pertenencias de su difunta amiga, así que me acerqué a ella y le pregunté qué sabía del colgante de rubí, qué había significado para su antigua propietaria. Al igual que a usted, me había llamado la atención entre todo lo expuesto. La vecina me dijo que la mujer había encontrado el amor cuando era joven y que le había durado toda la vida.

Agnes sonrió, quizá reconociendo lo mismo en sus padres. Continué:

—Su marido le había regalado el rubí en su luna de miel, y ella siempre estaba jugueteando con él, tocándolo, como para asegurarse de que seguía ahí. De todas las piezas que había tenido, la vecina dijo que el rubí era lo que más representaba su amor, y su longevidad.

Agnes ladeó la cabeza, atenta a la historia del rubí.

—¿Vivió una vida buena y larga?

Cuando un cliente compraba algo sagrado como el rubí, también se llevaba consigo la historia del dueño anterior. El rubí absorbía fragmentos del corazón y el alma de sus dueños, pasados y presentes, como por ósmosis, y pasaban a formar parte de él para toda la eternidad.

Sonreí.

—Sí. Ambos. Octogenarios, hasta que le llegó la muerte a él y, poco después, a ella. La vecina me contó que no todo eran campos de lavanda y risas. Discutían a gritos por el trabajo de él, que lo llevaba por todo el país y que a ella la dejaba sola en casa. Peleaban por su pelo: a él le gustaba largo y ella se lo cortaba. Una vez, en un arrebato, ella le tiró toda la ropa por el balcón y él se rio, lo que la enfureció aún más. La vecina decía que se atraían como imanes. Los altibajos fueron muchos, pero solo por el feroz amor que sentían el uno por el otro.

Hice una pausa, viendo cómo se iluminaba la cara de Agnes ante aquella historia fuera de lo común. Esta era la mejor parte de mi trabajo: saber intuitivamente que el rubí iba a ser apreciado no solo por su belleza, sino también por su historia. Seguí:

—Estuvieron casados sesenta y dos años, hasta que él falleció. Se decía que ella le escribió cartas de amor todos los días hasta que llegó su hora. Estuve a punto de quedarme yo misma con el rubí; me cautivó de tal forma su historia de amor...

Aquel día había antigüedades más valiosas y fáciles de vender, pero el rubí me atrajo y supe que tenía que quedármelo. Ahora sabía por qué: por la madre de Agnes. Si cerraba los ojos, podía verlo tal y como había sido entonces, colgando brillantemente de su escote aceitunado, con un ligero aroma a lavanda en el aire y un olivar a lo lejos. Pero tal vez no fuera más que una ensoñación, una imagen pintada por mi imaginación. Agnes me dedicó una amplia sonrisa.

—Mis padres aún van de la mano al trabajo. Discuten sobre qué receta de *baguette* es la mejor, y cuando digo «discuten», lo digo de verdad: con los brazos en jarras, la cara colorada, continuos gruñidos... hasta que alguien interviene y los aplaca diciendo que ambas recetas tienen sus méritos. *Maman* le dice que está como una cabra y él le dice a ella que es terca como una mula, y ambos empiezan a imitar sonidos de animales, hasta que uno de ellos empieza a aullar de risa, asustando a los clientes. Algunos días no se hablan, porque se han pasado el día charlando con su clientela habitual y se han quedado sin palabras. Otros días, ella apoya la cabeza en su hombro y él le murmura como si fueran las dos únicas personas en el mundo. Su amor sigue brillando...

—Y ahora refulgirá aún más —dije con una sonrisa.

Con cuidado, saqué el colgante de donde estaba guardado. Titiló bajo las luces como si dijera «sí».

—Para tu *maman*. —Se lo ofrecí para que lo mirara más de cerca.

Con un ligero temblor en las manos, cogió el colgante y susurró:

—Es perfecto.

Le cambió la cara ligeramente al ver la etiqueta con el precio, pero se contuvo admirablemente. Al tratarse de un regalo tan único y precioso, valía cada céntimo. Cualquier comentario que tuviera que ver con dinero me ponía de los nervios y me alegré de que no lo mencionara. Era de mal gusto y yo no negociaba, como tampoco lo hacía ninguno de mis clientes parisinos que se preciara de serlo.

—¿Puedo cogerlo...?

Le hice un gesto afirmativo con la cabeza.

—Deja que te lo envuelva.

Oceane sonreía agradecida mientras Agnes me miraba lustrar el colgante antes de colocarlo en una caja forrada de satén, envolverlo y atar una cinta de encaje antiguo alrededor para rematarlo.

—Que tengan muchos más aniversarios tan especiales como este —dije.

Agnes me entregó un fajo de euros bien colocados, con el rostro iluminado como el de un niño la mañana de Navidad. En momentos como este me daba cuenta de cuánto me encantaba mi pequeña tienda de antigüedades, y emparejar algo de toda una vida con una nueva familia, para empezar de nuevo en un nuevo hogar. Sabía que Agnes contaría la historia de la antigua propietaria del colgante a sus padres, y ellos sabrían que era algo más que una joya. Y cuando se lo legaran, también se recordaría su historia de amor.

—*Merci* —dijo Agnes, acunando la caja entre sus palmas abiertas, como si sostuviera algo tan delicado como un pajarillo.

En ese momento, un ruidoso grupo de turistas apareció junto al escaparate. Me puse rígida en respuesta.

—*Merde*. Son muchos —dijo Oceane, siguiendo mi mirada hacia los turistas que había fuera, encabezados por un guía que me traía a esa gente a propósito, sabiendo que yo los rechazaría. Inocentes que solo querían ver por qué tanto alboroto—. Ah, el legado omnipresente de Joshua, el americano cuya sombra se siente incluso cuando no está aquí.

Hace poco le había contado que mi exnovio, Joshua, había informado maliciosamente al editor de Solitary World, una de las guías más vendidas del planeta, sobre mi pequeña tienda de antigüedades y la habitación secreta. Desde entonces, estaba inundaba de gente que quería hacer fotos y tachar otra parada más en su lista de cosas que ver en París.

Me hervía la sangre cada vez que veía sus rostros decepcionados, los grupos que esperaban posar sus ojos sobre algo maravilloso y en cambio les decían que no había tal cosa. Pero yo tenía que proteger los delicados objetos a mi cargo. Si abría las puertas a cualquiera, me invadirían y todo se estropearían. O, peor aún, podían ser robados, y no podía enfrentarme a eso otra vez.

No le había contado a Oceane el resto de la amarga historia de la ruptura porque no quería que se compadeciera de mí, pero su venganza era lo mínimo que Joshua había hecho en su empeño por arruinar mi vida.

—¿Quieres que le eche la bronca al guía? No debería traerlos aquí solo para decepcionarlos —preguntó Oceane, mirando al grupo que se formaba en la puerta principal, con la nariz pegada al cristal.

—*Non*, no pasa nada. El guía sabe perfectamente que no es bienvenido, pero lo hace para entretenerlos.

«La *mademoiselle* francesa, que no deja que compremos en su tienda», exclamaba, como si fuera una novedad. Supongo que les parecía raro, pero luego se marchaban al siguiente lugar y esto se convertía en una anécdota más que contar cuando volvieran casa.

Caminé hacia la puerta y giré el cartel a «Cerrado». Me quité el polvo de las manos, ignoré las exclamaciones lastimeras del grupo y dirigí una mirada gélida al guía.

—Pero ¡qué pasa con la habitación secreta! —exclamó alguien.

La habitación secreta era solo eso, un secreto, y ningún dedo pringoso iba a tocar los tesoros que había allí ni a sacar fotos de lo que se escondía en sus profundidades.

El guía gesticulaba como un loco y montaba un espectáculo en su beneficio.

—Tienes que conocer el apretón de manos secreto si quieres comprar aquí —dijo, volviéndose y dedicándome una sonrisa voraz—. Anouk es poco convencional, como los objetos llenos de polvo que colecciona. La *mademoiselle* francesa que no deja comprar.

—¿Ves? —le dije a Oceane—. Es tan predecible...

—Un idiota —corroboró ella.

El grupo estaba encantado con semejante anomalía y me miraba a través del cristal. Hice todo lo posible por ignorar al guía, sabiendo que acabaría aburriéndose y proseguiría su camino. Lo que quería de mí era exactamente una reacción, así que me resistí a dársela.

En lugar de eso, me acerqué a Agnes, que seguía con la mirada fija en la caja que tenía en las manos, ajena a todo lo que ocurría a su alrededor.

—La próxima vez —le dije, tomándola el brazo—, no necesitas que te traiga nadie. Puedes visitar mi tienda tú sola.

Sus ojos se abrieron de par en par y se tapó la boca con una mano, ahogando un «*Merci! Merci!*».

Había algo en Agnes que ya me hacía confiar en ella. Normalmente no concedería a un cliente primerizo la posibilidad de comprar de nuevo sin volver con otro cliente fiel durante meses, a veces años. Pero aparte de la primera sensación de inquietud, había intuido que Agnes era el tipo de persona que apreciaba la belleza antigua, que la valoraba; se notaba por la forma instintiva en que respondía a la historia del rubí. Había trabajado mucho para conseguir lo que tenía, al igual que sus padres, y había sinceridad en ella. Me había gustado que no idealizara el amor de sus padres, sino que contara su historia con todos sus defectos. A mis ojos, esos atributos hacían a una persona íntegra y totalmente digna de confianza para mis tesoros.

—*Merci*, Anouk —dijo Oceane—. Has hecho que su aniversario sea muy especial. Hasta pronto.

Tras un beso en cada mejilla, salieron al esplendor del ventoso día primaveral.

Al abrir la puerta, la algarabía y el jolgorio del exterior se colaron dentro. París estaba en flor: desde las flores mismas hasta la afluencia de visitantes y el brillo del sol. El tenue eco de las barcas por el Sena llegó hasta mi pequeña tienda de antigüedades, arrastrado por el viento, con su aroma terroso e insondable, que soplaba suavemente por el cielo azul aciano de París.

Distraída por los elementos, me sobresalté cuando una cámara me deslumbró la cara. Me apresuré a parpadear para alejar el orbe que nublaba mi visión. El grupo de turistas seguía cerca. Sostenían teléfonos en alto, sacando fotos, acercándose a mí y diciendo:

—¡Diga «patata»!

¿Por qué siempre dicen eso? ¿«Di patata»? No tiene ningún sentido.

—*Au revoir* —le dije fríamente al guía turístico, y cerré la puerta.

En silencio, maldije a Joshua por traicionar mi confianza y romperme el corazón. Con la cantidad de cosas malintencionadas que hizo, salir en la guía de viajes de Solitary World y los estragos que causó perduraban mucho después de que él se hubiera ido. Aun así, había aprendido una valiosa lección y me reafirmé contra los hombres y también contra los desconocidos, sabiendo que no volvería a cometer el mismo error.

Una de las mujeres del grupo me dedicó una sonrisa de disculpa que le devolví antes de asentir con un gesto de agradecimiento.

3

—¡*Bonjour*, Anouk! ¿Qué tal? —La voz entusiasta de mi hermana pequeña reverberó por toda la tienda, después de que se lanzara desde la puerta y diera dos grandes zancadas para envolverme en sus brazos, sofocándome en los mechones perfumados de melocotón de su pelo.

Era una joven alegre y alocada, con unas ganas de vivir inigualables. En teoría era estupenda, pero si pasabas más de un día con ella te dabas cuenta de que te dejaba exhausta, como si sus reservas de energía te robaran las tuyas. Era difícil seguirle el ritmo, siempre en movimiento y con montones de ideas. Con su espíritu libre y su carácter voluble, mi padre esperaba que siguiera mi ejemplo, así que la había enviado a estudiar a París para que sentara las bases de su vida, conmigo como una especie de carabina. Lilou se saltaba sus normas y desobedecía sus consejos, aunque no en su cara ni por teléfono. Si paraba lo suficiente en casa y él la pillaba al teléfono, mentía, o me daba instrucciones a mí para que mintiera sobre lo que realmente estaba pasando. Jugaban al gato y al ratón y yo era una participante involuntario.

Papa pensó que yo la guiaría por el buen camino, aunque hasta ahora lo único que había hecho yo era no contarle la verdad cuando Lilou escapaba de su tedioso curso de asistente jurídico y se marchaba a algún lugar... con el grito de guerra: «¡Solo se vive una vez!». Era suficiente para que me echara las manos a la cabeza y pensara en ella como si fuera mi hija descarriada en lugar de mi hermana pequeña.

Hasta ahora había tenido menos suerte que *papa* para que se centrara. Si él hubiera sabido que estaba faltando a clase, se habría puesto furioso. Pero Lilou era como una bola de demolición, imposible de parar una vez que se ponía en marcha, y muy lista para manejar la situación a su favor. Sin embargo, había que reconocer que vivía la vida a su manera.

—Lilou, ¿dónde has estado? *Papa* ha estado llamando todos los días —dije, tratando de cambiar mi expresión para parecer seria, lo cual era difícil cuando su rostro resplandeciente me deslumbraba. Cómo la quería, con su locura y todo.

Ella se encogió de hombros.

—*Papa* puede llamar todo lo que quiera. Odio ese curso de asistente jurídico. No voy a hacerlo. —Sacudió la cabeza—. No quiero trabajar en un bufete de abogados; la monotonía me mataría.

Reprimí una sonrisa; sabía que era verdad. *Papa* quería que Lilou fuera asistente jurídica, estaba empeñado en ello después de haber oído a un orgulloso vecino hablar maravillas de su hija y de la vida de ejecutiva que llevaba, pero Lilou no era así. Un trabajo de oficina la marchitaría como a una rosa sin luz solar.

Vivir el momento estaba bien por ahora, pero yo coincidía con él en que debía tener alguna profesión. Me preocupaba que un día se encontrara perdida, sin habilidades ni ambiciones reales.

—Te cortará la paga si no estudias, y entonces ¿cómo pagarás tu piso?

Como siempre, ignoró la pregunta y dijo:

—Estoy trabajando. No necesito estudiar. Y por suerte... —sonrió—, mi trabajo me da la libertad de viajar. Solo necesito ganar más dinero, ¡lo que me llevará tiempo! No tiene nada de malo ganarse la vida haciendo joyas... Es una carrera de verdad.

Era obvio que Lilou no se dejaría convencer.

—Es un *hobby* fantástico, y podría convertirse en un negocio si te dedicas a ello, pero no ganas ni de lejos lo suficiente ni para pagar el alquiler. La tienda de Etsy o eBay no te dan ni para tus gastos, y mucho menos para el estilo de vida que llevas. *Papa* se preocupa, eso es todo.

Las joyas de Lilou era espectaculares, pero se vendían por una miseria, y no veía posible que el negocio aumentara hasta un nivel que le permitiera vivir cómodamente, porque «trabajo» era una palabra desconocida para ella.

Con un movimiento de su larga y sedosa cabellera, puso los ojos en blanco.

—Tengo que empezar en algún sitio. Etsy o eBay son grandes trampolines para mí. Claro que no estoy aún en el distrito 7... —Hizo una mueca, burlándose de mí por la ubicación y la exclusividad de mi tienda—. Pero es un comienzo. *Papa* debería centrarse en su propia vida, y tú también. No permitas que te obligue a ser mi niñera.

Sonreí.

—Buena idea —dije con voz sarcástica—. Aquí está el teléfono. —Levanté el auricular—. Llámalo y se lo explicas a él.

Tuvo la gracia de sonrojarse, las mejillas se le colorearon, haciéndola parecer más hermosa aún.

—Bueno... ¿Quizá podríamos aplazarlo unas semanas más, Anouk? Solo hasta que aumente mis ventas. —*Papa* tenía sus costumbres y ninguna de los dos quería hacerle frente, con lo desabrido que era—. Olvídalo por ahora —dijo ella—. Vi la más magnífica puesta de sol en Marsella. Voy a crear toda una línea de joyas naranjas en homenaje a ella. Vamos a comer y te lo cuento todo. He dejado a Claude en tu apartamento para que podamos comer sin prisa. —Se inclinó sobre el mostrador para coger mi bolso, después con un movimiento rápido me agarró del brazo y me empujó hacia la puerta.

Me detuve y busqué a tientas las llaves.

—¿Claude está en mi apartamento?

—Sí, has hecho una observación muy válida, y estaba pensando en ello, incluso antes de tu perorata. Tienes toda la razón: no puedo mantenerme con lo poco que me da *papa* y lo poco que gano con mis joyas, así que he dejado mi piso para quedarme contigo y ahorrar dinero en el alquiler. Sabía que apoyarías mi decisión... —Frunció el ceño al ver mi expresión de horror.

—Lilou...

—¿Qué? Tú misma dijiste que tenía que calcular mis gastos y fijar objetivos a largo plazo. Eso es exactamente lo que he hecho. Echaré de menos mi apartamento, pero hay que hacer sacrificios. Vivir contigo será uno grande, pero estoy pensando en mi futuro, como tú querías. ¡Y qué contentos estarán *papa* y *maman* sabiendo que me vigilas de cerca...!

Respiré hondo para tranquilizarme, desarmada por su astucia. Vivir con ella sería, como mínimo, una lección de paciencia, tolerancia y desorden.

—Es que... Me gusta tener mi propio espacio, como bien sabes.

Se giró para mirarme.

—Claude y yo lo usaremos como base de operaciones, eso es todo. No te preocupes, seguirás teniendo tu libertad.

Con la tienda cerrada y el cartel de «Cerrado» colocado, dejamos la discusión y salimos. En Francia estamos acostumbrados a almuerzos largos y, a veces, a echar una siesta en casa antes de volver al trabajo. Es una forma de relajarse y reponer fuerzas. No había prisa por llegar al fin de semana porque cada día era un buen día, con sus propios ritmos.

—Espera, ¿quién es Claude? —pregunté.

—¡Mi novio! —Se acercó, sujetándome del brazo, así que no tuve más remedio que seguirle el ritmo.

Zigzagueamos entre multitudes que disfrutaban del espectáculo de un animado día primaveral parisino.

—¿Cómo? ¿Qué ha pasado con Rainier? —pregunté, tratando de recuperar el aliento mientras ella me empujaba hacia delante.

Antes de que Lilou desapareciera hacía tres semanas, estaba colada por un francés guapísimo cuya naturaleza melancólica la intrigaba. Rainier era un vinicultor de Haut-Médoc que se estaba tomando un año para explorar su país natal y ampliar sus horizontes, bebiendo burdeos; un enófilo de manual, quien, mientras cenaba y bebía, se lamentaba de las complejidades del vino como si recitara poesía. Pensé que era perfecto para ella, lo bastante misterioso como para mantenerla expectante y, por tanto, interesada.

—Oh —vaciló. Sin duda trataba de formular una mentira para suavizar el hecho de que se había desecho de él como del corazón de una manzana—. Simplemente no éramos compatibles. *C'est la vie.*

—¿*C'est la vie* otra vez? —No pude ocultar el reproche en mi voz.

Una cosa era levantar el vuelo cada vez que aparecía algo más brillante que perseguir, pero ella había dejado un rastro de corazones rotos a su paso y yo sabía muy bien lo que se sentía. No podía decirle lo que era importante, porque de todas formas no me escucharía, pero me irritaba que fuera tan frívola con los sentimientos de los demás. Yo le echaba la culpa a su juventud y esperaba que se le pasara. Aunque nos separaban seis años, a veces me parecían veinte.

—Me gustaba Rainier. Era un hombre sensible.

Me ignoró y guiñó un ojo a dos jóvenes sentados en la hierba. Lilou era una coqueta incorregible que guiñaba el ojo, saludaba y susurraba por todo París, solo por diversión.

Apartando la mirada de los chicos, dijo:

—Podría haberos emparejado a Rainier y a ti. Deberías habérmelo dicho.

Contuve un grito de asombro y solté una carcajada ante la ridícula idea.

—¡No para mí, para ti!

Paseamos por los márgenes de los Campos de Marte. Hacía siglos, este espacio verde de 800 metros de extensión se utilizaba como huerta. Antaño, los lugareños cultivaban la tierra y obtenían abundantes cosechas, que vendían allí mismo. Ahora era un parque frondoso donde se podía hacer pícnic y contemplar la Torre Eiffel.

—Aún no conoces a Claude. Su hermano Didier vive en París y resulta que es crítico de arte. De arte. Le gusta el arte. A ti te gusta el arte.

Como si eso bastara para irse a la cama con alguien, que era en lo que ella me insistía constantemente que hiciera. Sacudí la cabeza con un enérgico no.

—No hagas eso otra vez, por favor.

Su misión era emparejarme con un hombre, cualquier hombre; el único requisito parecía ser que respirara. Hasta ahora me había presentado a un conde de sesenta años con un bigote como el de Dalí, a un guitarrista con rastas y al último y más explosivo: un mago que no dejaba de amenazarme con hacer desaparecer mi ropa. Me estremecía pensar en semejantes amantes.

Caminamos en silencio, disfrutando de la brumosa luz del sol en nuestros rostros. Veinte minutos después llegamos a uno de nuestros restaurantes favoritos, Mille, cerca de Los Inválidos. Dentro de los distintos edificios que componían el Hôtel National des Invalides había museos y monumentos relacionados con el Ejército francés, y tras sus muros se encontraba la tumba de Napoleón Bonaparte. Era un lugar sagrado y cargado de historia, muy frecuentado por los turistas, que podían pasear gratis por la mayor parte del recinto.

Mille servía comida tradicional francesa y una selección de buenos vinos. Era el lugar perfecto para un almuerzo tranquilo, y era un buen punto de observación de la gente, una de mis actividades favoritas.

El *maître* nos reconoció y se apresuró a indicarnos una mesa junto al ventanal. Le dimos las gracias y cogimos las cartas que nos ofrecía. Lilou pidió vino blanco sin consultarme y, como era su costumbre, puso ojitos al pobre hombre enamorado.

—*Vin blanc*, ¿vale? —preguntó, apoyando la cabeza en la mano y dedicándome una sonrisa perezosa.

—Si ya lo has pedido, ¿no? —Arrugué la frente, tratando de parecer contrariada, pero no me salió.

—*Oui*, lo he hecho. —Se rio, y sus ojos azules se iluminaron.

Nos parecíamos físicamente, pero Lilou tenía un aire juguetón que le confería un aspecto radiante, algo que yo nunca había tenido, ni siquiera en mi adolescencia. Aunque nuestros rasgos eran parecidos, nuestro estilo era muy diferente. Yo solía llevar ropa de época, al estilo de los años cuarenta; Lilou iba muy a la moda, y seguía las últimas tendencias, incluso con su limitado presupuesto. Siempre llevaba el pelo suelto y brillante, como una modelo de champú, y yo lo llevaba rizado o en un recogido. Ella prefería el maquillaje natural y yo, el *look* dramático de ojos ahumados y labios escarlata. Sin embargo, muchas veces asaltaba mi armario en busca de pañuelos o vestidos, lo habitual en las hermanas pequeñas.

Ojeé la carta y me decidí por el plato del día y Lilou se decantó por el filete de ternera con salsa bearnesa y patatas *dauphinoise*. Para ser una chica tan delgada, comía tan bien como un hombre. Pedía primero y segundo y terminaba la comida con un rico postre, del que yo robaba un bocado, y luego pedía otra botella de vino. Le tenía tomada la medida y no tenía dudas de que yo pagaría el almuerzo y sus complementos. Era agradable poder desconectar durante unas horas con alguien que me conocía tan bien.

Disfrutaba de nuestro tiempo juntas y del hecho de que pudiéramos ser nosotras mismas y relajarnos durante la tarde. Me preguntaba si eso cambiaría cuando viviéramos juntas. Pensar en Lilou causando estragos en mi impoluto apartamento, donde todo estaba en su sitio, era suficiente para arrepentirme de no haberle dicho que no, pero ¿cómo iba a hacerlo? Los apartamentos parisinos eran caros y sabía que ella no podría seguir pagando el suyo durante mucho tiempo más. Me tranquilicé y le hice prometer que habría ciertas normas que tendría que respetar. Seguramente se portaría bien.

Pedimos nuestros platos y el camarero nos llenó las copas de vino. Me eché hacia atrás y sentí que mis extremidades se relajaban con el primer sorbo de vino blanco.

—Como iba diciendo —dijo, dando a su cabello el movimiento de costumbre—, sé que mis opciones de emparejamiento para ti no han sido ideales, pero este Didier... —Fingió abrirse el escote como si tuviera calor y movió las cejas sugerentemente—. ¡Vaya! En serio, tienes que conocerlo.

Chasqueé la lengua como hacía mi madre cuando Lilou se comportaba «demasiado Lilou».

—No, gracias. Tus elecciones han sido francamente horribles. —La fulminé con la mirada—. ¿Un mago? ¿Un conde de sesenta años? Puedes pensar que soy una mujer madura ya, pero solo tengo veintiocho años, por el amor de Dios. No creo que necesitemos llegar a ese extremo todavía, y menos un hombre tan mayor como para ser mi padre.

Ella se inclinó hacia delante y susurró:

—Algunas mujeres encuentran muy atractivos a los zorros plateados, que lo sepas.

Era como hablar otro idioma con Lilou.

—¿Zorros plateados...?

—*Oui* —dijo ella—. Zorros plateados, ya sabes...

Dio una palmada sobre la mesa y soltó un rugido de placer.

—Silencio, Lilou. *Mon Dieu!* —Todas las miradas se dirigieron hacia nosotras.

—¿Qué? —resopló—. No puedes tener el corazón roto eternamente. Seis meses es suficiente tiempo de duelo, demasiado tiempo para un hombre como él. Necesitas tener una aventura apasionada.

Me revolví en mi asiento, esperando que nadie entendiera sus frases aceleradas.

—No estoy de duelo —me burlé—, ni mucho menos. No tengo tiempo, eso es todo.

Lilou conocía los detalles íntimos de Joshua porque la *petit espion* había encontrado mi diario y había leído cada palabra. Si no fuera por eso, no sabría nada, porque ¿quién le contaría al mundo una historia de terror como esa?

—Además, si tuviera tiempo para una relación, no lo reservaría para el tipo de hombres que sugieres... ¿«Un zorro plateado»?

Ella soltó una carcajada.

—¡Dijiste que querías a alguien extraordinario! El gris es el nuevo negro, ¿no?

Arqueé una ceja.

—No lo creo, Lilou. —De verdad, era tan inflexible con las cosas más ridículas...

Alisó su vestido mientras se echaba hacia atrás en su silla y dijo:

—Hermana mía: odio decirlo, pero solo tienes veintiocho años. No ochenta y ocho. ¿Por qué no te diviertes un poco mientras esperas al Señor Perfecto? Incluso Madame Dupont se acuesta con más hombres que tú, y tiene casi ochenta años.

Madame Dupont había convertido a Lilou en su confidente cuando se trataba de asuntos íntimos. Lilou guardaba bien los secretos cuando quería y Madame Dupont confiaba en ella. Reconocían algo en la otra: una chispa de similitud, de vidas vividas de la misma manera, con solo medio siglo de diferencia.

Me esforcé por no poner los ojos en blanco ante la expresión de decepción de Lilou.

—Para algunas de nosotras no todo es sexo, ¿sabes? La intimidad es mucho más que eso.

Suspiró.

—¿Qué quieres: flores, bombones? ¿Un soneto o dos? ¿Tu nombre escrito en el cielo? —Fingió bostezar como si estuviera aburrida—. ¿Un romance tierno? No, Anouk, no. Tienes que desempolvar tu lencería, lanzarte sobre el primer galán disponible y dejar que la naturaleza siga su curso. Alto octanaje, un montón de aventuras y, *boom*, nunca recordarás cómo se llamaba.

Era imposible no reírse. «¿Desempolvar mi lencería?».

—Gracias por tu aportación, Lilou, pero no creo que sea un consejo muy sabio. Echarme a los brazos de cualquiera como si estuviera desesperada por tener sexo o algo así. ¿Por qué tanta prisa? ¿Y si Monsieur Disponible es un sociópata loco? Podría estar casado, o ser un inadaptado, o un ludópata. ¿Y si tiene la espalda peluda? ¿O pasión por montar muebles? —Reprimí una risita ante la expresión sombría de Lilou—. ¿Qué hay de malo en tomarse un tiempo para conocer a alguien y luego expresarle amor con pequeños regalos, especialmente un poema?

—Es tan del siglo pasado... —Levantó las manos—. Y seamos realistas, ¿vale? No vas a conocer a nadie atrapada en el trabajo o encerrada en tu apartamento, ¿a que no? Ya puedo ver tu lápida. —Me miró por encima del hombro, y, arrugando la cara como si estuviera llorando, con un sollozo fingido dijo—: Aquí yace Anouk LaRue. Nació. Trabajó. Murió. Deja atrás su querida tienda de antigüedades, que la echará mucho de menos. —Para dar efecto, escondió la cara entre las manos y fingió llorar, llamando una vez más la atención de los curiosos. Si ellos supieran...

—No hay nada de malo en cuánto trabajo. Se llama —pronuncié lentamente—: ser responsable. Prepararme para el futuro. Un hombre lo complicaría todo. Cuando llegue el momento, volveré a salir con alguien, pero ahora mismo me dan ganas de gritar. Simplemente no me queda ni un minuto del día para preocuparme por otra persona. Haces que parezca que necesitamos a los hombres para sobrevivir. ¡No es así!

Se quitó las manos de la cara.

—¿No tienes tiempo? Te pasas una eternidad leyendo el periódico. Juegas con el portátil todas las tardes. ¿Cuánto tiempo necesitas para el amor? Joshua era un novio horrible. Lo entiendo. Pura maldad y suficiente para romper el más duro de los corazones, pero ¿y qué? Eso fue hace un millón de años, es hora de olvidarlo. Si te escondes, significa que sigue ganando. ¿No necesitamos hombres? Tampoco necesitamos vino, pero ¿no es mejor la vida con él?

Sacudí la cabeza. Ella no lo entendía ahora y no lo entendería nunca. Lilou era un espíritu libre y muy diferente a mí. Sin embargo, sugería que yo echaba de menos el amor, pero para mí no era un problema. El simple hecho de pensar en otro hombre en mi vida me horrorizaba. No podía imaginarlo. No lo necesitaba. No lo echaba de menos. Elegiría siempre la opción del vino, sin dudarlo.

—Lencería aparte, Lilou, en realidad es más complicado que eso y lo sabes. Tengo que trabajar el doble, incluso el triple, desde que Joshua vendió el piano. Mis ahorros estaban invertidos en esa pieza, y sin ninguna ayuda de los gendarmes, ¿qué podía hacer, salvo luchar para vender antigüedades con descuento para que mi negocio no quebrara? Aún estoy intentando estabilizar mis economía y reponer existencias. Y si eso es lo que te hace el amor, olvídalo.

Incluso después de todo este tiempo, el recuerdo de Joshua y de lo que había hecho aún me escocía. Fui una tonta por haber creído una sola palabra de lo que salía de su melosa boca. Escuchaba embelesada cada una de las frases que salían de sus labios. Tan exótico con su acento americano y su mirada de ojos brillantes. Sus declaraciones de amor parecían sinceras y me llevaban a un lugar en el que nunca había estado.

—No tengo tiempo de hacer un repaso de sus mentiras. —Bebí otro sorbo de vino, agradecida por sus propiedades adormecedoras.

Joshua se había llevado una selección de antigüedades de la habitación secreta; entre ellas, un piano muy raro, muy caro, y me había prometido que irían a parar a buenos hogares, a gente que conocía de toda la vida. El pago vendría después. La venta financiaría nuestro «gran plan».

Y los compradores eran franceses, dijo. De confianza.

En aquel arrebato de amor, le había creído. Por supuesto que lo había hecho.

Fue la mayor de las sorpresas cuando me topé con ellos en una subasta en Internet y me enfrenté a él.

—*Non, non, non* —imitó mi acento francés—. ¿Recuerdas tus mensajes? Las antigüedades son mías, ¡como dijiste tantas veces! *Au revoir*, Anouk. Fue divertido mientras duró.

Atrapada.

La gendarmería no pudo ayudarme. Dijeron que yo se los había regalado. Tenían pruebas. Mensajes de texto que provenían de mi móvil, diciendo esas palabras exactas. Joshua era inteligente. Me había estado tomando el pelo, así lo llamaba. Se burlaba de mí por «regalar» mis tesoros y, como la idiota enamorada que era, le seguí el juego en nuestros mensajes de texto, esperando meses a que estos supuestos compradores pagaran. Cuando me di cuenta de lo que había hecho, ya estaba del brazo de otra mujer. Las antigüedades desaparecieron. Y esos mensajes volvían a mi memoria para burlarse de mí.

«¡El piano de cola de Fania Fénelon es tuyo! Un regalo para ti. Con amor, Anouk xxx».

Fue la forma fría y calculadora en que lo hizo lo que me dio miedo; la idea de que un hombre pudiera fingir un amor como el nuestro rompió algo dentro de mí. Supliqué, grité, rogué a los gendarmes que me escucharan, pero me miraron aburridos y me pidieron que volviera con más pruebas, como si yo tuviera que hacer el trabajo por ellos.

Joshua y yo habíamos planeado reunir nuestros ahorros y comprar las mejores antigüedades, construir un museo para que el mundo entero pudiera contemplar una belleza tan rara, y no solo la gente que podía permitirse esos lujos. Para ello, habíamos necesitado vender algunas piezas más grandes con el fin de financiarlo, y luego buscar lo más famoso, lo más ilustre que Francia podía ofrecer. Yo no sabía que las vendía para amasar su propia fortuna... Había jugado conmigo, sabiendo instintivamente que yo caería en la trampa porque el sueño de mi vida era abrir un museo de objetos valiosos.

Lo que más me dolió fue que le amaba. Cuando todo salió a la luz, me di cuenta de que había estado enamorada de un fantasma. Joshua no era quien decía ser. El hombre que yo amaba no existía. El que me cogía de la mano mientras dormíamos, o me despertaba con besos de mariposa, era una farsa. Así que si me mantenía alejada del mundo, era por eso, y no iba a disculparme por ello.

Por desgracia, Joshua seguía trabajando en el circuito de antigüedades, así que me lo encontraba a menudo, y era como una puñalada en el pecho.

Lilou me dio una palmadita en la mano, arrastrándome de vuelta al presente.

—No todos los hombres mienten —me dijo mirándome de forma incisiva.

Me reí.

—¿Y cómo lo sabes? Tu relación más larga ha sido de tres semanas, Lilou.

Me fulminó con la mirada.

—Puede ser que tres semanas sea mi límite con un chico, pero eso es porque no he conocido a nadie que me haga querer más. —Levantó un hombro—. Sé lo que hizo ese *crétin* y las secuelas que quedan. Lo estrangularía si supiera que puedo enterrar su cadáver y salirme con la mía. —Sus ojos se encendieron al pensarlo—. Todo lo que sugiero es que vuelvas al juego de las citas con algunas aventuras de una noche. Escoge un tipo duro, uno que tenga «fobia al compromiso» escrito por todas partes, y a partir de ahí...

—¡Lilou! No podría hacer eso. *Non*. Necesito saber más de un hombre antes de dejar que se acueste en mis sábanas de algodón...

Arrugó la nariz.

—Oh, Dios, ¿porque son antigüedades también? Bueno, ¡cámbialas por unas baratas de supermercado por una noche! —Su tono de voz se elevaba con cada palabra.

Un camarero que estaba rellenando la copa de vino de una mujer en la mesa contigua a la nuestra, la llenó en exceso, concentrado en nuestra conversación. El vino rojo rubí se derramó, manchando el mantel blanco. La mujer se lamentaba y el camarero se disculpaba profusamente.

Lilou le señaló con el pulgar.

—Un buen ejemplo: bonito *derrière*, firme; ojos soñolientos y sensuales labios carnosos. Imagínate esos brazos rodeándote entre las sábanas...

Esta vez el camarero volcó la copa de vino de la mujer. El líquido borgoña se derramó velozmente y cayó rápidamente sobre la falda blanca de la mujer. Lilou les echó una mirada de soslayo.

—Vale, quizá él no, es demasiado torpe.

El rostro del camarero se tiñó de escarlata.

—¡Para! —siseé, luchando por mantener la compostura—. Entiendo lo que quieres decir y lo tendré en cuenta.

Se bebió medio vaso de vino.
—Odio cuando dices eso.

Lilou y yo estábamos delante de la pequeña tienda de antigüedades, flojas después de comer, y nos despedimos con un abrazo.

—Nos vemos esta noche —le dije.

—En realidad, no. —Lilou me dedicó una sonrisa pícara—. Me voy a seguir un festival de música por Normandía con Claude. Pensé que podría hacer una colección de joyas basadas en el sonido. Es un viaje de investigación.

—¿Cómo? —Mi instinto de hermana mayor se puso en marcha—. Acabas de volver. Rainier y tú solo os ibais una semana. Han pasado tres, ahora Rainier se ha marchado y hay alguien llamado Claude, ¿y te vas a un festival de música? Pensé que estabas trabajando en una línea de joyería inspirada en la puesta de sol. ¡No, Lilou! Se supone que tienes que estar estudiando. Al menos trata de hacerte una página web para que tengamos munición, por si *papa* se entera.

Soltó un largo gruñido como si yo fuera un grano en el culo. Podía adivinar lo que vendría a continuación...

—¡Anouk, solo se vive una vez!

Voilà!

Cuando Lilou se proponía algo, era una fuerza de la naturaleza. A pesar de que su vida carecía de rumbo, tenía la sensación de que siempre saldría adelante gracias a su encanto y su ingenio. Era irresistible cuando mostraba su radiante sonrisa. En el fondo era una descarada, pero yo la quería mucho, aunque añadiera un elemento de drama a mi ya ajetreada vida y generaba la preocupación que llevaba en el corazón cuando se marchaba a una de sus aventuras. Estaba desesperada porque alguien o algo la frenara y la mantuviera en un lugar el tiempo suficiente para que echara raíces y se asentara.

Temía otra llamada de mi padre preguntando por ella. Tendría que cruzar los dedos y mentir una vez más, sabiendo que al final todo esto me salpicaría.

Una parte de mí la envidiaba; yo nunca había sido tan frívola. Mis días giraban en torno al trabajo, la búsqueda de antigüedades, la investigación de su historia, los viajes cerca y lejos para asistir a ventas y subastas, la búsqueda de joyas en mercadillos y ferias de antigüedades... No me quedaba tiempo para nada más. Me dedicaba en cuerpo y alma a mi negocio. Me mantenía firme ante cualquier incertidumbre que se me presentara.

Me sacudí la familiar sensación de angustia antes de que pudiera instalarse del todo y nublara mi estado de ánimo.

—Cuando me llame *papa*, ¿qué sugieres que le diga?

Con un gemido dijo:

—¡Dile que estoy en la biblioteca! O en el grupo de estudio, o saliendo con un abogado..., qué más da. —Típico estilo despreocupado de Lilou.

—Al final se va a enterar y entonces los dos tendremos problemas.

Se rio, alto y fuerte.

—¿Qué puede hacer?

—Puede cortarte el subsidio...

Su rostro palideció.

—Cierto, así que miente bien. —Me dio un beso de despedida y se alejó—. ¡Volveré pronto!

Las palabras burbujeaban, soplando hacia mí en la brisa perfumada del Sena. Observé cómo se alejaba hacia el atardecer, como una actriz de cine, con su larga melena ondulante y su paso alegre.

Por el rabillo del ojo noté que alguien me observaba. Me giré, esperando que no fuera otro cliente no invitado. Un hombre estaba sentado en uno de los bancos del paseo. Llevaba pantalones chinos y una camiseta blanca ajustada. Sus labios se curvaron en una sonrisa cuando establecimos contacto visual. Era guapísimo, con el pelo rubio peinado hacia atrás como si acabara de bajarse de un barco azotado por el viento, y sus gafas de piloto reflejaban mi propio gesto sorprendido. Por un breve instante, me planteé el consejo de Lilou: salir con un hombre, cualquier hombre, y ver qué pasaba. Se puso en pie, como si fuera a acercarse a mí, y de repente la idea me pareció ridícula. Entré en mi tienda lo más rápido posible y cerré la puerta, asomándome por la cortina de encaje. Seguía mirándome, con una sonrisa divertida en la cara. Con un movimiento rápido, se levantó y me saludó con la mano, haciéndome volver corriendo a los oscuros rincones de la tienda. Mon Dieu, ¡sabía que le había estado observando!

Durante un minuto de descuido, el desconocido de físico atlético y rostro espléndido me había intrigado. Quizá había bebido demasiado vino a la hora de comer. Me obligué a mantenerme ocupada y aparté de mi mente cualquier idea tonta. Había trabajo que hacer.

4

En los Jardines de Luxemburgo, los tulipanes asomaron sus cabezas amarillas como si quisieran saludar. Eran unas flores muy alegres y abundaban ahora que había llegado la primavera. Era la hora punta en el parque; turistas y lugareños por igual se sentaban en el borde de las fuentes, leyendo, charlando o mirando al infinito. Se extendían alfombras de pícnic a cuadros, sobre las que se colocaban cestas cargadas de viandas para el almuerzo.

Normalmente, me sentaba a observar a la gente, a escuchar lo que decían e imaginar quiénes eran esos desconocidos y qué les había traído a París, pero hoy no tenía tiempo que perder. Había quedado con alguien que tenía información pertinente sobre una subasta y tenía que actuar con rapidez. Mis fuentes eran variadas, algunas un poco turbias y otras pertenecientes al sector tradicional de las antigüedades. Me hacían confidencias porque se fiaban de mí y sabían que solo quería lo mejor para las antigüedades francesas.

Sentado a la sombra de un castaño estaba Dion. Un contacto mío de sesenta y tantos años que me daba información sobre antigüedades y sobre mis competidores. Nos habíamos hecho íntimos con los años, y en cierto modo me trataba como a una hija. Cuando llegó a Francia, tenía poco más que la ropa que llevaba puesta; ahora poseía un bonito apartamento y contaba con unos ingresos fijos vendiendo cierta información.

Pero su pasión eran los refugiados. Daba mucho dinero a organizaciones benéficas y a menudo se iba a trabajar como cooperante durante los meses de invierno. Dion no sabía que yo estaba al tanto de sus actividades benéficas, pero lo había investigado, como él a mí. Así funcionaba el circuito. Sabía que venía de un país devastado por la guerra y que había salido justo a tiempo para salvar su vida; sin embargo, lamentablemente la mayor parte de su familia no había podido marcharse. Por eso, creo, siempre andaba buscando algún negocio, algo para mantener a raya la soledad. Algo que le ayudara a olvidar, al menos durante un tiempo.

—Anouk. —Asintió solemnemente, como era su costumbre.

—*Bonjour*, Dion. ¿Qué tienes para mí? —Siempre íbamos directos al grano; a Dion no le gustaban las charlas triviales.

—Un pergamino arcano, originario de Antibes. Está algo dañado por el paso del tiempo, pero aun así es tan raro que podrías ponerle un precio alto si lo vendieras. El vendedor solo quiere que desaparezca. Heredó un montón de antigüedades de su abuelo, pero no las tiene en ninguna estima. Ya sabes cómo son los jóvenes de hoy...

Como Lilou, pensé con una sonrisa.

—Claro, claro. Entonces, ¿qué pasa? ¿Quién se enfrenta a mí? —Había que ser rápido en este negocio o arriesgarse a salir perdiendo. Cada uno tenía sus propios medios y su manera de llegar el primero.

Dion sacudió la cabeza, el espeso mechón de pelo negro no se movía ni un milímetro, tan cargado de gel que brillaba plateado a la luz del sol. Su rostro estaba delineado por el cansancio. A menudo me preguntaba si, en su afán por recopilar información, se había esforzado demasiado, en detrimento de su propia salud. Se alejaba de los tipos de la alta sociedad y de los ricos, sentía poco respeto por los que nacían con la cuchara de plata en la boca.

—Hasta ahora solo Joshua está husmeando. Ese tipo tiene olfato de sabueso. Siempre va un paso por delante.

El pulso se me aceleró ante la mención de Joshua, que parecía extenderse como la peste a lo largo y ancho, descolocando a la gente. Dion conocía mi relación con Joshua porque yo le había pedido ayuda para recuperar el piano de sus garras. Fue en vano. Aun así, Dion se había esforzado y su lealtad había significado mucho en un momento tan oscuro. En el circuito de las antigüedades, la crueldad era una característica clave, y la emoción y el afecto se mantenían al margen, o muy bien ocultos, por lo que la generosidad de espíritu de Dion me había conmovido. En la ciudad me tenían por excéntrica porque a menudo me enamoraba de una pieza que solo tenía valor sentimental, y pujaba por objetos que otros marchantes consideraban sin valor.

Me uní a Dion en el banco de madera con un fuerte suspiro.

—¿Otra vez Joshua? Ojalá la gente no se dejara engañar tan fácilmente por su encanto. —Pero ¿cómo no iban a hacerlo? Era afable, zalamero y absolutamente seductor, además tenía mucha práctica en cortejar a la gente para satisfacer sus necesidades.

Dion entrelazó las manos.

—El problema con Joshua es que para él todo es un deporte. Ganará y utilizará cualquier argucia a su alcance. Al final se aburrirá y seguirá su camino, Anouk. La gente como él siempre lo hace.

A lo lejos, una madre y su hijo iban de la mano, dando pequeños pasos sobre la hierba.

—Eso espero. En algún lugar muy muy lejano.

Deseaba que su sombra no aparecería siempre allá donde yo fuera.

—Entonces, ¿algún consejo sobre cómo convencer al nieto para que me lo venda?

Ya mi cerebro estaba dando vueltas a varias ideas. Cómo conseguir el pergamino, quién podría tasarlo (tendría que ser un experto en la materia) y, por último, a quién podría vendérselo. Conocía a una mujer que disponía de todo lo necesario: una habitación con humedad controlada, el tipo de vitrina adecuado para evitar el polvo y proteger el delicado pergamino... Madame Benoit, que vivía cerca de los Campos Elíseos, estaría encantada. Era una parisina de unos cincuenta años a la que le encantaba coleccionar piezas raras.

—El nieto se está formando como músico clásico. Toca el violonchelo, entre otras cosas. No sería descabellado pensar que cambiaría el pergamino por el violonchelo Mollier. Se dice que le encanta Mollier, que en paz descanse.

Sonreí.

—¡El violonchelo Mollier!

Dion ya tenía medio cerrado el trato por mí. Así era: por fuera un tipo duro, por dentro un osito de peluche que cuidaba de sus clientes más cercanos.

—Mi presupuesto para el violonchelo era de unos diez mil euros. Si me lo cambia por el pergamino, me llevaría una buena comisión. Es hora de visitar a nuestro joven músico y ver qué se puede hacer.

Dion me estrechó la mano y me entregó un papel doblado. Sin leerlo, supe que contendría el número de teléfono y la dirección del hombre.

—Avíseme si necesita un chófer —dijo.

—*Oui*, lo haré.

Dion sonrió, mostrando los dientes manchados de tabaco.

—Cuando lo consigas, no te olvides de tus amigos, ¿vale? —Me guiñó un ojo.

Le devolví la sonrisa.

—Nunca. Y hasta que se cierre el trato, aquí tienes algo para entretenerte.

De mi bolso saqué una botella de Château Lafite Rothschild, un vino de Burdeos, y se la entregué a Dion. Mantenía mi bodega, que en realidad no era más que un botellero en un rincón de mi tienda, repleta de buen vino para tener algo tangible con lo que dar las gracias.

—¿Un Château Lafite Rothschild? Esto vale mucho dinero, Anouk. —Inspeccionó la etiqueta de la botella. Dion sabía mucho de todo, desde vinos hasta antigüedades, pasando por los secretos de la gente.

—Es lo menos que puedo hacer. —Me incliné para darle un beso en su rostro sorprendido.

—*Merci* —dijo, recomponiéndose—. Llámame si puedo ayudarte con el nieto.

Sonreí y asentí con la cabeza.

—Lo haré, como siempre.

Dion no creía en las llamadas largas, pensaba que el Gobierno nos escuchaba y nos grababa a todos. Si yo le llamaba, él me indicaba automáticamente un lugar para reunirnos, y eso era todo.

Sentía debilidad paternal por Dion. La vida había sido una lucha para él y estaba haciendo todo lo posible por salir de un agujero negro con todos los medios a su alcance. A veces se le nublaban los ojos, echaba los hombros hacia delante, como si la tristeza se cerniera sobre él y lo oprimiera. En ocasiones, pensaba en jugar con él al mismo juego que Lilou jugaba conmigo y ser su casamentera, pero sabía muy bien que no debía entrometerme. ¿Quién era yo para ayudarle a encontrar el amor cuando yo misma había sido tan espectacularmente mala?

—Siento mucho la pérdida de su abuelo —dije en voz baja después de presentarme. Intenté por todos los medios no perder el contacto visual ni exclamar por los suntuosos muebles que me rodeaban. Además, no era apropiado, dadas las circunstancias.

El joven, Andre, asintió solemnemente y se quedó mirando por el ventanal. Estaba a las afueras de París, en la localidad de Rocquencourt, en la exuberante finca de la familia. No lejos de allí estaba el Palacio de Versalles y, aunque la finca de Andre era mucho más pequeña, por lo que había visto hasta entonces era igual de opulenta que el antiguo castillo real.

Andre disfrutaba la serenidad de un amplio jardín con un pequeño lago, pero estaba bastante cerca de París, lo cual le daba lo mejor de ambos mundos. En la propiedad había establos y algunas perreras. El jardín estaba rodeado de espesos setos y árboles de tronco grueso, muy juntos entre sí, como una hilera de rudos guardianes que protegieran la propiedad.

—*Merci* —dijo finalmente. Su rostro delgado y demacrado parecía mucho más maduro de lo que Dion pensaba.

—¿Estabais muy unidos? —Me quería morir por mi entrometimiento, pero algo en él sugería que estaba enfadado, más que afligido. Fue solo una sensación, por la fugaz mirada cuando mencioné a su abuelo.

Dejó escapar una risa amarga.

—No, no éramos íntimos. A menos que fueras un fajo de euros enrollados, no tenía tiempo para ti.

—Oh —respondí, sin saber qué decir ante algo así.

—Mi abuelo era un hombre frío, que se movía únicamente por dinero. De ahí que no desee continuar con su legado de coleccionar cosas que nunca serán apreciadas. Supongo que habrá oído hablar del pergamino arcano.

Entrelacé mis manos, sintiendo una oleada de empatía por Andre.

—Sí. —Me había sorprendido que me hubiera invitado a su casa sin aclarar el motivo de mi visita, como si supiera que iba a ir. Dion, de nuevo, ayudando a engrasar la rueda—. Esperaba conseguir para usted el violonchelo del difunto señor Mollier a cambio del pergamino, si le parece un acuerdo razonable.

—La música de Mollier era la banda sonora de mi juventud, una forma de bloquear el mundo real.

Se sonrojó, como si hubiera dicho demasiado, así que me apresuré a tranquilizarle.

—La música tiene la capacidad de ser una amiga, una vía de escape cuando más la necesitamos.

—*Oui*—dijo sonriendo.

—¿Puedo ver el pergamino? —Redirigí la conversación deprisa, sin querer asustarle por ponerme demasiado personal, intentando ser profesional y enérgica.

Me observó durante un buen rato. Me pareció que estaba sopesando si podía confiar en mí. Solo esperaba poder permitirme cualquier contraoferta que me hiciera, como el violonchelo por el pergamino, y quizá algo más, si el pergamino se hallaba en buen estado. Debido al robo de Joshua, mi negocio seguía tambaleándose, así que no tenía la gran reserva de fondos que solía tener para tratos como este.

El pelirrojo Andre sacó una llave del bolsillo y abrió un cajón. Por el ligero aroma que desprendía, supe que se trataba de un espacio con humedad controlada. Me tranquilizó saber que el pergamino había estado bien cuidado durante su estancia aquí.

—Anouk, por favor, acérquese, pero no lo toque. Es muy fino y tendrá que ser manipulado correctamente por expertos si se traslada de aquí. —Aunque no era partidario de conservar las colecciones de su abuelo, al menos respetaba las antigüedades, lo que hizo que me compadeciera aún más de él.

Me acerqué con una mano en la garganta y el pulso acelerado. El primer arrebato de excitación al ver algo que tenía cientos de años no disminuyó en ningún momento. Estaba tan bien conservado como podía estarlo dada su antigüedad, aunque dañado en algunas partes, como si le hubieran prendido fuego y alguien hubiera apagado la llama a tiempo de salvar el objeto. Parecía un mapa del tesoro de cuento de hadas, con sus bordes negros y ásperos. Pero en lugar de esbozos geográficos, contenía texto.

—Es un poema —dijo sonriendo.

La postura de Andre se relajó; al sonreír, parecía infinitamente más joven. Qué odio debía de albergar en su corazón para transformar todo su ser cuando recordaba a su abuelo, y qué rápido desaparecía en cuanto se distraía.

Me acerqué e intenté leer las diminutas palabras, escritas en una cursiva florida difícil de traducir. La piel se me puso de gallina y supe que no podía cambiar el violonchelo por el pergamino. Este valía demasiado dinero y no podría dormir por la noche si no era sincera con Andre. Pero ¿tendría fondos suficientes para cerrar la operación?

—Es impresionante —dije apartando la mirada y encontrándome con la de Andre, cuya expresión volvía a ser atormentada—. Un tesoro.

—Me gustaría aceptar su oferta —contestó bruscamente—. El violonchelo de Monsieur Mollier a cambio del pergamino. Pero solo si los expertos transportan el pergamino, y usted responde por su seguridad durante el traslado y con su nuevo dueño. Por mucho que odie lo que representa, sigue teniendo importancia histórica, y no me gustaría verlo arruinado por una manipulación inadecuada.

—*Oui*, por supuesto, puedo arreglar todo eso. Pero hay un problema —dije, agitando las manos, inquieta—. Este pergamino vale más de lo que pensaba. Aunque está ligeramente quemado en los bordes, la escritura se conserva bien. Tendría que llamar a un especialista para que investigara su origen y su posible autor, pero sé por experiencia y por lo que he visto que vale mucho dinero. Mucho más que el violonchelo.

Andre se dirigió a los lujosos salones y se sentó, indicándome que hiciera lo mismo.

—Tengo documentos de numerosos eruditos que han estudiado la época. También puede quedárselos. Y soy muy consciente de su valor, Mademoiselle LaRue, pero verá: esto solo me trae malos recuerdos. Mi abuelo manipuló al antiguo dueño, le intimidó para que lo vendiera por mucho menos de lo que valía en realidad. Luego tuvo el descaro de alardear de ello. La codicia es algo terrible; puede convertir a los hombres en monstruos. —Con un triste encogimiento de hombros, miró a lo lejos por la ventana. Su abuelo sonaba demasiado parecido a Joshua para mi gusto. Continuó, con voz suave—: Esta es una forma de expiar lo que hizo.

Comprendía sus motivaciones y pensaba que Andre era el tipo de hombre que el mundo necesitaba. Alguien que no se guiara únicamente por el dinero o la codicia.

En voz baja, confesó:

—He preguntado a quién debía vendérselo y su nombre no ha dejado de aparecer. Sé que le encontrará el hogar adecuado. Entonces será un capítulo cerrado para mí, y eso me gustaría mucho.

No sabía qué decir ante tanta generosidad.

—*Merci*, Andre, es muy amable de su parte, y tiene mi palabra de que le encontraré el hogar perfecto. Entonces, aseguraré el Mollier, y le llamaré una vez que lo tenga.

Me quedé en silencio una vez más, encantada por el hecho de que la gente hubiera hablado tan bien de mí y porque Andre fuera un ser puro de corazón para compensar los negocios turbios de su abuelo.

—*Oui.* —Sus facciones se suavizaron—. Mollier fue una inspiración para mí. Poseer algo tan extraordinario como su propio violonchelo de concierto sería un honor.

En el exterior, un perro viejo y peludo ladró con desgana antes de acomodarse en uno de los bancos bajo una hilera de acacias. Me volví hacia Andre.

—Espere a tenerlo en sus manos. No ha perdido su brillo después de todo este tiempo. Seguro que hay magia en su interior.

Andre me dedicó una amplia sonrisa.

—Esperemos que se quede ahí cuando toque y no huya despavorido. —Hizo una mueca de autodesprecio.

Lo que había averiguado sobre Andre me sugería que su talento era asombroso, pero me di cuenta de que era de carácter humilde.

El ambiente se había relajado y yo deseé que Andre pudiera cerrar esta etapa de su vida y seguir adelante.

—Estoy segura de que le añadirá otra capa de magia.

Cerramos el trato con un apretón de manos y nos despedimos.

Andre me acompañó hasta el coche en medio de la luz mortecina de un día primaveral. Dion hacía hoy de chófer y estaba sentado leyendo un periódico, entrecerrando los ojos para protegerse del suave sol que brillaba a través del parabrisas.

Sonreí y le di a Andre el acostumbrado beso francés de despedida en ambas mejillas.

—Estaremos en contacto. *Au revoir.*

De vuelta en el coche, informé a Dion de lo que había ocurrido con Andre y de la razón por la que se alegraba de que se fuera el pergamino.

—La vida es algo tan complejo... —Arrancó el motor. El coche ronroneaba, era el orgullo de Dion y estaba reluciente. Nunca entendería la relación de los hombres con los coches—. Tienes que asegurar ese violonchelo; no lo pierdas, Anouk.

—Lo haré. Pujaré hasta que caigan todos. Espero que los instrumentos más vistosos y famosos atraigan al público y me dejen el Mollier a mí.

Salimos tranquilamente de la finca y nos dirigimos a las verjas de bronce. Cuando se abrieron, un llamativo cupé deportivo rojo se salió de la carretera, se metió en el camino de entrada y se detuvo bruscamente, esparciendo gravilla a su paso. El polvo se levantó y fue directo a mi ventanilla abierta.

—¿Quién es este tonto? —Escupí en medio de la polvareda.

Estaba a punto de soltar una andanada de improperios al temerario conductor cuando me fijé en su cara. Era el chico guapo con gafas de piloto que había estado delante de mi tienda el día que comí con Lilou. Me lamenté para mis adentros. Pensaba que era un guapo veraneante, pero estaba claro que también era un tratante y me pisaba los talones. No te puedes fiar de nadie. Esta profesión está plagada de camaleones y di gracias a mi buena estrella por no haber entablado conversación con él aquel día, animada por el vino blanco que me corría por el torrente sanguíneo. Otro competidor en un negocio ya asfixiante.

Se pasó una mano por el pelo rubio y me dedicó una sonrisa ostentosa.

—¿Esta es la casa de Andre?

¡Un americano! Mi mente lanzó una advertencia: mantente alejada. Ya me había dado cuenta de que sería un problema, con su aspecto de *playboy* y esa arrogancia que acompañaba al dinero, la ambición y el deseo de ganar a cualquier precio. Lo había visto demasiadas veces como para que me pasaran desapercibidas las señales. Apreté los labios y pulsé el botón de mi ventanilla.

Poco a poco el cristal le impidió verme, pero no antes de que captara su guiño. En serio, ¿cómo ayudaba el guiño en esta situación? ¿Creía que me derretiría y se lo contaría todo? Aficionado.

—No tardan mucho en olfatear un negocio —le dije a Dion.

—Olvídate de él. No conoce la historia.

Me recosté en el asiento de cuero y cerré los ojos.

—*Oui*. Tienes razón. Andre lo enviará de vuelta por donde ha venido.

5

Desaparición de antigüedades en París a manos de una presunta red de contrabandistas

La gendarmería de París está investigando un robo que tuvo lugar durante la pasada noche en la prestigiosa casa de subastas Vuitton, en la Rue Saint Honoré de París. Se cree que el robo está relacionado con el ocurrido recientemente en la ciudad italiana de Sorrento, pero no se han ofrecido más detalles. La casa de subastas Vuitton ha emitido hoy un comunicado en el que afirma que sus cámaras de seguridad han sido manipuladas y que el ladrón ha anulado los sistemas de alarma de alta tecnología, incluidos los sensores infrarrojos de última generación. Se sospecha que la excepcional colección de joyas robadas podría alcanzar los doscientos mil euros en el mercado negro de los Estados Unidos, adonde se cree que se envían las antigüedades, después de que la policía registrara una casa del sur de California y encontrara unos pendientes que se cree que son los robados en Sorrento. Se ruega a quien tenga alguna información que acuda a la gendarmería local o que contacte vía telefónica.

Se me revolvió el estómago. ¿Una red de contrabandistas? ¿Se habían multiplicado? ¿No se trataba solo de un ratero sin escrúpulos como en las películas? Volví a abrir el periódico, ojeé la página siguiente por si había algún detalle más, pero no encontré nada. Parecía que el ladrón estaba interesado en las joyas, y Francia tenía una gran cantidad de ellas bajo llave, especialmente en París, donde se encontraban muchas casas de subastas exclusivas.

Las joyas se perderían para siempre, y con ellas su historia. Me daba migraña imaginarme aquellos preciosos recuerdos siendo robados en la oscuridad de la noche, envueltos apresuradamente, maltratados y desaparecidos para siempre.

La sangre se me escurría de la cara hasta la punta de los dedos de los pies, pero era el día de la subasta y no tenía tiempo para hacer llamadas ni buscar pistas. Tenía que ganar el violonchelo para asegurarme el pergamino.

Una vez vestida y preparada, me apresuré a bajar por el Boulevard Saint-Germaine en dirección al distrito 8. La ventaja de vivir en París era que no necesitaba coche; iba andando a todas partes. Si estaba demasiado lejos, usaba el metro. Conducir era una molestia en esta bulliciosa ciudad y me alegraba poder evitarlo.

Con el sol a mis espaldas, estaba casi segura de sentir la presencia del ilustre François Mollier, el famoso violonchelista fallecido hace más de medio siglo. Me había enterado de que sus descendientes vendían algunas piezas selectas de su colección musical para financiar un parque temático situado en los terrenos de su finca. La idea me hizo llorar en mi plato de sopa, pero poco podía hacer, salvo asegurar el violonchelo sabiendo que iría a Andre, que estaría encantado. El castillo y los extensos terrenos de Mollier deberían haber sido un museo, un lugar para que la gente lo visitara y celebrara sus logros en un mundo que aún no lo había olvidado y nunca lo haría, no un lugar para coches de choque y atracciones mecánicas.

Haciendo una pausa, imaginé el violonchelo con su futuro dueño, el pelirrojo Andre, solo en su balcón por la noche, con su propio *château* en silencio. Sus ojos se cerraban lentamente mientras sujetaba el violonchelo con fuerza, tensando el arco de nácar de un lado a otro de las cuerdas, relajándose con el sonido y haciendo que los malos recuerdos se evaporaran.

Notas melifluas flotando por encima, estrellas aullando en el cielo de tinta. La hermosa música vigorizaba el antiguo instrumento y convocaba al fantasma de François Mollier, que lo visitaba de pie a lo lejos, en el reino de aquí o de allá, con una leve sonrisa en los labios...

Caprichoso, pero totalmente posible.

El tiempo se me echaba encima, así que aceleré el paso y por fin llegué a la Rue du Faubourg Saint-Honoré, en el distrito 8, donde se encontraba la casa de subastas Cloutier. Era un gran edificio antiguo con una fachada barroca francesa que destacaba entre las estructuras vecinas menos imponentes. Un letrero de oro bruñido que anunciaba la casa colgaba perpendicular y crujía suavemente al balancearse. Estaba nerviosa, pero más por la expectación que por otra cosa.

Un portero con un traje inmaculado, bien planchado, y sombrero de copa me saludó con la cabeza cuando pasé corriendo.

—*Bonjour, Mademoiselle.*

—*Bonjour, Monsieur.* —Le mostré una sonrisa mientras abría la pesada puerta negra y me hacía pasar—. *Merci.*

Con pasos rápidos, me dirigí al vestíbulo y llegué a la zona del bar.

Las subastas exclusivas que se celebraban por toda Francia estaban llenas de coleccionistas y marchantes de todo el mundo, respaldados por dinero antiguo, familias con nombres reconocibles o mucho capital disponible. Era un círculo sagrado y había que pasar alguna prueba no escrita para ser aceptado. Yo había tardado un eón en ser invitada a entrar y aún me miraban como a la chica nueva, pero no se sentían amenazados por alguien que a menudo pujaba por objetos que, a sus ojos, carecían totalmente de valor y solo se vendían en algunas subastas como parte de la herencia de un difunto.

Pero, sentimental o no, tenía una clientela muy variada que, como yo, tenía en gran estima las antigüedades con una rica historia. Podía tratarse de algo tan pequeño como una lata de botones rescatada de una colección de Dior de los años cuarenta. Los hombres fruncían el ceño por encima de las gafas y murmuraban: «¿Botones?». Su confusión era evidente. Pero yo tenía un cliente que coleccionaba botones antiguos y sabía que le encantaría semejante botín. ¿Quién no? Probablemente algunas costureras increíbles habían tocado esos pequeños discos de plástico... ¿Qué habrían oído esos botones? Habrán oído hablar de dobladillos, cinturas, la evolución de la moda...

Las subastas eran veladas alegres. El champán corría a raudales porque los pujadores pagaban más cuando estaban relajados tras unas copas de burbujas, aunque ninguna casa de subastas admitía que por eso suministraba copiosas botellas de Moët & Chandon: era la forma en que siempre se había hecho, una tradición que siempre había facilitado un poco más el levantamiento de las paletas numeradas.

El comercio de antigüedades seguía siendo un poco un club de hombres, a pesar de las tibias protestas de que no lo era. Pero a mí me venía muy bien ser una de las mujeres de muestra. Mi presencia era ignorada. No me veían como una amenaza y podía pasar desapercibida y saborear los lotes a solas.

Ese día, mientras ellos entrechocaban las copas y contaban historias sobre sus últimas conquistas en el mundo de las antigüedades, yo desaparecía de su vista y entraba en la sala de subastas, dispuesta a sentarme delante.

Vi a Gustave, el jefe de seguridad.

—*Bonjour* —dije, sosteniendo el bolso a un lado mientras nos dábamos un beso en la mejilla.

—*Bonjour*, Anouk —respondió Gustave con una sonrisa en su rostro moreno.

Era un hombre robusto, de unos cincuenta años, con un gran corazón. Llevaba trabajando aquí desde que yo tenía uso de razón y a menudo me guardaba un sitio si llegaba tarde.

Se oyeron risas en el bar.

—Hoy están a tope —dijo Gustave, enarcando una ceja.

—¿Medio borrachos ya?

—*Oui.* —Gustave chasqueó la lengua—. ¡El señor dejó la puerta abierta la semana pasada! ¿Se lo imagina? Tuvo el descaro de culparme.

Di un respingo.

—¿La dejó abierta?

Cualquiera podría haber entrado y salido corriendo con algo

valioso. Monsieur Cloutier, en su vejez, mezclaba los negocios con el placer, un error que yo había jurado no repetir. De ahí mi regla: nada de champán mientras se trabaja. Tenía que mantener la cabeza despejada y concentrarme.

La vida se trataba de apreciar el aroma de un suflé de doble cocción cuando lo rompes, desinflando su generosa capa de queso, y lo maridas con un vino para alargar después la comida con los amigos. Pero no durante la jornada laboral.

—No es justo para ti, Gustave. Esperemos que no vuelva a cometer ese error.

Gustave se balanceó sobre sus talones y sonrió.

—No lo hará. Lo acompaño a la puerta cuando termina mi turno y cierro yo mismo, pero no estoy aquí todo el tiempo. Hay una pausa entre el personal de seguridad; el lugar está vacío durante una hora, así que le he pedido que lo modifique. Por si acaso.

—¿Te has enterado de los robos, entonces?

Se le nublaron los ojos. Gustave amaba la casa de subastas como si fuera la suya propia, así que seguía las noticias del sector. Monsieur Cloutier tenía suerte de contar con un empleado tan leal, sobre todo porque la edad se le echaba encima y lo hacía olvidadizo. La edad o el champán, claro.

—Terrible. —Asintió—. Y no necesitamos hacerlo más fácil siendo laxos con la seguridad.

—*Oui.* —Sentí un escalofrío, como si me estuvieran observando.

Me giré y me sorprendí al ver al americano de pie detrás de mí. Había estado delante de mi tienda, en la finca de Andre y ahora aquí. No me gustaba; significaba que me seguía la pista y eso normalmente implicaba que iba tras mis contactos. No le había oído caminar por el ruidoso suelo de madera. ¿Habría escuchado nuestra conversación? No me gustaría que nadie se enterara de que la puerta se había quedado abierta por accidente, sobre todo un desconocido. Debía de tener contactos para estar aquí, y eso significaba problemas.

—Eres tú —dijo, estudiándome fríamente.

—*Excusez-moi?* —pregunté con fingida sorpresa, como si no le reconociera.

Sus ojos azules centellearon, se metió las manos en los bolsillos y se acercó un paso. En respuesta, me crucé de brazos y levanté la barbilla. ¿Quién se creía que era?

—Eres tú. La chica de la que todo el mundo habla. Eres famosa, ¿sabes?

—¿Yo? —Trastabillé ligeramente sobre mis talones, pillada por sorpresa.

Me pregunté si «todo el mundo» al que se refería hablaba del desastre de Joshua. Las especulaciones habían tardado meses en disiparse, pero volvían a surgir de vez en cuando. Me mantuve firme, adoptando una expresión altiva, como si su presunción me aburriera.

—No lo creo.

Sonrió como el gato de Cheshire.

—Humilde, también, ya veo.

—¿Eso es todo, Monsieur...?

—Black.

Su sonrisa se convirtió en una mueca, mostrando sus dientes blancos y uniformes. Tenía una mandíbula fuerte y era guapo de la manera clásica, a la manera de las estrellas de cine americanas. Se pasó una mano por el pelo rubio.

—Bueno, si eso es todo, Monsieur Black, tomaré mi asiento... —dije por encima del hombro, mientras caminaba por el suelo de madera brillante hacia el asiento de primera fila que me gustaba.

Me ofrecía una vista perfecta de las antigüedades que se exhibían, así como una buena visibilidad del subastador. El americano me siguió y se colocó justo delante del escenario.

Lo observé mientras me sentaba. La ropa le quedaba como hecha a medida, los zapatos le brillaban como si nunca se los hubiera puesto antes... incluso tenía las uñas cuidadas. Un *playboy* rico con demasiado tiempo libre. Un rico *playboy* americano, lo que significaba adiós a las antigüedades. Probablemente las enviaría a algún lugar donde hubiera demasiada humedad para su delicada madera francesa, dejando que se doblara y arqueara, y otra obra maestra quedaría marcada de por vida.

—¿Te importa si te acompaño? —dijo e indicó la silla vacía que había a mi lado.

Apreté la mandíbula.

—Es un país libre. —No me gustaba que nadie viera cómo pujaba, ni lo que me interesaba. Era mejor permanecer de incógnito si era posible, pero sentado a mi lado podría averiguar lo que quería.

—Genial.

Dejó pasar mi comentario irónico, como si no la hubiera oído, y se sentó. Había algo en él que no me inspiraba confianza. Obviamente había estado siguiendo mis huellas, demasiado de cerca. Y no me había tragado su inocente «Oh, eres tú». Por favor.

—Tengo el corazón puesto en algo magnífico —dijo.

Me recogí la falda y me la acomodé, dándole la espalda.

—Maravilloso —dije, con la voz cargada de sarcasmo. Mejor que supiera que no me interesaba en absoluto su presencia.

—El violonchelo —dijo—. ¿Lo has visto? Es magnífico.

Me volví hacia él con el corazón encogido. Me dirigió una mirada tan penetrante que tuve que hacer todo lo posible para no reaccionar. ¿Seguro que Andre no le había pedido que lo consiguiera también a cambio del pergamino? Instintivamente supe que aquel desconocido intentaba ponerme nerviosa. Me planteé decirle que se retirara, pero tal vez sería mejor no darle importancia, tratándose de un hombre como él. Le encantaba competir, seguro, y si yo me mostraba irritada, le animaría. Pero no dijo nada del violonchelo Mollier. Miré rápidamente los lotes de delante y reconocí un violonchelo alemán... Crucé los dedos para que se refiriera a ese.

Cambié de táctica.

—Esta es una casa de subastas exclusiva, Monsieur Black. ¿Le han invitado? —Le miré fríamente, pero no se acobardó.

Su sonrisa se ensanchó, mostrando los dientes demasiado blancos.

—Por supuesto que me han invitado. —Me guiñó un ojo y yo ahogué un bufido.

Todos estos americanos jóvenes y guapos eran iguales. Pensaban que un guiño por aquí y una media sonrisa descarada por allá bastarían para abrirse camino hasta los brazos de una mujer... Bueno, esta *belle fille* no volvería a ser tan tonta.

—Veo qué está haciendo —dije— y no está funcionando.

Su intención de irritarme era muy clara. Pero mi principal preocupación era el violonchelo. Le había prometido a Andre que me haría con él, y ahora este impostor se cruzaba en mi camino.

—Este es un círculo muy selecto, así que tenga cuidado. No haría falta mucho para que le expulsaran.

Sus labios se crisparon, pero se abstuvo de responder mientras la multitud entraba, con su cháchara acompañando sus sonoras pisadas. No había visto antes a Monsieur Black en el circuito. Y era americano, así que había menos posibilidades de que estuviera emparentado con alguien de aquí; quizá mi farol le hiciera pensárselo dos veces.

Hice un gesto, como diciendo «*Bonjour*, hace un día precioso para una subasta». Un coleccionista que conocía tomó asiento a mi lado. Raphe me lanzó una mirada de desconcierto, pues sabía que yo guardaba silencio cuando iba a empezar una subasta y solía ignorar a todo el mundo para poder observarlos detrás de mis gafas de sol, al estilo Audrey Hepburn.

—¿Todo bien, Anouk? —Raphe frunció el ceño, perplejo por mi saludo.

Hasta entonces no le había dirigido la palabra, solo le había saludado con la cabeza o con un pequeño gesto de la mano. Al verme entablar conversación en una sala de subastas, me miró como si hubiera bebido demasiadas copas de champán.

Una sonrisa se me dibujó en el rostro. Aún podía sentir la mirada del americano como un láser sobre mí. A Raphe le dije:

—*Très bien.* —Muy bien. Abrí el programa y fingí estudiar los lotes, aunque los tenía memorizados de mis anteriores visitas y conocía la historia que había detrás de cada uno.

El subastador subió al estrado y cogió el micrófono antes de presentarse. Traté de distraerme, abanicándome con el programa, incapaz de desconectar de la preocupación porque Monsieur Black fuera a pujar contra mí. El pergamino y el beneficio que obtendría con su venta me ayudarían enormemente, y no iba a permitir que un extraño me lo arrebatara.

Se anunció al primer lote y comenzó la puja por un xilófono asiático. Era exquisito, arqueado como un barco, con la madera intrincadamente tallada con dragones rugientes que escupían fuego. No era mi especialidad, así que estudié sutilmente a los que estaban a mi izquierda, evitando al americano que se sentaba a mi derecha. Vi cómo se ponían tensos cuando alguien hacía una oferta o fingían desinterés mientras levantaban el dedo al subastador de forma casi imperceptible.

A todos nos daban paletas numeradas para pujar, pero la mayoría las usábamos solo cuando ganábamos, para que pudieran anotar nuestro número y procesar el pago. Eran demasiado obvias, de color blanco brillante, y mostraban a la competencia quién pujaba. Si uno tenía fama de hacer compras de calidad, existía la posibilidad de que los asistentes pujaran contra él, sin tener que hacer su propia investigación sobre una pieza. Era mejor ser lo más invisible posible cuando se pujaba.

Treinta minutos más tarde presentaron el violonchelo francés. El subastador habló brevemente de sus orígenes. Exaltó a Mollier y los numerosos logros del maestro, provocando suspiros de admiración en la sala.

La puja comenzó lentamente al principio. Me sorprendió sentir una ráfaga de aire fresco, cuando Monsieur Black dejó su asiento y fue a sentarse a otro lugar. Bien.

Por el rabillo del ojo pude ver alzarse la mano nudosa de un pintor conocido simplemente como Ombre. Se me aceleró el corazón. El *modus operandi* de Ombre consistía en hacer unas cuantas pujas antes de retirarse a beber champán gratis y charlar con cualquiera que se quedara en la barra con la esperanza de vender sus obras surrealistas. Hasta ahora, el desconocido no había pujado. ¿Estaba jugando conmigo?

Unos cuantos coleccionistas se sumaron a la puja, hasta que uno de ellos se retiró con un movimiento de cabeza.

Me esforcé por mostrarme desinteresada mientras esperaba a que el subastador diera la señal de salida y, a la tercera puja, le llamé la atención y enarqué una ceja con mi movimiento característico. Una forma sutil de pujar sin que nadie supiera que había sido yo. Subí la puja a diez mil euros: era asequible, una auténtica ganga para una pieza así, y lo que había previsto gastarme.

—¿Última puja a diez mil euros? A la una, a las dos... Ofrecen once mil.

Me puse rígida en respuesta, pero enarqué una ceja. No necesité pensar mucho para saber quién estaba pujando contra mí; ¡debía de ser el americano! Típico, aquí para derrochar su dinero y llamar la atención.

—Doce —dijo el subastador, tomando mi siguiente puja—. Suben a trece.

—Quince —dije. Si tenía que pujar por él, lo haría, y esperaba que parara.

—Veinte.

¡Veinte! Esperaba comprarlo por diez mil. Aunque valía cada céntimo de los veinte mil euros, por desgracia mis fondos eran limitados y tenía que ser prudente. No podía defraudar a Andre y casi había conseguido un comprador para el pergamino. Era hora de hacerle saber que iba en serio.

—Veintiuno —exclamé alto y fuerte, llamando la atención de la multitud.

¿Qué me estaba pasando? Por lo general, mis emociones se mantenían en secreto, pero con él acosándome, mis reglas habían desaparecido.

—Suben a veintidós —exclamó el subastador.

Yo quería girarme y enfrentarme a mi oponente, pero no le daría el placer de ver cómo se me caía la cara de vergüenza cuando tuviera que retirarme. Hice unos cálculos rápidos y supe que estaba muy por encima de mis ahorros. ¡Pero era americano! Otra querida pieza de la historia de Francia sería enviada a una lujosa casa de verano en un barco de lujo, lejos de aquí, para acumular polvo.

Y el pobre Andre vagaba por aquellos pasillos cavernosos, dejando una sombra de malos recuerdos a su paso...

Enrojecí.

—¡Veintitrés! —La ansiedad me carcomía y el estómago se me revolvía. Meterme en una guerra de pujas me llevaría a la bancarrota. Fue su ligereza lo que me irritó. Que pudiera permitirse el violonchelo no significaba que se lo mereciera.

—Suben a veinticuatro.

¡Maldito sea! La ira me recorría todo el cuerpo, me temblaban las manos y las puse bajo las piernas. El subastador repitió la última puja y me miró, luego miró hacia atrás, esperando por si volvía a pujar. Me mordí el labio inferior, preocupada, apretándolo con fuerza, mientras distintas emociones me desgarraban por dentro. Odiaba defraudar a la gente, realmente lo detestaba, sobre todo en los negocios, pero subir de veinticuatro sería una mala decisión. Era un poco más de lo que tenía en las arcas por si me quedaba con el pergamino durante un tiempo. Negué lentamente con la cabeza.

Levantó el mazo.

—Última puja para el violonchelo Mollier, un magnífico instrumento tocado por el propio maestro...

Un sollozo me subió a la garganta, pero me lo tragué.

—*Une fois, deux fois, trois fois.* —Una, dos, tres veces.

El subastador cerró la puja. Con un golpe de martillo, el violonchelo desapareció para mí. Y tendría que explicarle a Andre que la operación se cancelaba. Este no era mi año, eso estaba claro. Y esto demostraba que nunca se puede ser confiada en los negocios.

El tiempo se ralentizó, conforme se presentaban los demás lotes. Permanecí pegada a mi asiento hasta que, por fin, terminó la subasta. Con todo el aplomo del que fui capaz, salí de la sala, estirándome la falda, preguntándome quién sería realmente mi nuevo némesis y cómo lo averiguaría. Las melancólicas notas del violonchelo se elevarían bajo un cielo diferente, si es que volvía a sonar. Por supuesto, no podía dejar que su victoria pasara desapercibida. Con las manos en los bolsillos del traje, se acercó a mí.

—¿A quién se lo ibas a vender? —preguntó.

Me burlé:

—Como si fuera a contarle a un desconocido mis asuntos.

—Pero no soy un desconocido, soy un amigo, un compañero aficionado a las antigüedades.

Me estaba provocando y yo no entendía por qué. ¿Por diversión? ¿Era su forma de coquetear? ¿Una forma de aliviar su aburrimiento? Fuera lo que fuera, me irritaba. Esta era mi vida y él había pujado contra mí a propósito.

—Usted es un desconocido, Monsieur Black...

—Tristan —dijo.

—Monsieur Black... —Suspiré.

—Llámame Tristan; no hace falta que seamos tan formales, ¿verdad?

¿Ahora me estaba dictando las reglas?

—¿Tiene la costumbre de interrumpir cada vez que una persona intenta hablar?

Se echó hacia atrás y se rio.

—¿Está enfadada conmigo por alguna razón, Mademoiselle?

—¿Se está haciendo el tonto? Sabía que quería ese violonchelo. Usted no lo necesita. América tiene algunos objetos de arte... ¿Por qué no vuelve a su *jet* y se va a cazar a su propio país?

Sus labios se curvaron en una amplia sonrisa.

—¿Mi *jet* privado?

Llevaba años oyendo a hombres idénticos a él hablar de asientos de cuero hechos a medida y menús degustación a bordo de sus aviones privados. Almohadas de espuma viscoelástica, camas redondas y un sinfín de cosas de las que presumían para competir unos con otros con su enorme riqueza. ¿Por qué no podían viajar en un vuelo comercial, como todo el mundo? Su huella de carbono era del tamaño de un yeti.

—Sí, vuele a los Estados Unidos o a cualquier otro sitio, y deje en paz a Francia.

—Acabo de estar en Italia —dijo—. Y no hay nada comparable a lo que he visto hoy aquí... La calidad es impresionante. —Me lanzó una mirada cargada de intención.

¿Estaba flirteando conmigo? ¿Creía que era tonta?

Las mujeres que pasaban a nuestro lado lo miraban de reojo. Arrugué la nariz con disgusto. Si hubieran pasado dos minutos hablando con él, sabrían que no tenía sustancia. Era un ser hueco con unos pocos dólares a su estúpido nombre. ¿Monsieur Black? En verdad, me sonaba a seudónimo.

—Debería retirar su oferta por el violonchelo —dije, dándole una última oportunidad—. En realidad no lo quiere.

—Solo pujé por él al final, porque sabía que usted lo quería y no podía dejar que esa comadreja se lo llevara. No puedo estar seguro, pero diría que pujaba solo para molestarte.

Algo en su rostro zalamero me hizo hervir la sangre.

—Espere, ¿no estaba pujando contra mí todo el tiempo?

Frunció el ceño.

—¡Claro que no! No hasta que usted se detuvo y él seguía dispuesto a llevárselo. No podía darle esa satisfacción.

—¡Pero usted dijo que le interesaba el violonchelo al principio, cuando nos sentamos! —Entrecerré los ojos.

—El violonchelo alemán, no el francés.

¿Podría confiar en este Tristan Black?

—¿Qué tipo estaba pujando contra mí?

Se volvió y observó a la gente que se arremolinaba en la zona del bar, algunos bebiendo champán para celebrarlo, otros para compadecerse de sí mismos.

—Ese tipo. —Señaló a un hombre que llevaba una vestimenta casi idéntica a la suya. ¡Maldita sea! Era Joshua.

Me relajé ligeramente respecto a Monsieur Black; se había dado cuenta de la venganza de Joshua y había intentado protegerme de ella. No entendía por qué Joshua seguía atormentándome. Sin embargo, Monsieur Black había intervenido sin querer y, fueran cuales fueran sus motivos, se lo agradecía.

Monsieur Black se inclinó hacia delante, quedando a centímetros de mi cara. De cerca, sus ojos eran de un azul marino hipnotizador. Retrocedí, no quería dejarme hipnotizar por sus cualidades estéticas. Podía entender que cualquier chica se enamorara de él.

—Así que supongo que ahora podemos hacer un trato, ¿no? El violonchelo es todo tuyo si lo quieres.

—¿Por cuánto? —«No bajes la guardia. Nunca nada es lo que parece».

—Por el precio que pagué —dijo, encogiéndose de hombros—. Sé que tienes un comprador para él.

—¿Porque me pisaba los talones ese día? —¡El espía conductor del cupé deportivo rojo!

Levantó las manos.

—¿No es todo el mundo por aquí culpable de eso?

Touché.

—¿Y eso es todo? ¿Pago por el violonchelo y nada más?

Normalmente, en una operación así se añadía al menos un diez por ciento.

Sonrió, y esta vez la sonrisa le llegó a los ojos. Su aguamarina de brillaba.

—No descartaría una cena, pero sí, eso es todo.

Una sonrisa se me dibujó en los labios.

—¿Una cena? No lo creo.

Tristan Black tenía que aprender que las cosas no sucedían así como así, por muy generoso que pudiera parecer ante cualquier persona desprevenida. Los hombres como él siempre tienen un plan. Siempre.

Y había elegido a la chica equivocada si pensaba que yo sería tan tonta como para seguir sus caprichos.

—¿Por qué no? —Se rio—. No te comeré.

—Muy gracioso. —Me pregunté cuál sería el acuerdo justo. ¡Ah!—. Tal vez podamos compartir una copa en la Gala de Mayo. Quiero decir, si está invitado...

Si estaba invitado a la gala, entonces estaba relacionado con alguien influyente en París. Sería una buena manera de averiguar quién era realmente.

—La gala... —Una mirada inexpresiva cruzó sus rasgos—. ¡Oh, la gala! Sí, allí estaré, y sigue en pie esa copa, Anouk.

Antes de que pudiera añadir alguna condición más a nuestro trato, le dije:

—Vamos a la oficina a arreglar el papeleo del violonchelo.

Se lo explicamos a la empleada y ella cambió nuestros datos en la pieza.

Gustave, el jefe de seguridad, me llamó con un gesto apremiante, mientras mientras esperaba a la factura.

—*Excusez-moi.* Vuelvo enseguida.

Me dirigí rápidamente hacia Gustave con el ruido de mis tacones. Tenía la cara desencajada y me hizo un gesto para que me reuniera con él detrás de la cortina de la antesala, cerca del despacho.

—¿Qué pasa? —susurré.

—Shhh —dijo y señaló algo. Joshua, con expresión contrariada, se dirigía directamente hacia Tristan.

—¡Oh, no! ¡Tenemos que detenerlo! —Iba a descorrer la cortina, pero Gustave me agarró del brazo para detenerme.

Tristan Black no se merecía un enfrentamiento con Joshua. Por mucho que desconfiara del recién llegado, no podía quedarme de brazos cruzados viendo cómo se metía en un lío por mi culpa.

—Espere, Anouk. Tengo la sensación de que Monsieur Black puede cuidar de sí mismo muy bien.

—No conoce la historia, Gustave. No tiene ni idea de qué se enfrenta. Tengo que advertirle...

—Espere. Creo que subestima al nuevo. —Gustave apartó la cortina sutilmente para que pudiéramos asomarnos.

Joshua golpeó a Tristan en la espalda con el índice, apuntando como una pistola.

Contuve la respiración, deseando por enésima vez que Joshua se marchara y desapareciera de París para siempre.

Tristan se tomó su tiempo, charlando con el empleado de la oficina e ignorando por completo el dedo en la espalda.

Joshua volvió a intentarlo, esta vez con la palma de la mano.

Tristan se giró, con el enfado nublándole la cara.

—¿Qué puedo hacer por usted? —dijo con voz cortante.

—¿Alguna razón por la que colaste una oferta como esa? ¿O fue solo para ganártela? —Joshua puso una cara como si hubiera estado chupando limones, enfadado como si alguien le hubiera arrebatado algo—. Ella no vale la pena, ¿sabes?

Ahogué un grito. ¡Menudo canalla! Gustave me lanzó una mirada que decía «¿ves?».

Me agarré a la cortina que nos separaba de ellos. A través del hueco pude ver cómo Tristan se incorporaba hasta alcanzar su estatura completa.

—Ella tiene nombre, si es la persona a la que creo que te refieres, y no me gustan tus acusaciones, tampoco tu tono.

Me estremecí.

—¿Sí? —Joshua gruñó como una bestia—. Ten cuidado, te lo advierto. Ella —escupió la palabra— no es quien crees que es.

Me eché hacia atrás.

—¿Qué significa eso? —le dije a un sorprendido Gustave, que se encogió de hombros. Resultaba extraño oírme a mí misma discutir, y más cuando no tenía sentido.

—¿Quién es ella entonces? —Tristan preguntó con tono desafiante.

Presté atención, intrigada también.

—¿Quién sabe? Con ella todo es una actuación. —Joshua torció el labio—. Lo que ves no es lo que te llevas. *Comprendre?*

¿Una actuación? ¡Con él más bien! Qué desfachatez el de este tipo. Quería salir y enfrentarme a Joshua por tratar de crearme problemas. Otra vez. Pero Gustave me sujetó el brazo con firmeza, negando con la cabeza.

—Lo único que entiendo —dijo Tristan, inclinándose hacia

la cara de Joshua— es que eres un hombre sin principios, y si veo que vuelves a pujar contra ella sin motivo, va a haber problemas. *Comprendre?*

Ahogué una carcajada al ver cómo Tristan le imitaba.

Joshua entrecerró los ojos y dijo:

—Estás avisado. La próxima vez no seré tan amable.

—Tomo nota. Ahora vete.

Tristan hizo un gesto como si espantara una mosca y le dio la espalda, dejando a Joshua allí de pie como un tonto. Finalmente se marchó con un brillo furioso en los ojos. Nunca había visto a nadie enfadar a Joshua.

Tenía un nuevo nivel de respeto por Tristan, que sabía instintivamente cómo actuar con esa rata. Cuando por fin pudimos hablar sin miedo a que nos pillaran detrás de la cortina, le dije a Gustave en voz baja:

—¿Por qué dijo que todo era una actuación conmigo?

Gustave frunció los labios, luego dijo:

—Para crear problemas. Ya sabe que intenta manipular la situación a su favor.

Asentí, no muy convencida de que fuera tan sencillo.

—Cada día me pregunto si estaba bajo algún tipo de hechizo para haber pensado alguna vez que amaba a ese hombre.

Gustave me dio una paternal palmada en la espalda.

—No se castigue por eso, Anouk. Ninguno de nosotros sabía cómo era.

—He sido tan horrible con Tristan hace unos minutos, después va y hace eso. —Le dediqué a Gustave una ligera sonrisa—. Entonces, ¿salimos y fingimos que no hemos visto nada?

—Solo se protege de las caras nuevas en el circuito, y con razón. —Gustave sonrió—. Salimos conversando y no mencione lo que acaba de ver.

—*Oui.* Gracias.

Salimos de nuestro escondite, charlando en francés, fingiendo que estábamos en medio de una conversación sobre música clásica.

—Ah, aquí estás —le dije a Tristan.

Esperaba que me contara lo del altercado, pero se limitó a dar una palmada y decir:

—El papeleo está hecho.

—*Merci.* —En vista de lo que acababa de presenciar, le dije—: Ha sido muy amable, Monsieur Black. Se lo agradezco. Ese violonchelo es muy especial para un cliente mío.

—El placer es mío. —Levantó las cejas—. ¿Quizá podamos bailar una o dos canciones en la Gala de Mayo?

Su expresión era tan genuina, tan dulce, que me sorprendí a mí misma respondiendo:

—*Oui*, por supuesto.

¿Sería el elegante Monsieur Black el centro de todas las miradas de la gala? Quizá si indagaba un poco, descubriría sus secretos y tendría algunos chismes que compartir con mis colegas cuando preguntaran por él. Estaba segura de que causaría impresión con su poderoso caminar y su fuerte mandíbula. Fueron sus ojos los que me pillaron desprevenida; eran tan azules e hipnóticos... y me recordé a mí misma que debía tener cuidado. Los negocios y el placer no se mezclan.

6

Instalada a salvo en mi tienda con la puerta cerrada para mayor privacidad, hice algunas llamadas sobre Tristan Black.

Rachelle, de la pequeña floristería cercana a Notre Dame, solía ser un hervidero de información. Una modesta parisina con rizos rojizos y grandes ojos marrones. Estoy segura de que la floristería era una tapadera para algo porque ella sabía bastante de todo, aunque nunca le preguntaba directamente. A menudo me informaba de las antigüedades que llegaban a París desde otras regiones de Francia.

—*Non*, Anouk —ronroneaba—. No he oído hablar de ese hombre. ¿Qué ha hecho? ¿Robarte? Porque si es así, conozco a un hombre que puede arreglarlo.

Mis ojos se abrieron de par en par.

—*Non, non*, no ha hecho nada. No necesito un hombre para... solucionarlo, solo me preguntaba si habías oído algo en los canales habituales.

—Nada. Pero si lo hago, te lo haré saber. Y si se pasa de la raya, me avisas. —Su voz era fría como el acero, y sonreí. La traición de Joshua había hecho que mis colegas me protegieran, y eso era muy entrañable, aunque me alarmara un poco saber qué implicaba aquello exactamente—. Para ponerle firme. Y Anouk, mañana si vas a los mercadillos de la Rue des Rosiers, busca a un hombre con un clavel en el bolsillo y una pajarita rosa. Tiene algo para ti. Dile que te envío yo.

—*Merci*. Estoy intrigada.

—Mi *maman* se puso muy contenta con el regalo que le enviaste. Ha sido un detalle, Anouk. Cada mañana oigo la música mientras calienta; la dedicación que tiene al *ballet* es asombrosa.

La *maman* de Rachelle siempre había querido ser bailarina, y ahora, por fin, tenía tiempo para intentarlo. «A la gente le parecía absurdo. ¿A los sesenta y tantos? —se preguntaban—. Qué tontería». Pero ¿por qué no podía una mujer aprender a bailar a los sesenta? ¡Ella no esperaba subir al escenario de la Ópera Nacional de París!

Yo había encontrado unas zapatillas de *ballet vintage*, que nunca se habían usado, también unos leotardos, y se los envié con una nota que decía «Baila hasta la felicidad». Me gustaba la idea de que la pasión no desaparecía, tengamos la edad que tengamos, y si ella quería bailar por el salón de su casa, ¿qué había de malo en ello?

—Tu *maman* es una mujer maravillosa —le dije, y lo creía de verdad.

Cotilleamos sobre algunas cosas más y luego nos despedirnos.

A continuación, llamé a Madame Dupont para ver qué opinaba del recién llegado y de lo que había ocurrido. Me dejé caer en un sillón orejero de piel que había rescatado de una venta inmobiliaria. El albacea de la finca había querido deshacerse de todos los enseres rápidamente y había ignorado mis súplicas de salvar el sillón y otros objetos de valor esparcidos como almas perdidas. «Llévatelo —exclamaba—, ¡llévatelo todo!». Y así lo hice. El cuero estaba agrietado y tenía agujeros, y suspiró con cansancio cuando me senté en él. Era como un viejo amigo, y nunca conseguiría rejuvenecerlo. Me encantaba, con cicatrices y todo.

—Anouk, querida, ¿conseguiste el violonchelo? —dijo Madame con voz ronca.

—*Oui*, aunque no sin cierto drama. —Puse a Madame Dupont al corriente de la mañana.

—¡*Ooh la la*, ya lo adoro! Joshua se pondría rojo de ira. ¡Qué delicia! ¿Qué aspecto tiene este diabólico Monsieur Black?

Negué con la cabeza. Sabía que Madame Dupont preguntaría algo así.

—Como un hombre con demasiado dinero.

—*Parfait!*
—¿*Parfait!* para qué?
—¡Para ti, Anouk! Lilou y yo estamos de acuerdo en este asunto. Realmente es hora de lanzarte a los lobos y ver qué pasa...
—¡Me comerán viva! —Me reí.

Sinceramente, tenían la idea de que me faltaba algo en la vida, pero no veían que no era como ellas. El amor no era lo primero para mí.

El sonido de la calada del cigarrillo de Madame se filtró por la línea.

—¿Es coleccionista o marchante?
—No sé, hablaba como un coleccionista, pero el otro día estuvo en la puerta de mi tienda y luego apareció en la finca de Andre cuando me iba, así que supongo que podría dedicarse a ambas cosas. Una forma de aliviar el tedio, supongo.
—Es un americano apuesto. Un caballero de brillante armadura. Estoy deseando encontrármelo.

De fondo sonaba el tictac de varios relojes. Me preguntaba cómo Madame Dupont podía soportar aquella sinfonía discordante.

—*Oui*, y tiene ese mismo encanto innato, irradia confianza. Ojos del color del océano... —Suspiré. ¿Por qué los hombres como él no podían ser franceses, estables y sólidos? Ese era el tipo de hombre por que debería buscar.

Madame Dupont dejó escapar un sensual suspiro.

—Si yo tuviera tu edad, Anouk, no habría quién me parara. De hecho, incluso a mi edad, no hay quién me pare, porque quien se atreve, gana. ¿Por qué no te atreves tú? ¿Solo esta vez?

Un cliente llamó a la puerta y le hice señas para que entrara. Era Elliot, de la vinoteca, que a menudo echaba un vistazo a las estanterías en busca de decoración y se paraba a charlar sobre negocios.

—No tardaré —le dije.
—No hay prisa. —Se movía con las manos en los bolsillos, mirando una selección de espejos colgados de ganchos dorados a lo largo de las paredes.

Bajé la voz:

—Madame, aparte de sus muchos pequeños asuntos, soy como usted: no quiero estar atada, seguir ninguna regla o forma en particular. Nunca he soñado con pasar por el altar, tal vez nunca lo haga, ¿y tan malo es eso? Usted no lo ha hecho y es la persona más feliz que conozco.

Eran solo palabras, sin embargo. No estaba segura de lo que sentía por el matrimonio. Envidiaba la idea. Pero no lo veía como una posibilidad para mí.

Rezongó.

—No somos iguales, Anouk. Nunca podría ser tan dulce como tú. Elegí permanecer soltera porque no podía comprometerme con una persona. Pero no es fácil. Hay muchos momentos en los que me pregunto si cometí un gran error con algunos de los hombres a los que he amado y he dejado marchar. ¿Quizá habría disfrutado del amor después de que la vertiginosa novedad de ese primer arrebato se desvaneciera y fuera sustituida por algo más pleno? ¿Más verdadero, más profundo? Pero nunca le di una oportunidad. Y quizá eso haya sido un gran error...

Madame Dupont nunca había hablado tan abiertamente conmigo sobre su vida amorosa.

—¿Realmente lo lamenta, Madame, o solo cree que es lo que necesito oír? —No podía ver a Madame Dupont como solitaria; incluso ahora, los hombres acudían a ella, pero tal vez sí anhelaba ese amor más sólido, uno que durase.

Se tomó un tiempo para responder.

—Arrepentirse es una palabra tan deprimente... Pero ha habido muchas veces en las que he deseado haberme arriesgado y haberle dado a alguien mi corazón, y no solo una pizca de él. Después de un tropiezo, tú has bajado la persiana, has cerrado la tienda. Solo digo que no malgastes tu vida protegiendo tu corazón, o llegarás al final y te darás cuenta de que no valía la pena.

Sus palabras estaban llenas de melancolía, era difícil saber qué decir y si realmente se refería a mí o si algo había sucedido para que se sintiera tan desolada.

Hablando suavemente, le dije:

—Ya veo, Madame, de verdad. Pero no estoy cerrada a nada, simplemente no estoy interesada, y hay una gran diferencia.

Se le escapó una carcajada.

—Mírame, hablando como una vieja. Olvídalo, Anouk, no sé qué me ha pasado. Algunos días, mi vida pasa ante mí en un abrir y cerrar de ojos, hasta que llego a las escenas que desearía poder cambiar, y se repiten una y otra vez, hasta que ya no puedo ver nada. Pero prométeme que dejarás de volcarte en el trabajo y que reservarás una parte de tu vida para otra cosa.

—Se lo prometo, Madame Dupont.

Esperaba calmar su inquietud pero, en realidad, sin trabajo ¿qué otra cosa había? Agradecía que el trabajo me mantuviera amarrada a este lugar.

—Y le debes a ese hombre ir a la gala y pasártelo bien con él. Se lo ha ganado después de lidiar con ese cerdo de Joshua.

Sonreí al recordarlo.

—*Oui*, lo haré, Madame. No es frecuente que alguien cale a Joshua tan bien. Era como si ya hubiera oído hablar de él, o supiera a qué atenerse. Joshua reculó bastante rápido. Creo que estaba intimidado por Tristan..., y eso que era la primera vez que se veían.

Cuando terminamos nuestra charla, Elliot, de la vinoteca, había encontrado una selección de objetos y los tenía alineados a lo largo del mostrador.

—¿Qué me puede decir de esto? —preguntó, sentándose en un taburete.

—¡Para eso necesitaremos café! —Sonreí y fui a preparar una cafetera, volviendo con todo en una bandeja.

La mayoría de mis clientes pasaban horas en la tienda, seleccionando cuidadosamente las piezas y eligiéndolas después de escuchar sus historias. Era el momento culminante de mi día, cuando podía contarles las historias de cada antigüedad y ver cómo los ojos de los clientes se abrían de par en par cuando algo les hacía clic y tomaban la decisión, como si fueran otra persona.

—Así que este —señalé un espejo dorado francés con querubines— es un Louis Phillipe, de 1890 aproximadamente, y una vez estuvo colgado en el tocador de...

7

Las cuatro estaciones de París tenían cada una su encanto: me costaba elegir una favorita. Los ciclos elementales parecían cambiar en el momento en que más lo necesitaba, como si el planeta se regenerara a sí mismo, lo que me daba pie a hacerlo yo también. Las capas se desprendían, literal y figuradamente, los abrigos desaparecían, las flores brotaban, la moda se volvía más atrevida, las sonrisas más amplias y las zancadas se convertían en pasos tranquilos cuando la primavera proyectaba su magnificencia sobre la ciudad. Un rejuvenecimiento para la tierra, el cuerpo y el alma.

El suave calor y el cielo azul emborronado eran tan provocadores que impulsaban incluso a los más sedentarios a deambular por los desiguales bulevares de París con una cesta colgando del brazo, dejándoles las manos libres para seleccionar y olfatear tomates gordos y carnosos, melocotones maduros y fragantes, redondos de cremoso camembert y *baguettes* recién horneadas y tan deliciosas que uno quería abrazarlas contra su pecho como un bebé cuando llegaba a casa, deteniéndose solo para añadir un ramo de alegres claveles con capullos amarillo yema de huevo que gritaban sol y la promesa de meses más cálidos por venir.

Tomé nota mental de que más tarde iría al mercado a buscar ingredientes frescos para la cena. Salí al balcón para ver qué ofrecían en mis propias macetas. Mis hierbas parecían haber duplicado su tamaño de la noche a la mañana. Era la estación de los platos sencillos: salmón escalfado con salsa *beurre blanc* y un puñado de perejil fresco; espárragos recién recogidos con una cobertura de estragón y mantequilla. Ese día, en homenaje a mi madre, que era una cocinera increíble y había tardado muchos años en enseñarme los rudimentos de la cocina francesa, había preparado para comer una *vichyssoise*, que había dejado enfriándose en el horno. Era su receta primaveral favorita y era mejor servirla fría. Corté un puñado de cebollino para añadirlo a la crema.

El tiempo que pasaba en la cocina era uno de los mayores placeres de la vida y, aparte de cuando Lilou me honraba con su presencia, cocinaba para uno solo, lo que arrojaba una nube gris sobre la comida. Solo podías charlar con un plato de crema durante un tiempo antes de que tu voz resonara de forma desoladora recordándote tu vida extremadamente solitaria. Aun así, disfrutaba de la comodidad de cocinar y preparar deliciosos platos franceses, despacio, siguiendo cuidadosamente las viejas recetas de mi madre. Y el trabajo siempre me reclamaba, así que tenía suerte de no tener ataduras que me empujaran en todas direcciones.

Después de lavar los cebollinos y picarlos de cualquier manera, adorné la *vichyssoise* y el aroma picante de la hierba añadió un poco de elegancia a la comida.

Aunque estábamos solos el plato de crema y yo, puse la mesa con la cubertería de plata de época, una copa de cristal y una servilleta planchada que me coloqué sobre el regazo. Después de secarme las manos con el paño de cocina, me serví una copa de fresco *sauvignon blanc*.

Me tomé la crema despacio e intenté por todos los medios no murmurar a objetos inanimados para entablar conversación. El silencio era oro y los pájaros de fuera me hacían compañía, así que no estaba completamente sola. Pío, pío, pío...

En realidad, si quería cenar con alguien. Podía invitar a cualquiera de mis vecinos, y eso resultaría menos problemático que una relación con un hombre. Sin embargo, evitaba conocer a mis vecinos, pues rotaban tan a menudo que ¿qué sentido tendría? En cambio, Lilou los conocía a todos y a menudo me preguntaban por ella cuando nos cruzábamos. Luego se instalaba un nuevo grupo y también preguntaban por ella, aunque hasta ese momento no hubiera vivido aquí. Tenía facilidad para relacionarse con la gente y hacía amistades rápido.

Terminado el almuerzo, salí al balcón con mi vino y el periódico. Una vez más, el titular de portada llamaba la atención.

El bandido de las postales vuelve a París

Durante la pasada noche se ha cometido un descarado robo en la exclusiva casa de subastas de Arles, en el Boulevard Pereire de París. El sospechoso ha sido bautizado por la prensa como el Bandido de las Postales, por su tarjeta de visita: postales antiguas con famosos poemas de amor escritos a máquina en el reverso, con los versos originales cambiados para burlarse de la policía.

Los gendarmes se apresuraron a acallar a la prensa que idealizaba semejante acto delictivo y advirtieron a la gente de que no engrandeciera al responsable. Los gendarmes difundieron una fotografía de la colección Audrey Étoile robada con la esperanza de que fuera reconocida por algún coleccionista de toda Europa. Si algún ciudadano puede aportar alguna información sobre el robo, póngase en contacto con la gendarmería local.

Se me revolvió el estómago. La colección de joyas que aparecía era exquisita. Habíamos estado ojeando en Internet fotos de la próxima subasta parisina, así que las reconocí, incluido un reloj con incrustaciones de diamantes en el que Madame Dupont había puesto su corazón. La colección era elegante y atemporal, sutilmente sencilla, y los diamantes engastados en cada una de ellas eran la *pièce de résistance*.

Madame Dupont había bromeado diciendo que conseguiría ese reloj sin importar lo que tuviera que hacer. Cuando me reí, se había callado primero, luego había reiterado lo que había dicho. Intenté recordarlo exactamente...

«Anouk, ese reloj era de Zelda. Debo ser mío...».

Madame Dupont estaba obsesionada con los locos años veinte de París, la era del *jazz*, y adoraba a Zelda Fitzgerald, como un icono y una mujer talentosa y creativa, aunque a menudo presentada como una simple *flapper* y esposa, en lugar de la artista de talento que era por derecho propio. Madame Dupont había sido muy vehemente acerca de aquel reloj de leontina.

Fruncí el ceño. ¿De eso había tratado realmente su desgarrador discurso por teléfono? ¿Que no se había rendido al amor porque quería su independencia y ahora se arrepentía? Por mucho que le gustara lo que representaba Zelda, creía que permaneciendo soltera podría lograr mucho más sin que un hombre la detuviera. Aun así, Madame Dupont no recurriría a... Me sonrojé ante mi traicionero pensamiento: por supuesto que no lo haría; no podría. No era una ladrona.

Puede que en el pasado manipulara la verdad una o dos veces por razones que solo ella conocía, pero no sería tan desvergonzada o inmoral como para robar de verdad. ¿Cometer un robo tan atrevido? Madame Dupont podría haber comprado diez veces toda la colección si hubiera querido. El dinero le importaba poco a Madame Dupont, porque tenía de sobra. Solo seguía trabajando porque decía que su negocio la mantenía joven.

Me invadió la vergüenza. ¿Cómo había podido pensar algo así?

Volví a leer el artículo. Robar era una cosa, burlarse de los investigadores era otra. A quienquiera que fuese no le gustaba la autoridad. Otra larga tarde en la tienda me daría tiempo de sobra para pensar. Agradecí al universo no haber estado sentada frente a Madame Dupont cuando leí el periódico, no fuera a ser que sospechara que mi mente iba directa a ella. Era el subidón embriagador del *vin blanc* diurno y la angustia de las antigüedades perdidas. Eso era todo. Madame Dupont era tan inocente como un recién nacido...

Terminé lo que me quedaba de vino y regresé a la tienda, con la esperanza de que el paseo me vigorizara y despejara toda esa basura de mi mente. ¡Madame, la ladrona! De verdad...

La tarde estaba siendo tranquila. Todo el mundo estaba empapándose del buen tiempo y el cielo despejado, así que busqué mi tarjetero, *oui*, todavía utilizaba un tarjetero porque me gustaba su olor a humedad y sus tarjetas de color cáscara de huevo. Hojeé los datos de mis clientes, buscando uno en particular. Siempre anotaba sus compras, su estilo, sus deseos, para poder ayudarlos mejor. Algunas tarjetas solo tenían una frase: «Jarrones Lalique de los años veinte, regalo para la tía». Otras tenían garabatos minúsculos en un puñado de tarjetas: mis clientes más antiguos y fieles.

Encontré la tarjeta que buscaba. Eva, una mujer que coleccionaba cristales y demás parafernalia espiritual. Decía que tenían poderes mágicos y curaban cualquier dolencia. Los cristales de distintos colores trabajaban sobre diversas emociones: turquesa para el equilibrio, amatista para la creatividad y escarlata para vencer el miedo. La razón por la que recordaba esos colores y lo que representaban era que Eva me lo decía una y otra vez; eran rasgos que necesitaba trabajar.

Marqué su número.

—¡Anouk, querida! ¿Qué tienes para mí? Amarillo, quizá, para la iluminación, ¡porque últimamente veo el mundo tan claro...!

—Amarillo, tal vez... Tengo algunas fotos que enviarte. La semana que viene hay una subasta llena de cristales de una tienda de astrología que cerró. Todo tipo de colores y tamaños, se venden en paquetes. Por lo que puedo ver, ha habido muy poco interés en ellos. Pensé que podría pujar por ti, ¿qué te parece?

Un grupo de mujeres se apiñaban fuera con la cara pegada a la ventana, mientras señalaban diversas curiosidades y sorbían batidos con pajitas rayadas.

Eva exclamó:

—¡Eres demasiado buena conmigo, Anouk! *Oui*, envíame las fotos y te diré qué paquete necesito más.

—Creo que saldrán por unos cien euros el lote, quizá menos.

Se oyó un grito ahogado al otro lado del teléfono.

—¡Me sorprende que la gente no vea su valor! Pero para mí es genial. Déjame echarte el tarot y ver qué hay en tu futuro porque sé que solo deben ser cosas buenas.

—*Merci.* —Me reí.

No había ningún marchante en París que se molestara en una venta así, sobre todo en una subasta a la que tuviera que asistir en persona, pero para mí formaba parte del negocio. Tenía clientes que se gastaban el equivalente a una casita, y otros el coste de una cena fuera. Todos eran importantes para mí. Podía ver la relevancia de todo, desde coleccionar postales hasta candelabros o pianos. Cada uno deseaba cosas distintas, movidos por el presupuesto o simplemente por amor.

Eva siempre me leía el tarot, y yo le seguía la corriente, sin creer nunca del todo, pero sin dejar de creer tampoco.

—Oh —dijo—. Oh. Ah...

—¿Qué pasa, Eva? —pregunté, mientras miraba por el escaparate de la tienda, contemplando las rosas de melocotón mecidas por la brisa.

Gimió.

—Anouk, tienes que ir con mucho cuidado. Tu vida... está a punto de dar un giro extraño.

—¿Y eso?

Tardó en contestar.

—Las cartas me muestran algún tipo de altercado y tú estás en medio. Todo lo que sé es que estás a punto de verte envuelta en algo de lo que no podrás salir. Ten cuidado, Anouk. —Su voz se redujo a un susurro, provocándome escalofríos.

La puerta se abrió de repente, dejado entrar una ráfaga de aire primaveral a la tienda, y pasó. Tristan. Le saludé con la cabeza y sujeté el teléfono con más fuerza.

—Anouk —dijo—. ¿Estás ahí? No te habré asustado, ¿verdad?

Las lecturas de Eva eran generalmente alegres. Un chiste sobre la sopa para uno, algunas suposiciones sobre antigüedades que ganaría o viajes por carretera que haría, pero esto era nuevo. Tal vez ella podía ver la pelea del día anterior.

—No, no me has asustado. Estoy segura de que estaré bien, Eva. Pero gracias por el aviso.

Su voz era un susurro.

—Anouk, no confíes en él.

—¿Cómo? ¿En quién? —Me esforcé por mantener el tono de voz.

¿Se refería a Joshua? Porque ese consejo había llegado demasiado tarde. ¿O alguien nuevo? Miré a Tristan, intentando intuir si se refería a él.

Se serenó.

—No sé quién exactamente. —Se rio avergonzada—. Pero ten cuidado con los que intentan hacerse amigos tuyos.

Girándome ligeramente, susurré:

—Vale, tendré mucho cuidado.

Observé a Tristan por el rabillo del ojo mientras iba de un lado a otro recogiendo cosas y dejándolas en el suelo, como si hubiera estado aquí antes.

Con voz más alegre, Eva dijo:

—Bueno, hablamos pronto.

Nos despedimos y prometí enviar fotos de los cristales.

Tristan se acercó al mostrador.

—¿Por qué tienes que tener tanto cuidado?

—¿Tú también eres un fisgón?

Me crucé de brazos y vi cómo la luz de sus ojos cambiaba ante el desafío de mi voz. Tenía la sensación de que probablemente las mujeres se echaban en sus brazos y él nunca había tenido que esforzarse por conseguir las atenciones de nadie.

—Sí. Es uno de mis muchos talentos.

Se balanceó sobre sus pies con una sonrisa de suficiencia firmemente en su lugar.

—Ya veo.

Intenté mantener la calma, pero había algo tan indescriptiblemente seductor en Tristan que me descuadraba. No era solo su aspecto, o la posición de su cuerpo..., era algo que no podía precisar. Tal vez era solo que había reprendido a Joshua por su comportamiento. Fuera lo que fuese, no me gustó el aleteo que me provocó y traté de aplacarlo.

—¿Puedo ayudarte en algo?

—Pensé que podríamos dar un paseo. Hace una tarde preciosa.

Su tono parecía asumir que yo diría que sí.

Le dediqué una ligera sonrisa.

—Hace un día precioso, pero, como puedes ver, estoy trabajando.

—Puedo verlo, pero también veo el cartel en la puerta que dice «Abierto con cita previa». ¿No pueden venir si están desesperados? Además, es casi la hora de cierre, y he estado aquí el tiempo suficiente para saber que un día soleado significa que no esperes que todas las tiendas estén abiertas cuando los dueños podrían estar dirigiéndose a una suntuosa cena en una terraza.

Lamentablemente, tenía razón. Yo solía ser de los que se iban a disfrutar de la noche a otro sitio que no fuera mi tienda, normalmente mi propia casa. Pero no necesitaba hacérselo saber.

—Qué típicamente americano, pensar que puedes pavonearte y dar órdenes.

Levantó las manos y una sonrisa se dibujó en sus labios.

—Eso es gracioso viniendo de ti. Creo que tú eres la mandona en esta relación. Ser americano no tiene nada que ver. Los franceses, en cambio... Ya sabes lo que se dice de ellos...

—*Oui* —dije sonriendo a mi pesar—, «Saben con seguridad cómo hacer subir un suflé».

Dejó escapar una carcajada.

—Sí, y eso no tiene para nada que ver con la arrogancia...

Puse cara de sorpresa.

—¿Arrogancia? No encontrarás a un francés arrogante a menos que le hayas pisado.

—Prometo que iré con cuidado. ¿Vamos?

¿Qué había de malo en ir con él a tomar el aire? La verdad es que la tienda estaba muy cargada... Quería saber quién era y por qué estaba aquí, así que era una buena oportunidad para averiguarlo.

—Vale —dije—. Tengo que ir a un mercadillo. Puedes acompañarme, pero no compres nada a lo que le haya echado el ojo.

Con una sonrisa deslumbrante dijo:

—No se me ocurriría. Sé que tienes amigos en todas partes que velan por ti. Quién sabe quién está detrás de unas cortinas aparentemente inocuas.

Puse mala cara.

—¡Sabías que te estábamos observando ese día!

—No hasta después, cuando Gustave y tú estuvisteis charlando. La conversación era tan extraña...

Le di un manotazo en el brazo.

—Ve demasiado, Monsieur Black.

A la luz diáfana de la tarde, caminamos uno al lado del otro. Estaba intrigada por él, pero también recelosa. ¿Qué quería de mí? Era algo más que una simple amistad y yo estaba atenta; ya no era tan ingenua como antes.

—*Mademoiselle Tour Guide*, ¿a qué mercadillo vamos a ir?

Se metió las manos en los bolsillos de los vaqueros y giró la cara hacia mí justo cuando un rayo de sol se colaba entre las hojas. Se posó en su pelo rubio como un punto de luz, haciéndolo casi etéreo.

—Vamos al Marché Dauphine, en la Rue des Rosiers. Tengo que ver a un hombre con una pajarita rosa y un clavel rojo.

Tristan enarcó las cejas.

—Muy *Alicia en el País de las Maravillas*. Me sorprende que me lleves. Creía que mantenías en secreto tus fuentes.

Llamé a un taxi; el mercadillo estaba en Saint-Ouen, demasiado lejos para ir andando.

—Ah, ahí está la cosa: no conoces la palabra clave, así que sin eso, no llegarás muy lejos. —Le guiñé un ojo, divirtiéndome por alguna inexplicable razón.

Podía estar todo el día de cacería por el Marché Dauphine sin que le enseñaran las antigüedades especiales. Había un sistema estricto, y a menos que conocieras la fuente adecuada, nunca encontrarías el tesoro.

Un taxi se detuvo con un chirrido de frenos.

—Quizá debería vendarte los ojos por si acaso. —Busqué en mi bolso—. Pero no tengo ningún pañuelo. Es tu día de suerte.

El taxi nos dejó en la Rue des Rosiers. La calle estaba repleta de compradores todo el día. Los bistrós estaban llenos de camareros que salían corriendo, bandejas con copas de vino y gente sentada en sillas de caña en la acera. Era un barrio bullicioso y me gustó la sensación de dejarme llevar por todo ello, parando para comprar o para comer y beber.

—¿Encuentras muchos objetos de valor aquí? —preguntó Tristan, observando la extensa arcada que albergaba cientos de tiendas de baratijas arriba y abajo, y a lo largo de una gran callejuela adoquinada y desigual.

—A veces. Por lo general, tienes que conocer a alguien, que conoce a alguien, ya sabes.

Se rio.

—Lo sé.

—Pero aquí hay una gran cantidad de objetos espectaculares, valgan dinero o no. La belleza abunda.

—¿Atesorables?

—Atesorables. —Estuve de acuerdo—. Pequeños hallazgos que tienen poco valor pero mucho corazón. Latas de té, marcos de fotos, viejos frascos de perfume... La mitad de la diversión es encontrarlos y la otra mitad imaginar de dónde vienen.

—Por eso no te importa que te acompañe... Las posibilidades de encontrar algo que quieras son mínimas en un lugar de este tamaño. Y no conozco a nadie que conozca a alguien, al menos creo que no.

Le dediqué una sonrisa alegre.

—Exacto.

Dentro del mercado, un fuerte olor a otra época impregnaba el aire. El maravilloso aroma de las antigüedades.

—¿No te encanta este olor? —le pregunté.

Hizo ademán de inspirar profundamente.

—Podría vivir de eso y solo de eso.

—Muy divertido. ¿Ves a alguien con una pajarita rosa?

Deambulamos, observando a cada vendedor en busca de una pajarita rosa y echando un vistazo a las mesas repletas de cachivaches. Manteles antiguos desparejados, bordados con las iniciales de alguien, cubiertos con mangos de marfil...

—No, pero mira esto —dijo Tristan, cogiendo un broche de una pila de bisutería—. Creo que es un ópalo auténtico.

Sería muy raro que un vendedor no conociera el valor de algo. Siempre había alguien a quien enseñárselo, opiniones que consultar. Pero el ópalo estaba tirado entre un montón de collares de cuentas baratas y pendientes de plástico.

Tristan lo inspeccionó más de cerca.

—Es transparente; no tiene capas en los laterales. Por lo que veo, es auténtico. Y siendo tan grande, debe valer bastante. —Me entregó el broche.

—Tienes razón, parece auténtico. —Los ópalos sintéticos eran difíciles de detectar, pero había algunos marcadores que los diferenciaban de los auténticos, y este ópalo no tenía ninguno de ellos—. Una ganga a un euro. —Señalé el precio en la caja—. No sabía que fueras un experto en joyas.

Froté la superficie suave del ópalo entre mis dedos. Los riachuelos azules de la gema eran del color de los ojos de Tristan. Era magnético, todo un hallazgo, y se notaba frío al tacto, como algo que hubiera sido extraído de las profundidades de la tierra.

—Hago mis pinitos aquí y allá, así que vale la pena saber un poco.

—Mmm —dije, sin creerle del todo.

Su frase sonaba ensayada. Aunque tal vez era otro Dion, con las manos en todas partes, para ganarse la vida. La de Tristan era más fructífera, por lo que se veía.

Tristan le dijo al vendedor que el broche era auténtico. Me sorprendió que fuera tan sincero. Esperaba que mantuviera en secreto la autenticidad del ópalo y se hiciera con una ganga. Las sorpresas no parecían tener fin. El vendedor frunció el ceño.

—No es posible, lo compruebo yo mismo. —Volvió a cogerlo y lo examinó de cerca—. ¡No está en venta! —dijo, haciéndonos reír.

—Bueno, ahí lo tienes —dije—. Quizá sea fácil encontrar un tesoro aquí si sabes lo que haces.

Continuamos mirando pilas de discos de vinilo, cristalerías, azucareros de cerámica con cabezas de tigre y descoloridas zapatillas de *ballet* rosas. Pero tenía una clienta importante que iba a ir después a la tienda, así que no podía demorarme tanto como esperaba. Era una fiel amiga de la pequeña tienda de antigüedades y venía desde Toulouse especialmente para encontrar un regalo para el ajuar de boda de su hija. Los ajuares estaban pasados de moda, por eso era emocionante poder ayudar a montar uno de nuevo. Buscaba sábanas, ropa de cama y otras cosas que ayudaran a su hija a formar un hogar con su nuevo marido.

Alguien silbó para llamar mi atención y seguí el penetrante sonido. Arriba había un hombre con una pajarita rosa y un clavel rojo en el ojal. Sus salvajes rizos negros llamaban la atención desde cualquier ángulo. Me hizo un gesto para que me reuniera con él en su tienda.

—Ese es nuestro hombre —dije dirigiéndome a las escaleras.

—¿Es realmente así como los parisinos se abastecen de antigüedades? Es una forma muy inusual de hacer negocios. —Las pisadas de Tristan eran ligeras en los escalones de acero.

—Ah —le dije—, no es eso. Son piezas sentimentales. Nadie se interesaría por ellas, excepto yo o alguien que tenga una de las pequeñas tiendas de baratijas. Es lo que lo hace divertido.

El hombre de la pajarita rosa me saludó en francés. Le expliqué que me enviaba Rachelle y se puso a buscar mi premio. Finalmente lo encontró y me lo pasó, triunfante. Me quedé boquiabierta. Era un bolso Kelly de Hermès de los años cincuenta. Todavía eran muy populares, sobre todo los *vintage*.

—¿De dónde lo ha sacado? —le pregunté, comprobando que no tuviera imperfecciones.

El cuero negro estaba en buen estado, el candado y la cerradura seguían funcionando y tan solo el metal dorado se había deslustrado. El forro interior aún conservaba un leve rastro de perfume, algo especiado, oriental.

—Me lo regaló un joven que lo compró para su futura prometida como regalo de compromiso. Iba a pedirle matrimonio en Mónaco. —Fruncí el ceño—. Y sin embargo... —El hombre levantó los brazos—. Ella le abandonó antes de que pudiera hacerlo. Pero... —levantó un dedo— al día siguiente conoció al amor de su vida, una chica más... práctica. Así que cambió el bolso Kelly por un televisor, y así fue como llegó a mí.

Contuve la risa.

—¿Lo cambió por un televisor?

Asintió con la cabeza.

—Un televisor de plasma, de segunda mano pero en muy buen estado.

Los hombres y la tecnología...

No quería que Tristan viera cómo llevaba yo las negociaciones comerciales, y justo cuando iba a decirle que nos dejara solos, dijo:

—Voy abajo. —Se sacó el móvil del bolsillo—. Tengo que devolver una llamada.

—Estupendo —dije. Cuando se hubo retirado, empecé—: Entonces, ¿cuánto quiere por él?

El hombre de la pajarita rosa se cruzó de brazos y miró al cielo como si no tuviera ya una cifra en mente.

—Es tan raro, y en condiciones tan perfectas...

—Creo que han cambiado el asa. —Señalé el asa de cuero, que era sospechosamente más oscura que el resto del bolso. Por ponerle algún pero, se notaba el toque de la propietaria anterior—. Y el forro tiene manchas de lápiz labial, tal vez de esmalte de uñas también. Tendría que limpiarlo un profesional.

Él continuó:

—No es frecuente que el candado y la cerradura sigan funcionando en una pieza de los años cincuenta.

—Le daré cien por él.

Se quedó boquiabierto.

—¡Trescientos! —Hizo ademán de ofenderse y yo le respondí con un encogimiento de hombros despreocupado, como si me importara poco lo que le pasara al bolso. Era una farsa por parte de los dos y lo sabíamos.

—Doscientos y es mi oferta final. —Me estudié las uñas.

Con unos cuantos gruñidos sobre la quiebra del negocio dijo:
—Trato hecho.

Nos estrechamos la mano y le di el dinero. Había sido una compra fantástica y vendería el bolso Kelly en cuestión de horas, una vez limpio y embellecido de nuevo como se merecía. Le di las gracias una vez más y me despedí con la mano, bajando los escalones con mis tacones.

Tristan estaba cerca de la salida, sumido en una conversación, y no me oyó acercarme. Escuché fragmentos de su conversación, pero hablaba bajo y rápido, como si estuviera dando instrucciones.

—Ya es demasiado tarde. Me dijiste que era la única manera de conseguir...

Le di un golpecito en el hombro, palideció y terminó la llamada.

—¿Algún problema? —pregunté, señalando el teléfono que había colgado tan bruscamente.

—No. —Parpadeó dos veces—. Lo siento. Una llamada de América sobre unas... inversiones.

—Bien.

—¿Nos vamos?

Quienquiera que hubiera llamado había enrarecido el ambiente. La expresión de Tristan era sombría mientras avanzaba decidido, sin dejarme otra opción que dar grandes zancadas para seguirle el ritmo.

—Tengo que regresar a la tienda —dije, echando un vistazo a mi reloj, agradecida de tener una razón para escabullirme.

Sus hombros se relajaron y esbozó una sonrisa.

—Lo siento, estaba a un millón de kilómetros después de la llamada. ¿No puedes quedarte?

—No, lo siento, tengo un cliente en camino. Pero otro día, tal vez. ¿Sabes volver al distrito 7?

—Creo que me las arreglaré.

Dio un paso adelante y me besó en la mejilla, cogiéndome por sorpresa. Era costumbre besar las mejillas de amigos e incluso conocidos, pero me hizo estremecer. Murmuré algo y me marché, esperando no tropezar con los tacones. Minutos después me di cuenta de que no había aprovechado al máximo mi oportunidad. ¿Qué había averiguado sobre él? Absolutamente nada, salvo que sabía reconocer un ópalo auténtico. Estaba demasiado entusiasmada con los objetos y su opinión sobre ellos como para preguntarle.

8

La pantalla del portátil se desdibujó. Llevaba con él desde las cuatro de la mañana porque no había podido conciliar el sueño. Estaba navegando por varios conocidos sitios de subastas. Si dedicas el tiempo suficiente a buscar, te encuentras con algunas bellezas. Se vendían antigüedades que necesitaban un lavado de cara u objetos únicos para los que sabía que tenía compradores. La gente en Internet quería ventas rápidas y deshacerse de la «chatarra». En los dos últimos años había encontrado innumerables tesoros pujando en subastas en línea, pero me llevaba tiempo escudriñar entre tantas páginas.

Me levanté para volver a poner la cafetera cuando el picaporte de la puerta principal se movió y Lilou irrumpió.

—*Ma chérie!* —Se abalanzó sobre mí, dejó caer sus bolsas al suelo y me abrazó con fuerza—. Me alegro tanto de verte.

Intentando respirar entre los mechones de su sedoso cabello, me eché hacia atrás, para recuperarme de semejante sorpresa.

—Yo también.

Un desconocido desaliñado apareció detrás de ella y me apresuré a ceñirme más la bata.

—¡Este es Henry!

Le hice un gesto cortés con la cabeza.

—*Bonjour.* —Lamenté mentalmente que Claude hubiera perdido el puesto.

Le dio un beso rápido a Henry.

—No seas tímido. Siéntete como en casa.

Henry bostezó y se estiró en respuesta. Tenía el pelo alborotado y la ropa arrugada. Quizá habían estado durmiendo bajo las estrellas, una necesidad si se les había acabado el dinero.

—Lilou, un placer conocer a tu nuevo amigo... —Me reí nerviosamente cuando él y sus botas sucias se tiraron sobre mi *Ma chérie!* francesa Luis XVI—. Esa *chaise*, el terciopelo rosa desgastado que ves... —Me giré hacia Lilou—. Quizá puedas llevar a Henry al bistró de abajo hasta que encuentre el camino adondequiera que vaya. —Tosí en mi mano mientras lo observaba discretamente, despatarrado felizmente, como si se instalara para toda la vida.

Lilou sonrió y se revolvió su larga melena.

—Oh, él no va a ninguna parte. —Intercambiaron una mirada dulce, propia de las primeras fases del amor—. ¡Es un surfista de sofá!

Me quedé con la boca abierta.

—¿Un qué? —Inquieta, me lo imaginé de pie en la *chaise longue*, con los brazos abiertos, mientras cabalgaba una ola imaginaria. La idea me produjo escalofríos.

—Un surfista de sofá, Anouk —dijo con una mueca—. Una persona que va de sofá en sofá mientras viaja por el mundo. Es una forma de viajar sin estrés, ¡aunque no tengas un céntimo! Le dije a Henry que podía quedarse aquí. Es lo menos que podía hacer después de surfear por Normandía con él. No te preocupes, cubriremos la *chaise longue* con una sábana. Ni siquiera sabrás que está aquí.

Me cubrí la cara con las manos. Lilou estaba irrumpiendo en mi vida, y ahora también sus novios. Mi soledad se perdería para siempre. Y mi cordura.

—Lilou, esto es demasiado.

—No seas aguafiestas. Henry me salvó la vida.

Lo miré, con su sonrisa perezosa y su aspecto desaliñado. ¿En qué estaba pensando al dejar entrar a un vagabundo? Podía ser un asesino en serie, un ladrón, un partidario de Trump...

—¿Y cómo lo hizo? —le pregunté.

—Bueno, ¿recuerdas a Claude?

—No duró mucho —dije.

Claude, el novio que había reemplazado a Rainier. Y podía adivinar que había sido enviado de vuelta a su alegre camino mientras mi caprichosa hermana seguía adelante, como un reloj, ahora que el hechizo se había terminado.

Inhaló dramáticamente, como si necesitara coger aire para contar la historia.

—Nos peleamos porque él quería que visitara a sus padres y yo le dije que no, porque en realidad eso es demasiado serio después de unas semanas, y yo quiero concentrarme en mi carrera como diseñadora de joyas. —Empezó a hablar deprisa y me costó seguirla—. Además, el dinero se me acababa... Por suerte, conocí en ese momento a Henry, que me enseñó a viajar prácticamente sin pasta. Ha sido increíble. ¿Por qué ver mundo debe estar reservado a los que tienen dinero? Así todos podemos ser peregrinos.

Tardé unos treinta segundos en entender su monstruosamente larga explicación.

—¿Peregrinos?

Me vinieron a la mente imágenes de Lilou en casas de desconocidos y me asusté. Tal vez fuera mucho mejor que viviera conmigo para poder mantenerla a salvo. Era joven e ingenua respecto al mundo.

—¡Peregrinos! ¡Todos nosotros! Así Henry puede quedarse y yo puedo hacer joyas y cuando tengamos ganas de viajar, ¡haremos *couchsurfing*, surf de sofá!

—Es una idea muy bonita —dije; elegí las palabras con cuidado, aunque acabé sonando tan seria como *maman*—. Y...

Henry se había quitado las botas y había dejado un rastro de arena en la *chaise longue*.

—... Sin embargo, por las noches trabajo desde casa, y esa tranquilidad es crucial, sobre todo si estoy hablando por teléfono con clientes...

Henry soltó un bostezo tan fuerte que habría despertado a los muertos.

—Cuando me dijiste que te mudabas hace unas semanas, antes de irte a un festival de música, pensé que te referías solo a ti. En teoría, es una idea estupenda, pero mi piso no está hecho para tanta... gente. —Había tenido tiempo para hacerme a la idea de vivir de repente con mi hermana, pero ¿otra persona, un surfista de sofá? No pensaba que pudiera soportarlo.

Mostró una sonrisa cursi, ignorándome.

—Te acostumbrarás, Anouk. Durante el día estaré en casa de Madame. Me ha ofrecido usar la habitación de encima de su tienda como estudio, y Henry estará buscando trabajo, así que apenas nos verás.

—Lilou, quería decir que...

Me miró con dureza.

—Anouk, vamos, dale unas semanas de prueba, y si no funciona, que se vaya. De verdad pensé que estarías contenta de que vaya a volcar toda mi energía en mi negocio.

Me tenía en la cuerda floja emocional y lo sabía.

—Te doy una semana. Y si algo se daña... —miré la *chaise longue* con intención—, me pondré furiosa.

—¡Genial! —Me sonrió.

—Y llama a *papa*.

—*Papa?* —dijo ella—. ¿Por qué?

—Sé sincera sobre el curso que se supone que estás haciendo. Dile que lo has dejado. Lo está pagando, Lilou.

Pero ella tenía una respuesta preparada.

—Pero hará alguna locura, como quitarme la paga, o venir corriendo y exigirme que regrese a casa, y no puedo. Esa ciudad es sofocante.

Ladeé la cabeza. Habíamos discutido tantas veces y estaba cansada...

—Sabes que tiene buenas intenciones. Solo quiere lo mejor para ti. Que tu vida tome un rumbo. El negocio de las joyas es una gran idea, si sigues adelante. El mes pasado fue diseñar postales *vintage*, el anterior fueron atrapasueños... Tiendes a dejarte llevar, Lilou. No te quedas con nada.

—¡Tú qué sabes! Llevo meses haciendo joyas. —Puso los brazos en jarras, lista para la batalla—. ¿Tengo que sacar a relucir el pasado? Tú tampoco has estado siempre tan centrada, ¿sabes?

Me pellizqué el puente de la nariz mientras me asaltaba un dolor de cabeza. Siempre había estado centrada. Sin tener en cuenta el lío amoroso en el que me había metido recientemente, mi vida había transcurrido sin sobresaltos, estable. Con absoluta determinación, había planeado mi futuro como un escritor su próxima novela, y trabajaba continuamente en ello, con la esperanza de hacerlo bien.

Siempre había sido una persona organizada. Desde mi adolescencia tenía un plan claro para mi vida y había trabajado mucho para conseguirlo. A veces deseaba ser menos organizada y más impulsiva, pero no estaba en mi naturaleza. Era exasperante ser la hermana mayor responsable cuando Lilou era tan caprichosa, pero la admiraba por su arrojo y su absoluta falta de interés. Sin embargo, nunca podría decírselo, porque se alejaría a cientos de kilómetros de distancia.

—Creo que te equivocas, Lilou.

—Bueno... ¿Recuerdas aquella vez que Marguerite te cortó las trenzas? ¿Quién estuvo a tu lado cuando creías que se te acababa el mundo? ¿Umm?

La miré con los ojos muy abiertos.

—Tenía ocho años. Y es imposible que te acuerdes de eso porque entonces eras una cría.

Chasqueó la lengua.

—Vale. ¿Y aquella vez que creíste que estabas embarazada de aquel surfista australiano y yo te consolé toda la noche hasta que pudimos ir al médico al día siguiente? ¿Eh? ¡Qué rápido olvidas!

Ahogué una carcajada mientras ella me miraba incrédula.

—¡Fuiste tú la que tuvo el susto del embarazo! Y no era australiano, era de Nueva Zelanda. Supuestamente, el amor de tu vida. Uno de muchos, ¡me atrevería a decir!

El pobre Henry pareció agachar la cabeza ante la mención de otro chico.

Los ojos de Lilou se entrecerraron mientras intentaba recordar.

—De todos modos —me señaló con el dedo—, siempre he estado ahí para ti. Y estaría bien que tú hicieras lo mismo.

No había ninguna posibilidad de conseguir que admitiera su locura.

—Eres imposible, Lilou. Si vuelvo del trabajo y algo está roto o fuera de lugar, vais los dos fuera por mucho que intentes engatusarme. Y... —Hice una pausa para que surtiera efecto—. Llamaré a *papa* y se lo contaré todo.

Ella ahogó un grito y negó con la cabeza.

—No lo harías.

—Lo haría. —Eché los hombros hacia atrás e hice el papel de hermana mayor. Nunca la delataría ante nuestros padres, pero ella no tenía que saberlo—. Pon unas sábanas en la *chaise longue* si vas a pasarte el día viendo la tele y despatarrándote en ella de esa manera. —Le dirigí una mirada mordaz a Henry—. Y prepara el dormitorio de invitados, ya que estás; podéis dormir los dos ahí. Discutiremos todo esto apropiadamente cuando llegue a casa esta noche, incluyendo a *papa* y el curso que está pagando.

—*Merci*, Anouk.

Nos besamos las mejillas y me fui, sabiendo que en cuanto me perdieran de vista la música empezaría a sonar y el apartamento dejaría de ser el santuario de una mujer soltera. El ruido podía soportarlo, durante una o dos semanas, pero lo difícil sería hacer entrar en razón a Lilou sobre su futuro, o la falta de él.

Cuando llegué a la tienda, después de desayunar con Madame Dupont, Tristan estaba allí, apoyado en la fachada, como una estrella de cine. Me quedé sin aliento al verle. No era solo la forma en que su físico musculoso era evidente bajo su ropa, era la forma en que se movía, casi como si estuviera listo para saltar. Había algo primitivo en él, y me inquietó, porque no podía apartar la mirada.

—¿Otra visita tan pronto? —dije.

—Bueno, verás, tuve una noche interesante. Hay un cuadro que me interesa. Se rumorea que está en París, pero ¿crees que podré encontrarlo? —Sonrió y se pasó una mano por el pelo, antes de continuar en voz baja—: Cuando hago averiguaciones, todos los caminos parecen conducirme a ti; sin embargo, cuando insisto en que me den detalles, todos cierran la boca. Parece que tienes grandes amigos en París, Anouk. Todos deberíamos ser igual de afortunados. Y sé que si tienes el cuadro, por mi propia seguridad, debería dejarlo en paz. —Sonrió, bromeando sobre lo alterada que me puse cuando pensé que me estaba robando el violonchelo.

Pero me sorprendió mucho que preguntara por un cuadro, porque yo sabía cuál buscaba. El que Joshua me robó. No valía mucho dinero cuando lo compré, pero había pensado que sería una buena inversión para... el futuro, y cuando, desgraciadamente, el pintor murió, el valor se disparó. Era uno de los retratos más grandes que había hecho, y era todo rojo, cada pincelada, completamente único respecto a sus otras obras. Nadie había sido capaz de encontrarlo, incluida yo. Hice muchas averiguaciones después de que Joshua se lo llevara, pero fue en vano.

Quienesquiera que fuesen las personas con las que había hablado Tristan habían guardado mis secretos, por eso les estaba agradecida, y un poco confusa al pensar que se preocupaban lo suficiente como para guardar silencio sobre el desastre que me había metido en un lío tan embarazoso. Aun así, me preocupaba cómo había sabido lo del cuadro. Cuanto antes lo olvidara, mejor, pero por la postura de sus hombros me di cuenta de que no se conformaría con una respuesta vaga. ¿Cómo podía decir que Joshua me lo había robado sin quedar como una tonta? Me había costado años labrarme una reputación como comerciante de antigüedades de nivel, así que cuanta menos gente supiera de mi estupidez, mejor. Desde luego, no quería decírselo a un desconocido.

—¿Y bien? —me preguntó con la mirada fija en mí.
—¿Y bien qué? —Me crucé de brazos.
—¿Por qué te protegen tanto?
A eso podría responder de la forma más vaga posible.
—Caminemos —dije.

Cruzamos el puente de Léna y llegamos a la entrada de los Jardines del Trocadero, donde el agua de las fuentes resonaba en el aire como si fuera champán.

—El circuito de las antigüedades está muy unido y nos cuidamos los unos a los otros, solo es eso —le dije, con la esperanza de que esto le ayudara a comprender en qué tipo de comunidad se había metido—. Y, a pesar de la intensa competencia entre nosotros, los parisinos nos mantenemos unidos y guardamos silencio sobre cuestiones personales. —Podría haberlos abrazado a todos en agradecimiento, y yo no era de las que abrazaban.

Ladeó la cabeza.

—¿Los recién llegados alguna vez entran en el círculo íntimo?

—Los franceses desconfían de los recién llegados. Es algo innato en nosotros, para preservar nuestro patrimonio. Soy francesa, y cuando me mudé a Paris, me llevó eones encontrar mi nicho. ¿Tú no eres más del tipo poco fiable?

—¿Es eso lo que parezco? —Una fugaz mirada de dolor cruzó sus rasgos.

—Un poco —dije, sinceramente—. Hemos visto a los de tu clase muchas veces. —Si quería formar parte del mundo de las antigüedades francesas, formar parte de él de verdad, estar al tanto de las subastas y los cotilleos más selectos, tardaría años en ganarse su confianza y ser incluido. De algún modo, ya había conseguido una invitación a la gala, así que debía de tener contactos en alguna parte—. Tristan, no es nada personal, es solo la forma en que siempre se ha hecho. Es la tradición, y algo así como una prueba que lleva años superar. —Me encontré con el silencio, así que continué—: Como en cualquier industria, siempre hay algo que desequilibra la balanza, una persona o entidad que no es tan honesta como parece a primera vista. —Tristan parecía lo suficientemente serio como para entender que había reglas en estas situaciones y que se aplicaban a cada uno de forma diferente—. Así que es razonable sospechar que a ti te pasaría lo mismo. El cuadro que quieres... ha desaparecido. Nadie sabe dónde, pero será sospechoso para todos que preguntes por él, debido al drama que supone.

—¿Qué drama?

Tragué saliva. ¿Por qué no podía captar la indirecta y dejarlo estar?

—Es una larga historia, y es mejor olvidarla.

Caminamos rodeando grupos de personas que salían a pasear temprano por la mañana.

Algo me había estado inquietando, así que le pregunté:

—¿Por qué fuiste a la finca de Andre aquel día?

Si realmente no quería molestar a nadie, seguir todos mis movimientos era una mala manera de empezar. ¿También seguía a los demás? Estábamos bien entrenados en el arte del sigilo y ellos sabrían si estaba husmeando entre sus clientes y sus negocios. Fue gracioso ver cómo se sonrojaba.

—Por el pergamino. Me enteré por un amigo que conocía al abuelo de Andre. Pero cuando llegué a la puerta, negó que lo tuviera. Me di cuenta de que ya había hecho algún tipo de trato con él. El fuego en tus ojos cuando me viste fue un buen indicador. —Se rio—. Entiendo por qué estabas enfadada. Después de conocer a ese pájaro en la subasta, imagino que te habrá robado bastantes cosas. Yo no soy así, Anouk. Tienes mi palabra.

Pero yo sabía que a veces las palabras no eran más que palabras. Haría falta mucho más que una promesa vacía para que creyera a Tristan. Estaba arraigado en mí ser cuidadosa, y la única vez que no lo fui, tropecé.

—Mira —dije volviéndome para señalar a lo lejos la estructura que turistas y parisinos adoraban—. Este es uno de los mejores lugares de París desde donde ver la Torre Eiffel.

Siguió mi mirada, pero yo sabía que no estaba disfrutando del paisaje. Estaba sumido en sus pensamientos, con los ojos vidriosos. No pude evitar pensar que Tristan era un calco de Joshua, con su actuación de «Solo quiero que me acepten». Si no fuera tan desconfiada, habría disfrutado más del paseo. A primera vista, Tristan era encantador y dulce, con unos ojos tan azules que podías perderte en ellos. En lugar de eso, me mantuve rígida y, como si fuera una guía turística, le indiqué las demás vistas que se podían contemplar desde aquel mirador.

—Detrás de nosotros está el Palacio de Chaillot, y esa es la Fuente de Varsovia... —Mi voz se apagó. Incluso a mí me sonaba forzada, y comprendí que intentaba desviar la conversación y alejarla del circuito de antigüedades, porque ya estaba diciendo demasiado.

—Perdóname —dijo, el rostro se le suavizó—. No pretendía que este encuentro girara en torno a mí. Quería conocerte mejor, y si eso lleva tiempo, como es tu costumbre, me parece bien.

¿Se refería a algo romántico? Se me aceleró un poco el corazón al pensarlo, pero sabía que nunca entendería los sutiles matices de otro idioma como para fiarme de sus palabras.

—Estoy muy ocupada, Tristan, con el trabajo y... —Mi cerebro buscó más ejemplos—. La familia y la vida, así que...

Echó la cabeza hacia atrás y se rio.

—¿Así que no hay amistades?

Me pilló desprevenida y deseé saber qué buscaba exactamente.

—No, no hay tiempo para mucho más.

—Pero tienes que comer, ¿no?

—Yo como en casa. —¡Deja de hablar, Anouk! Sonaba como una especie de ermitaño de manual—. Normalmente tarde, delante del ordenador, mientras trabajo.

Como en casa. Converso con mi plato de sopa. Me miento a mí misma sobre el amor.

Al darme cuenta de que mi corazón era un traidor, me entraron ganas de huir. Mi fortaleza cuidadosamente construida se tambaleaba y eso era justo lo que ocurría cuando no te protegías. Me pasó con Joshua porque creí en el amor a primera vista. Y resultó ser el mayor error que jamás había cometido. Si pudiera aceptar a un hombre únicamente por sus palabras y sus acciones..., pero yo sabía que no podía. Con ojos cautivadores o sin ellos, Tristan había hecho saltar las alarmas. Era demasiado parecido, casi como si el universo me pusiera a prueba para ver si volvía a meter la pata. Y por un breve instante quise decir que sí, que saliéramos, que cenáramos, porque ¿por qué una chica no iba a poder actuar impulsivamente? Pero mi profesión y la cantidad de dinero invertida en ella, me hicieron dudar. Tenía que hacerlo. Tristan quería ese cuadro, así que tal vez conocerme fuera simplemente para obtener información sobre algo que vale mucho dinero.

—Genial —dijo—. Yo también soy un animal nocturno. Y no hay nada como una comida casera. Llevaré el vino.

Y con eso me dio un beso en la mejilla y se marchó sin darme tiempo a responder.

Me quedé allí, abriendo y cerrando la boca como un pez fuera del agua, hasta que me serené. ¿Por qué me atraían los hombres que eran un misterio? Cerré la boca de golpe. ¿Quién había dicho que me sentía atraída por él? Salí del parque a trompicones, dándome cuenta de que no tenía sentido mentirme a mí misma. Había algo en Tristan, una energía, una intensidad en su mirada... y si era sincera, una parte de mí quería explorar aquellos sentimientos. Desgraciadamente, eso no ocurriría nunca.

9

La noche caía sobre el cielo como tinta derramada, la luna era un orbe amarillo que iluminaba la velada mientras charlaba con mi último cliente. Ya había puesto el cartel de cerrado y había echado la llave para que pudiéramos hablar en privado. Gilles era un anciano viudo que vivía en la Rue de l'Odéon, una famosa calle del distrito 6 a la que Sylvia Beach había trasladado su librería Shakespeare and Co en 1922 y donde publicó el *Ulises* de James Joyce. Gilles me contaba historias de lo concurrida que seguía estando la calle, con gente que deambulaba arriba y abajo, tratando de hacerse una idea de lo que allí ocurría, quizá buscando a los fantasmas de aquellos grandes personajes. Yo misma había paseado por allí a menudo, imaginándolos apoyados en las fachadas de las tiendas y charlando sobre libros.

Gilles me visitaba una vez a la semana y pasaba las demás tardes paseando por los bulevares de París con su perrito Casper. Llevaba años viniendo a mi tienda, pero nunca había comprado nada, ni lo haría. No buscaba antigüedades, sino gente y una forma de mitigar la soledad durante un rato. Aunque normalmente exigía una presentación para que alguien entrara en mi tienda, la mirada atormentada de Gilles le convertía en una excepción a la regla.

Cuando tropezó con mi tienda hacía todos esos veranos, su pena era tan evidente que era como una sombra de sí mismo. Estos días sus visitas eran más alegres.

Yo preparaba té y hablábamos hasta bien entrada la noche, fingiendo que buscaba una joya o una caja de música, algo que a su mujer le encantara.

Esta noche, nuestra conversación había llegado a su fin

cuando Casper tiró de su correa, señal de que estaba listo para volver a casa y cenar. Gilles terminó su té y cogió el bastón.

—*Désolé*, Anouk. Estas cajas de música son preciosas, pero no son exactamente lo que buscaba.

Las cajas de música eran de las mejores que había encontrado, estaban en perfecto estado y tocaban *Claro de luna* con tanta claridad que esperaba que algún día fueran a parar a manos de una niña que las escuchara una y otra vez, con el rostro embelesado y el corazón agitado.

—Entiendo. —Le di una palmadita en la mano y le dediqué una sonrisa de disculpa—. Estas cosas no se pueden apresurar. Quizá la semana que viene tenga otras diferentes —dije suavemente, manteniendo nuestra farsa.

—Bueno, en ese caso, volveré la semana que viene —dijo, como hacía siempre.

—Lo esperaré con impaciencia. —Salí de detrás del mostrador, le hice una carantoña a Casper bajo su barbilla peluda y le di un abrazo a Gilles. Bajo la chaqueta era todo huesos, y me preocupaba por él entre nuestras visitas.

—*Au revoir*.

Me despedí de ellos con la mano y los vi retirarse por el paseo, con sus sombras alargándose tras ellos hasta que desaparecieron. Se me encogió el corazón por Gilles al imaginármelo solo en su pequeño apartamento, en la oscuridad de la noche, comiendo sopa para uno. Al menos tenía a Casper. La mujer de Gilles había muerto hacía quince años y él seguía sin creerse que se hubiera ido. Hablaba de ella como si acabara de salir y fuera a volver en cualquier momento. Su muerte dejó un vacío en su mundo que nunca podría llenar, así que caminaba. Golpeaba los adoquines de París y charlaba con su peludo perro blanco hasta que el día llegaba a su fin. Ya no llevaba su pena dibujada en el rostro, pero estaba allí, revoloteando. Después de tanto tiempo, seguía ahí. Había algo conmovedor en ello.

Me preguntaba qué se sentiría amando a alguien de una forma tan absoluta que sin él todo en el mundo palideciera, se desvaneciera en una escala de grises. Ese dolor interminable por una persona desaparecida... Al menos habían conocido ese eclipsante amor único en la vida que es tan difícil de encontrar.

Recogí nuestras tazas de té y salí, dejando la tienda a oscuras salvo por una pequeña lámpara que brillaba con un amarillo apagado en una esquina. Fuera reinaba un silencio inquietante. Era un raro momento en el que la ciudad se calmaba, como si respirara hondo, preparada para la frivolidad que traería la noche. Cena, baile, risas... Una pausa en el largo día para pasear a solas y reflexionar sobre el inexplicable oficio de vivir. En la Rue De Babylone me detuve a oler un ramo de flores. Eran las más bonitas que había visto en mi vida, rosa pálido, tan delicadas como el papel de seda. Peonías. Una de las flores más bellas de la tierra, con los pétalos doblados hacia dentro protegiendo el corazón de la flor.

El tendero estaba recogiendo y me hizo un gesto. Negué con la cabeza. Por mucho que me gustaran, le compraba las flores a Rachelle en la pequeña floristería cercana a Notre Dame, y me sentiría culpable gastando mi dinero en otro sitio. Seguí por otras avenidas y pasé por delante de la iglesia de Saint-Sulpice, una iglesia católica con una fachada ornamentada y un patio interior pavimentado, con una fuente en el centro.

Al doblar la esquina, llegué a la pequeña *boulangerie* donde compraría mis *baguettes* y alguna otra cosa deliciosa que me pudieran ofrecer. Esa noche me apetecía una sencilla y decadente *quiche aux trois fromage,* una quiche de tres quesos. Comida reconfortante al estilo francés.

Me acerqué al mostrador y pedí, haciendo todo lo posible por apartar la vista de las apetitosas palmeras expuestas, unas galletas de hojaldre cubiertas de azúcar a las que era difícil resistirse a altas horas de la noche con una taza de café solo. Pero pensé que me daría un subidón de azúcar y cafeína, y no era la mejor idea.

Con mi quiche en la mano, me dirigí a mi apartamento, sorprendida al llegar y ver el balcón a oscuras y sin música a todo volumen. Lilou y Henry debían de haber salido y, una vez más, me pregunté cómo se las arreglaba Lilou para llevar semejante tren de vida con su escaso presupuesto. Había dicho que se estaba centrando en su negocio de joyas, aunque no parecía que estuviera trabajando mucho. Esperaba que perseverara y se esforzara de verdad, porque se le daba bien, su creatividad era fascinante y yo quería que creyera en sí misma y se dedicara a algo.

Pero vivir con ella era otra cosa. Preparándome para lo peor, abrí la puerta principal, pero me sorprendió encontrar el salón ordenado. Aparte de uno o dos platos vacíos en la mesita de centro, no estaba tan desordenado como esperaba. Quizá por fin estaba madurando. Llevé la quiche a la cocina y mi felicidad de hacía un momento desapareció. *Mon Dieu!* Todos los armarios debían de estar vacíos: sartenes, ollas, platos, tazas y copas de vino sucios por todas partes. ¿Qué había intentado cocinar hoy para utilizar todas las piezas de la vajilla? ¿Y por qué? Odiaba cocinar.

La cena tendría que esperar. Yo era el tipo de persona que no podía relajarse con un desorden como aquel recibiéndome. Mi madre me había enseñado a ser ordenada, organizada y limpia. De alguna manera, Lilou se había saltado esa lección. Estaba llenando el fregadero y arremangándome, murmurando y maldiciendo en voz baja, cuando sonó el timbre.

Me apresuré a contestar. Allí estaba mi hermana, con los ojos brillantes, apoyada en el marco de la puerta.

—Lilou...

—Olvidé mi llave —dijo, con su megasonrisa de siempre—. Esto debe de ser para ti. —Me dio un sobre con mi nombre escrito en el anverso y pasó a mi lado.

Me lo guardé en el bolsillo.

—Lilou, ¿qué ha pasado en la cocina? Has quemado completamente mi olla de hierro fundido. ¿Cómo es posible?

Con un movimiento de cabeza como si me estuviera quejando del tiempo, me dijo:

—¿No vas a leerlo? —Me señaló el bolsillo con el sobre.

—¿No vas a contestarme? —Me crucé de brazos, sintiéndome como la petulante hermana mayor una vez más.

Henry entró avergonzado, pasándose una mano por el pelo.

—Siento lo de la cocina, ha sido culpa mía. Ahora lo recojo.

Enarqué una ceja, pero guardé silencio mientras Henry pasaba a mi lado. ¿Tendría que guardar mi mejor vajilla? Tenía una que me había regalado mi madre. Mi cocina y sus utensilios eran especiales para mí. En ese momento sonó el teléfono y le lancé una última mirada a Lilou antes de ir a cogerlo.

—*Bonsoir?*

—*Bonsoir*, Anouk. ¿Dónde habéis estado, niñas? Es imposible localizaros. —La voz de mi padre retumbó en la línea.

Aunque tenía veintiocho años, era adulta y responsable de mi propia vida, tragué saliva.

—*Papa, désolée.* —Dirigí una mirada sombría a Lilou, que se había puesto blanca al oír el nombre de *papa*—. He estado ocupada con el trabajo. No tengo ningún mensaje tuyo.

Se burló:

—No voy a hablar con una máquina, es ridículo. Me niego a dejar un mensaje como si fuera una cotorra. ¿Dónde está Lilou? Recibí una carta del colegio diciendo que no se había presentado a los exámenes, y le dije a la mujer que eso era imposible, claro. No contigo asegurándote de que asista.

Miré con el ceño fruncido a Lilou, que fingía con las palmas de las manos juntas y la cabeza ladeada. Dijo:

—¡Dile que estoy dormida!

—Qué raro —dije, con la mente dándole vueltas a lo que podía decir.

Quería decir la verdad, pero sabía que eso acabaría con la libertad de Lilou en París. No tendría más remedio que regresar a casa y, por muy problemática que fuera, yo no quería eso. Pero ¿cómo salir de aquel atolladero?

—¿Por qué no llamo mañana a la universidad, *papa*, y veo qué pasa? Seguro que ha estado asistiendo... —Cerré fuertemente los ojos mientras soltaba la mentira y esperé que me creyera—. Y sé que le ha ido muy bien con su negocio de fabricación de joyas, tan bien, de hecho, que está pensando en ello como una posible elección de carrera. —De fondo, Lilou saltaba y aplaudía, bailando feliz por el salón.

—¿Qué? ¿Está pensando qué? —rugió.

Oh, vaya. Demasiado pronto.

—Oh, ya sabes, es solo una idea en esta etapa. Es muy buena.

—Muy esto, muy aquello... No, Anouk, y no la animes. Hacer joyas no le pagará el alquiler, además la semana que viene será otra cosa, y estará desperdiciando su vida. Necesita un buen trabajo para atraer al hombre adecuado que la convierta en su mujer.

Puse tanto los ojos en blanco que casi me caigo de espaldas.

—*Papa*, por favor, esa forma de hablar es arcaica.

Resopló como un oso descontento.

—Anouk, por favor, con veintiocho años ya deberías estar casada y tener hijos. ¿Ves lo que hace esta independencia? Convierte a las mujeres en solteronas.

—*Papa!* No puedes decir esas cosas; ¡no está bien! —Cerré los ojos y me esforcé por mantener la respiración tranquila.

El pobre no se había adaptado a los tiempos, sino que se había quedado anclado en otra época. No quería ofenderle, pero alguien tenía que regañarle, y normalmente me tocaba a mí.

—¿Qué? Es verdad, admítelo. Si me hubieras hecho caso, te habrías casado con ese chico que vivía final de la calle y yo ya tendría cien nietos, pero en lugar de eso te diste aires y abriste una tienda en París, y caíste en la trampa de la «mujer moderna». No permitiré que mis dos hijas cometan el mismo error.

—¡Oh, *papa*, sé realista! El vecino no estaba interesado en mí, ni yo en él. De hecho, estoy bastante segura de que prefería la compañía de los hombres... Solo tú te empeñabas en que lo hiciera y solo porque vivía muy cerca.

—¿«La compañía de los hombres»? Todo hombre necesita pasar algún tiempo con amigos. ¿Y eso qué importa? Estoy seguro de que él no te habría negado tiempo con tus amigas.

Me mordí el labio inferior para evitar reírme.

—No me refería a eso.

—Bueno, ¿qué querías decir?

No tenía sentido decirle a *papa* que el chico de la calle era gay; él diría lo contrario.

—Lo que quiero decir es que no puedes planificar nuestras vidas, *papa*. Sabemos que te preocupas, pero a veces hay que dejar que la naturaleza siga su curso.

—¡Puedo hacerlo, y lo haré! ¿Dónde está? Quiero llegar al fondo de este desastre del examen para poder llamar a la universidad y hacerles saber, en términos inequívocos, que espero que me envíen su certificado una vez que haya terminado. Tengo la sensación de que solo quieren sacarme más dinero.

En ese momento deseé haber sido sincera con él desde el principio. Me juré que nunca más me vería envuelta en un lío de Lilou. Ya había ido demasiado lejos con las mentiras piadosas como para cambiar mi historia.

—Ah, ella está... —Lilou abrió mucho los ojos— dormida. Ha tenido un día duro en... el grupo de estudio. —¡Club de estudio! Vaya día.

—Pues dile que me llame. No me esquivéis más o haré un viaje a París yo mismo, ¿me oyes? —De fondo sonaba la televisión. Como de costumbre, *papa* tenía el volumen demasiado alto.

—*Oui, papa*. Se lo diré.

—Bien —dijo.

—¿Cómo está *maman*?

—Está haciendo el postre.

—Pero ¿cómo está?

Refunfuñó para sí.

—Ella está como siempre. ¿Qué es esto? ¿La Inquisición española?

Suspiré. Era un hombre de pocas palabras una vez que ya había desahogado.

—Vale, *papa*, dale recuerdos a *maman* y hablamos pronto.

Antes de que pudiera colgar, Lilou se lanzó sobre mí y me abrazó con fuerza, dejándome sin respiración.

—¡Dios mío! ¡Gracias, Anouk! Has sido muy convincente. ¿Otra vez con lo de la solterona?

Asentí con la cabeza y se me escapó una risita. Era como un padre sacado de una novela histórica.

—«¿Ves lo que hace la independencia? Convierte a las mujeres en solteronas» —imité su tono gruñón.

Lilou se partía de la risa.

—¡Es un salto al pasado! ¡A la década de 1900!

Pasamos los siguientes diez minutos diseccionando las debilidades de *papa*, antes de recomponernos.

Luego le dije, ya seria:

—¿Qué vas a hacer con las clases? Le han llamado porque has faltado a los exámenes. Y las dos hemos mentido al respecto. Esto no puede acabar bien, eso seguro.

Con el típico estilo de Lilou, se tumbó en la *chaise longue* y se encogió de hombros con despreocupación.

—Nunca le dije a *papa* que lo haría. Supuso que seguiría sus órdenes, ¡y no lo haré, Anouk! Ya no soy una cría, aunque todo el mundo piense que lo soy. Sé que puedo hacer que este negocio de joyería funcione, y también sé que nadie me cree, y eso está bien, porque os demostraré a todos que estáis equivocados. —Sus ojos estaban llenos de determinación, como cada vez que se proponía algo nuevo.

Con delicadeza, le sugerí:

—Quizá deberías trabajar en ello todo lo posible, y podrás decirle a *papa* que se quede con la paga que te da. Entonces, serás verdaderamente libre.

Se rio.

—Bueno, no nos precipitemos. Dinero gratis es dinero gratis y yo soy la pequeña de la familia.

Negué con la cabeza, aunque no pude evitar que se me dibujara una pequeña sonrisa.

—Eres increíble.

Hasta que no estuve en la cama no me acordé del sobre. Fui a buscarlo a mi chaqueta y lo abrí de un tirón.

Querida Anouk:

No me gustaría verte consumirte por el trabajo como lo haces. He estado practicando mi técnica para el froma-ge soufflé *(¿ves lo que he hecho? Incluso lo digo con acento francés) y creo que te impresionará.*

Tristan

Sonreí al leerlo, intentando imaginarme a Tristan cocinando... Aunque su francés necesitaba mejorar. Era *soufflé au fromage*, no *fromage soufflé*. ¿De dónde había sacado Lilou la carta? Mi buzón estaba en el vestíbulo, pero solo yo tenía llave. Me anoté mentalmente preguntarle por la mañana. Pero ¿por qué quedar a cenar? Un cosquilleo me recorrió el cuerpo al pensar en aquellos ojos suyos y quise reñirme a mí misma. «Así empezó la última vez, y mira lo que pasó». Pero ¿qué tenía de malo compartir la cena? Una chica tenía que comer.

10

Horrorizada, apagué el telediario y me vestí apresuradamente para ir a trabajar, con la cabeza hecha un lío. Otro robo. Y esta vez una de nuestras colecciones de joyas más preciadas. Un conjunto de zafiros de un azul tan intenso que te hacían pensar que estabas en las profundidades del océano. Estaban expuestos en Avant —uno de los museos más concurridos de París— y habían sido robados a plena luz del día, sin que saltara ninguna alarma. Era casi como si el ladrón fuera invisible. Si podían robar algo con tanta impunidad, ¿cuándo acabaría esto?, ¿cuando no quedara nada? Ya no había tiempo que perder.

Tenía que ir andando al trabajo e intentar que los robos no enturbiaran el día soleado. No dejaba de pensar en Tristan y en la carta que había dejado. Lilou me dijo que la había encontrado apoyada en la puerta, y me pregunté cómo sabía dónde vivía. Para mí, un hombre que cocinaba era un hombre de verdad. Cuando imaginaba mi vida romántica, fuera fantasía o no, siempre me imaginaba tropezándonos y atropellándonos en la cocina, riendo y cocinando juntos. Mi diario era el único que estaba al tanto de esos deseos secretos: las cosas que quería en un hombre.

Fuera, respirando una profunda bocanada de aire perfumado de rosas, no pude evitar sonreír. París era magnífica en cualquier época del año, pero aún más cuando las flores brotaban y dejaban al descubierto sus capullos de colores, contoneándose seductoras como bailarinas de *burlesque* al compás de la brisa. Visitar París era como enamorarse. Te envolvía y te transportaba a otra época; la historia estaba por todas partes y nunca me cansaba de ella. Siempre había algo que admirar. Desde la arquitectura gótica de Notre Dame, con sus gárgolas encaramadas vigilando la ciudad, hasta la grandiosa estructura de los Inválidos, con su cúpula dorada, donde descansa Napoleón Bonaparte. Si se dedica el tiempo suficiente, se encontraban lugares tan extraordinarios que uno nunca querría marcharse.

La Promenade Plantée era uno de esos lugares: un paseo verde de cinco kilómetros construido sobre las vías del ferrocarril abandonadas de Vincennes. La gente decía que aún podía sentir la vibración al pasear por las vías, como si un tren fantasma siguiera haciendo su recorrido diario. Los que daban un largo paseo se veían recompensados con una vista en altura, oculta en un jardín secreto, donde los amantes se besaban y la gente se declaraba, rodeados de pérgolas con rosales y murmullos del pasado. Era uno de mis lugares favoritos. Cogía un libro y fingía estar esperando a mi media naranja...

Sin embargo, hoy no. El trabajo me llamaba. El viento soplaba suavemente, llevando consigo el parloteo de la multitud, un mundo de acentos. Me detuve un momento a observar a la gente que se arremolinaba a los pies de la Torre Eiffel, con amplias sonrisas y las cabezas hacia atrás para contemplar el espectáculo. Nunca dejaba de impresionarme que un monumento así pudiera provocar una reacción de asombro en personas de toda condición. De cerca era gigantesca y las fotos no le hacían justicia. La Torre Eiffel era una proeza.

Al doblar la esquina, me encontré con una columna de humo y perfume. Madame Dupont se apoyó en la pared de piedra caliza de su Emporio del Tiempo y me saludó con la mano. Sonreí y fui a saludarla.

—*Bonjour*, Madame... ¿Se encuentra bien?

Dio una intensa calada al cigarrillo y le temblaron las manos. Si no la conociera, diría que parecía culpable, como si hubiera hecho algo de lo que se arrepintiera.

¿No había mencionado Madame Dupont que iba a visitar el museo Avant ayer? Para hablar de prestarles una serie de relojes antiguos para una exposición de la que, si no recordaba mal, dijo que le habían ofrecido una buena comisión. ¿Podría...? No. La falta de cafeína me estaba alterando el cerebro. Ella nunca... Ya lo había pensado y había decidido que era inocente, ¿no?

Tenía el rostro contraído y pálido, a pesar del maquillaje habitual, y agitaba las manos como si estuviera nerviosa.

—*Chérie*, no eres tú, ¿verdad?

—¿Cómo? —Intenté prestar atención y calmar la preocupación de que Madame Dupont estuviera implicada de algún modo en los robos. Era rica; no tenía motivos razonables para robar. A menos que estuviera con un amante...

Tras una larga calada a su cigarrillo, Madame Dupont repitió con más detalle, susurrando:

—No eres tú, ¿verdad? El ladrón. —Miró a un lado y a otro para asegurarse de que no había nadie cerca que pudiera oírla—. ¡No se lo diré a nadie si lo eres! —susurró frenéticamente.

Ahora estaba claro y no pude evitar reírme, aliviada.

—¿Yo? —Mi voz se alzó incrédula—. Por un momento pensé que podría ser usted, Madame. Después de todo, era usted quien quería ir a Sorrento. No conseguí encontrarla durante unas horas antes de irnos, ¿recuerda? ¿Y no fue ayer al museo Avant?

Ella también se rio, con su voz ronca, el alivio inundándole los ojos y devolviéndole el color al rostro.

—Sí, y me llamó la atención que tú coleccionaras postales, y que también estuvieras en Sorrento... Y bueno, una cosa llevó a la otra, y pensé que era mejor que fuéramos sinceras la una con la otra.

Madame Dupont era astuta, pero no se le notaba por su efervescencia exterior y la forma en que tranquilizaba a la gente, porque debajo de aquella fachada seguía cuestionándose cada detalle: Madame Dupont no era tonta. Pero que sospechara de mí... Bueno, si yo no hubiera sospechado también de ella, probablemente hubiera estado un poco dolida. Realmente, era una locura, pero supongo que ambas teníamos en tan alta estima nuestras antigüedades que la idea de que nos las robaran delante de nuestras narices nos ponía en alerta máxima.

—Bueno, puedo asegurarle, Madame Dupont, que de ninguna manera no he sido yo.

—Yo tampoco. Aunque quizá sea mejor que pensemos en ello, ya que es probable que hayamos visto al ladrón y se haga pasar por uno de los nuestros.

Asentí con la cabeza, preguntándome si alguien a quien veíamos habitualmente en subastas y eventos podría ser el Bandido de las Postales.

—*Oui*, Madame. Tiene razón. Quizá tengamos que prestar más atención a las listas de invitados y ver si alguien llama nuestra atención.

—Discutámoslo en la gala de la semana que viene. Mañana me voy a Mónaco, una cosa de última hora... Tengo una cita y debo apresurarme, con tantas cosas que organizar. —Madame Dupont se despidió con una sonrisa, antes de captar mi mirada vacilante. Dijo en voz baja—: Para que conste, no se lo habría dicho a los gendarmes si fueras tú.

Solté una risita nerviosa.

—Estoy segura de que yo también habría dudado y... —Se me cortó la voz.

No estaba segura de ser tan indulgente, por mucho que quisiera a Madame, robar era robar, y sin un motivo claro que no fuera la codicia no podía imaginar por qué una persona pensaría siquiera en algo así. Pero si la codicia era un motivo, entonces no importaba quién fuera la persona, tendría la batalla interna más épica de mi vida. Gracias a Dios, no parecía ser el caso.

—Disfrute de su cita, Madame... ¿Quién es el afortunado?

Me dedicó una sonrisa de gato panza arriba.

—Alguien fabuloso, por supuesto. Se parece a... Monsieur Neeson, no le digo más.

—¿El actor?

Puso sus ojos en blanco.

—Eso sí que sería bueno...

Con un movimiento de cabeza, contuve la respiración y me incliné a través de la columna de humo de cigarrillo para darle un beso de despedida.

Después de un día especialmente ajetreado, cerré la tienda y salí a la noche azul y negra mucho más tarde de lo habitual. Las estrellas titilaban en lo alto, como si me indicaran el camino a casa. Mi mente estaba en la cena, en qué ingredientes tenía en la nevera si mis nuevos inquilinos no se habrían comido la cocina entera. Tenía que ponerme al día con el papeleo, así que una simple ensalada *niçoise* sería suficiente. Ensimismada, doblé la esquina y encontré la avenida desierta. Resonó el maullido lastimero de un gato.

Estaba rebuscando en mi memoria, escudriñando mentalmente los estantes de mi nevera, cuando tuve una sensación de lo más extraña. Se me puso la piel de gallina a pesar de que no había ni un alma cerca de mí, lo cual era muy poco habitual en París en primavera, incluso tan tarde. Aceleré el paso, esperando que nadie me siguiera. Había ciertas calles en la ciudad que debían evitarse a altas horas de la noche, lugares donde las sombras eran demasiado profundas para que una mujer deambulara sola. El miedo me nubló la vista cuando unos pasos que no eran los míos sonaron detrás de mí.

Aceleré el paso, echando un vistazo a ambos lados de la calle, preguntándome qué camino tomar. A la izquierda sabía que había un bistró a la vuelta de la esquina; a la derecha, unos cientos de metros más allá, había una casa iluminada de la que salía música. ¿Y si no oían mi frenética llamada a la puerta?

Eché a correr con la respiración entrecortada, pero me detuve cuando alguien me agarró de la correa del bolso.

—¡Dámelo!

El corazón se me aceleró todavía más. ¡Maldita sea!, ¿por qué había cogido ese camino?

—¡No! —Debería soltarlo, pero tenía la recaudación del día dentro y mis finanzas seguían siendo críticas.

Me preparé para que me tirara al suelo, me volví hacia el atracador y le di un fuerte tirón de la correa del bolso. Llevaba la cara oculta y la gorra bien calada. El penetrante hedor del alcohol llenaba el aire.

—No tiene dinero, ¡suéltalo!

Dejó escapar una risa helada que me produjo escalofríos y se acercó un paso más, apretando su pecho contra el mío. De repente, el bolso y el dinero parecían insignificantes. Retrocedí y tropecé, golpeándome la cabeza con algo frío. Con dos pasos rápidos se colocó sobre mí, su boca como una cicatriz abierta sobre la mía. Solté un grito espeluznante y esperé que la persona que estaba en la casa con la música lo oyera.

—Vaya, qué guapa eres —dijo.

Podía saborear el terror, amargo y ácido a la vez.

—¡No te atrevas a tocarme! —grité.

En cuestión de segundos habían apartado al hombre y tomé grandes bocanadas de aire antes de ponerme en pie para correr, no sin antes cruzar la mirada con Tristan, que sujetaba al atracador por el sucio jersey. Se me pusieron las piernas gomosas de alivio.

—Vete —dijo, indicando la parte iluminada de la calle—. Ahora te alcanzo. —Tenía un brillo asesino en los ojos, pero no discutí.

—¿Llamamos a los gendarmes? —Lo primero que pensé fue que aquel despreciable hombre atacaría a otra chica en la oscuridad.

—Lo haré —dijo Tristan con los ojos encendidos—. Ahora vete.

Me alejé a toda prisa hacia el calor de las farolas, donde todo parecía más seguro. Los latidos del corazón volvieron a la normalidad, pero mis manos no dejaban de temblar. Me toqué la parte de la cabeza donde me había golpeado con algo, y mis dedos salieron rojos de sangre. ¿Qué hubiera pasado si Tristan no hubiera llegado? No valía la pena pensarlo. No volvería a dormir si dejaba que ese tipo de pensamientos me rondaran la cabeza. Debería haber llevado el espray de pimienta en la mano a aquellas horas de la noche. Debería haberme limitado a las avenidas bien iluminadas. Debería haber...

Oí pasos detrás de mí y por un momento el corazón se me detuvo aterrorizado; sin embargo, era Tristan, con el rostro demudado por la ira.

—¿Estás bien? —me dijo, mirándome. Me cogió las manos, que estaban arañadas por el asfalto; algunas uñas estaban rotas—. Estás temblando. Es el *shock*. Vamos a llevarte a casa.

Tristan me rodeó con un brazo y yo rompí a llorar, asustándome por la intensidad de mis sollozos, como si fuera otra mujer, no yo, quien estuviera allí. Me rodeó fuertemente con sus brazos, murmurándome palabras de consuelo. En el calor de su abrazo me sentí segura. Como si nada pudiera hacerme daño allí.

—Estoy aquí —dijo—. Estoy aquí, Anouk.

Tristan me acompañó a casa, el aire frío de la noche en las mejillas.

Ya en casa, cogió una colcha de mi cama y me envolvió en ella, indicándome que me sentara en la *chaise longue*. Minutos después, volvió de la cocina con media copa de vino tinto.

—Bébetelo todo —dijo—. Te hará entrar en calor. Es el *shock* lo que te está haciendo temblar así.

Robóticamente, hice lo que me decía, sintiendo que la calma se apoderaba de mí. Estaba en casa; la puerta se hallaba cerrada. Tristan estaba aquí.

—¿Estarás bien? —dijo él.

Me desinflé un poco, estaba disfrutando de su proximidad, no solo por el intento de atraco, sino porque realmente le importaba. O eso parecía. Esbocé una sonrisa.

—Totalmente. Gracias por tu ayuda.

—No te librarás de mí tan fácilmente —dijo—. Voy a buscar algunas cosas. Volveré lo antes posible.

Regresó treinta minutos después con dos bolsas de papel en la mano, pero me hizo gestos como si me prohibiera que mirara dentro. Me rellenó la copa de vino, me preparó un baño de burbujas y me condujo hasta allí, indicándome que pasara todo el tiempo que quisiera en el agua perfumada. No estaba acostumbrada a que alguien pensara en mis necesidades por encima de las suyas. Cerré la puerta y me sumergí en el agua, el calor me robaba el aliento de los pulmones de una forma deliciosamente reconfortante.

Me enjaboné, queriendo quitar de mi cuerpo cualquier rastro del atracador y de la suciedad de la calle. Me palpitaba la cabeza, pero el corte debía de ser leve, ya que había dejado de sangrar. Agradecí no tener que ir a un médico.

Era más fácil fingir que era cualquier otra noche, no fuera que el miedo se apoderara de mí de nuevo. Sonreí cuando oí cantar a Tristan, su sensual voz acompañada por el ruido de cajones y armarios que se abrían y cerraban mientras intentaba familiarizarse con mi apartamento. ¿Qué hacía? ¿Estaba cocinando?

Hice un pacto para ser amable conmigo misma esta noche, para abrirme paso en la conversación con Tristan sin seguir mis reglas de etiqueta habituales. No lo cuestionaría todo. Solo estaría agradecida por su compañía, su seguridad.

Con el agua de la bañera escurriendo ruidosamente, me vestí para estar cómoda: un pijama de algodón que normalmente nunca me pondría delante de un invitado, pero que esta noche me sentaba como un cálido abrazo.

Saliendo del refugio de mi habitación, fui a buscar a Tristan para asegurarle que estaba bien y que no tenía que cuidarme por miedo a que el *shock* me llevara a un estado catatónico o algo así.

Mientras me apoyaba en el marco de la puerta, estudié la escena que tenía ante mí. Había un hombre cocinando en mi cocina, con un paño de cocina colgado de un hombro. Tenía toda la pinta de haber estado allí un millón de veces.

—¿Te sientes mejor? —preguntó él.

Asentí, de repente tímida.

—Mucho. Gracias por todo; te lo agradezco de verdad. No tienes que... —Hice un gesto señalando la encimera.

—Quiero hacerlo —dijo—. Siéntate y habla conmigo mientras cocino. Un estómago lleno es esencial para dormir bien, y eso es lo que más necesitas esta noche. Y el vino te ayudará.

Me acerqué a la pequeña mesa de comedor y le observé trabajar. Tenía unas manos grandes y fuertes. Nunca me había fijado en eso. Con la tenue luz del techo iluminándole el pelo rubio y con la facilidad con la que se movía, resultaba casi etéreo. Me sentía como en un sueño. Quizá me había golpeado la cabeza más fuerte de lo que pensaba.

Los nudos de mis hombros se deshacían con cada sorbo del borgoña que había descorchado.

—Pareces estar como en casa en mi cocina —le dije.

No me lo habría imaginado como una persona hogareña, pero eso es lo que parecía, tarareando mientras caramelizaba cebollas, picaba ajos, revolvía ollas...

Me dedicó una sonrisa.

—Déjame adivinar... ¿Pensabas que tenía un chef privado a bordo de mi yate atendiendo todos mis caprichos?

¿Así que tal vez no era el *playboy* que parecía? Eso solo podía ser bueno...

—Algo así —dije, un poco arrepentida—. Supuse que tendrías ciertos talentos, pero no habría pensado que serían tan domésticos. —Por los olores y la forma en que controlaba las ollas y sartenes, me di cuenta de que sabía lo que hacía.

—Intentaré no ofenderme. —Se rio—. No suelo cocinar en una cocina tan bien surtida. Moverme de hotel en hotel no da muchas oportunidades para ello.

La encimera estaba cubierta de harina y también parte de su mejilla. Bajo el brazo, sujetaba con fuerza el cuenco de cristal mientras batía la mezcla para el *soufflé* con feroz determinación.

Era casi como si hubiéramos estado aquí antes, en otra vida. Me resultaba tan familiar... Bebí un sorbo de vino para tragarme aquel ridículo pensamiento, finalmente dije:

—Debe de ser duro trasladarse todo el tiempo, no poder echar raíces.

Se encogió de hombros.

—Uno se acostumbra. Me tomo unas semanas libres al año y me voy a mi pequeña cabaña de madera en medio de la nada.

Subo montañas, saco el bote, que es más pequeño que un Peugeot, debo añadir, y me harto lo suficiente de todas esas cosas domésticas para poder volver a la lucha.

Busqué en sus rasgos, tratando de situarle en aquel escenario. Imaginé su cálida cabaña en algún lugar del bosque, con el río como telón de fondo de una vida sencilla. Me pregunté si viviría allí solo y pasaría aquellas semanas en silencio, o si tendría un aluvión de mujeres que querrían endulzarle el hogar. Como si me leyera el pensamiento, me dijo:

—A veces me siento solo, con la única compañía de un lúgubre aullido de lobo, pero la mayor parte del tiempo lo disfruto. Llevo suficientes provisiones para que me duren, y el día es mío. El tiempo se ralentiza; es algo milagroso. Es como si pudiera ser...

Me crucé de brazos para mantener el calor, pues la punzada del frío aún llegaba a alguna parte de mí, aunque fuera una noche primaveral.

—Me parece que necesitas más de eso. Si ese es el lugar que alivia tus males, entonces deberías buscarlo más.

—¿«Alivia mis males»?

—Ya sabes, arreglar el mundo, o como se diga en América. —Aunque mi comprensión de la lengua inglesa era buena, a veces las cosas se perdían en la traducción.

—Sí —aceptó, y se dio la vuelta bruscamente, como si no quisiera seguir esa línea de conversación.

Quizá echaba de menos su hogar. En mi caso, había momentos en los que echaba de menos la sencillez del pequeño pueblo en el que vivían mis padres y donde me había criado. Esa atracción instintiva hacia un lugar, un sentimiento, un tiempo donde las cosas eran más fáciles...

—No sé qué me poseyó para caminar de esa manera a casa esta noche. Supongo que estaba distraída y no pensaba. Si no hubieras estado allí... —Mi voz se apagó. ¿Por qué estaba siempre cerca?

Se secó las manos con un paño de cocina y pudo leer la pregunta en mi mirada.

—Esperaba verte antes de que cerraras la tienda esta noche. Me han invitado a la venta de Saint-Tropez y quería pedirte consejo sobre algunas piezas. Con las prisas por llegar antes de que cerraras, me perdí. Esas callejuelas son como una madriguera por la noche. Antes de doblar la esquina, oí una refriega cerca y la voz aterrorizada de una mujer. No fue hasta que lo aparté que me di cuenta de que eras tú. Nunca había agradecido tanto perderme.

Me estremecí al recordarlo.

—Gracias a Dios. Es como si fuera el destino: un minuto antes y habrías doblado esa esquina. Todo sucedió tan rápido... —Intenté recordar por dónde caminaba el atracador, en qué lado de la calle se había escondido, pero no conseguía acordarme—. ¿Crees que me estaba siguiendo? —¿Y si el hombre me estaba esperando? ¿Sabía quién era yo y que existía la posibilidad de que tuviera un montón de dinero de la tienda? No quería vivir con miedo cada vez que cerraba tarde por la noche.

Tristan negó con la cabeza.

—No, en absoluto. Creo que era un borracho que pensó en probar suerte. Tú deambulabas por una calle mal iluminada y él vio una oportunidad.

Eso me recordó algo.

—¿Los gendarmes querrán tomarme declaración?

Apretó la mandíbula y desvió la mirada.

—Les di mis datos y dijeron que llamarían si necesitaban más información.

—No se saldrá con la suya, ¿verdad? Quiero decir que estoy bien, que por suerte no fue más allá, pero odiaría pensar que está ahí al acecho de la próxima chica.

Tristan se levantó tan rápido que la mesa y su contenido temblaron.

—Créeme, no volverá a tocar a otra chica. —Un músculo a lo largo de su mandíbula palpitó—. Ahora —dijo alegremente, cambiando de tema a la vez que de actitud—, sopa de cebolla francesa. Eso debería reconfortar tu alma y evitar que te preocupes.

Cogió tazones de sopa de los armarios superiores, cucharas del cajón de los cubiertos y servilletas del aparador.

—Si no te conociera, Tristan, pensaría que has estado husmeado... —Me reí mientras él ponía la mesa.

—Por supuesto que sí. Soy americano. Es lo que hacemos. No esperaba encontrar todos los utensilios de cocina que una persona pueda desear.

Riendo, levanté mi mano.

—Soy francesa. Es lo que hacemos.

Nos miramos fijamente ante cuencos humeantes de aromática sopa de cebolla francesa, y me di cuenta de que era algo que anhelaba pero que ni siquiera yo misma admitía. Alguien con quien partir el pan, con quien sorber sopa, en el ambiente cálido de la cocina. Alguien en quien confiar y con quien sentirse seguro. Alguien con quien reír y amar. ¿Alguien con quien reír y amar? El pobre hombre había tropezado conmigo en las sombras y se detuvo para ayudar, eso es todo. No podía quitarme la sensación de que esta noche y lo que podría haber sido eran una lección para aprender a vivir de verdad otra vez. Había estado tan desesperadamente angustiada por Joshua que me había esforzado por protegerme escondiéndome, pero no podía protegerme de todo sin vivir en una burbuja. Esta noche lo demostraba.

Cuando Tristan se relajaba, se le iluminaba el rostro. Llevó nuestros cuencos al fregadero y continuó con el siguiente plato.

—Créeme: este es el mejor *soufflé* de queso que has probado nunca —dijo—. Tienes suerte de que te deje ver cómo lo hago. Es una receta secreta transmitida de generación en generación.

Levanté una ceja.

—¿Ah, sí? Háblame de tu *maman* y sus recetas secretas. —Me apoyé en el encimera, ansiosa por oír hablar de su familia.

Los ojos se le nublaron y la sonrisa desapareció de su rostro.

—Vale —dijo—, he caído en el primer obstáculo. En realidad no es una receta secreta, sino robada de Internet y reivindicada como propia con un par de retoques. —Su tono de voz se elevó, volviéndose demasiado jocoso, forzado, y me pregunté qué había provocado el cambio.

¿Preguntar por su madre? Por la tensión de sus hombros, era evidente que mi pregunta le había molestado.

Para mí, la cocina estaba llena de recuerdos: las celebraciones familiares, *maman* enseñándome desde pequeña a cortar zanahorias, qué hierbas combinaban con cada plato y, a medida que crecía, a perfeccionar el equilibrio de sabores. Cada momento en su cocina había formado parte de mi educación y lo guardaba como un tesoro. Ahora mismo estaría preparando la cena para *papa*, preocupándose por la elección del vino, controlando las ollas burbujeantes. ¿Quizá no estaba muy unido a su madre? Tal vez los recuerdos familiares le resultaban dolorosos por alguna razón. Aunque ya no vivía en el mismo pueblecito que mi familia, seguíamos estando muy unidos, y sentía pena por la gente que no lo estaba. La familia lo era todo para mí. No presioné a Tristan para que me diera más detalles, por si acaso echaba a perder la noche, aunque sentía curiosidad.

Renunciando a mis reglas y normas por una noche y decidiendo vivir el momento, subí el volumen de la música y le rellené la copa de vino.

—Tienes un poco de harina... —Toqué la mancha blanca de su mejilla, y mi dedo se detuvo más de lo necesario.

¿Qué estaba haciendo? Nunca había sido yo quien iniciaba el contacto con Tristan; siempre había sido él quien se inclinaba para darme un beso de saludo o despedida. Ni siquiera conocía a este hombre, pero aquí estábamos, en esta escena doméstica, como si fuéramos amigos de toda la vida.

Es una amistad, razoné, y eso está bien, ¿no?

—Solo querías tocarme —bromeó.

Puse los ojos en blanco, contenta de alejar las emociones con humor.

—Es verdad. No tenías harina, me lo he inventado.

Tristan añadió el queso a la mezcla de huevo y la mezcló antes de verterla lentamente en ramequines.

—Algún día serás un buen marido —le dije, observándole.
Prestaba mucha atención a cada paso. Había recuperado esa concentración feroz. Me pregunté si era así en los negocios. Concentrado, motivado, ambicioso. Pero ¿cuál era exactamente su negocio? ¿Por qué no podía ser más claro? Yo era la reservada, pero había compartido varias cosas con él.

—¿Me estás pidiendo matrimonio? —dijo arqueando la ceja, lo que yo recompensé apresuradamente con una burla.

—Aún no lo he probado. —Señalé los *soufflés*, que sabía que se hincharían y subirían a la perfección porque había seguido cada paso con precisión, después de que le salvara de batir los huevos de más.

—Mantén tu propuesta de matrimonio hasta entonces...

Puso las cazuelas en el horno y se sentó a la mesa del comedor.

—¿Te ves casándote? —le pregunté, dándome cuenta de que habíamos pasado de la ligereza a los pormenores de la vida real.

Después del susto en el callejón, me pareció normal hablar de nuestras vidas privadas, como si hubiéramos estrechado lazos más rápido de lo normal. Aunque estaba claro que a Tristan le encantaba cocinar, no me imaginaba a alguien como él asentándose, con niños agarrados a sus piernas mientras horneaba *soufflés*, y estaba deseando saber qué respondería a semejante pregunta. Estaba segura de que la novedad de una vida doméstica pasaría si se convertía en rutina. Conocía a hombres como él. Perseguían arcoíris, sin darse cuenta de que no eran tangibles. Solo bonitos colores y aire caliente. Por alguna razón, Tristan parecía el tipo de hombre que se crecía con la emoción, la persecución, la espontaneidad...

—Sí. —Estiró las piernas y se echó hacia atrás en la silla, sosteniendo su copa de vino en la mano—. Me gustaría asentarme y tener hijos, ir a sus partidos de fútbol o a sus clases de *ballet*... todo el *pack*. Pero con mi trabajo no es tan fácil. Viajo y no he podido quedarme en un sitio durante mucho tiempo.

Ladeé la cabeza.

—¿No puedes cambiar el funcionamiento de tu trabajo? ¿Montar una base en algún sitio, contratar a otros para que viajen? Tú mandas, ¿no? Es asunto tuyo. Todavía estoy un poco confundida en cuanto a lo que realmente haces...

Primero pensé que era coleccionista, luego marchante, ahora ni siquiera estaba segura de que se dedicara a las antigüedades. Quizá solo le gustaba adquirir cosas bonitas. De algún modo, conseguía que le invitaran a todas las subastas, y eso solo ocurría si una persona era muy conocida en el mundillo. Tristan hablaba con reservas, y no había llegado a entender del todo ningún aspecto de su vida. ¿Era una peculiaridad americana? ¿Algo que me fallaba en el idioma?

—Es un tipo de existencia confusa, la verdad sea dicha. —Jugueteaba con su copa de vino—. Respondo ante mucha gente, así que, aunque estoy al mando, en realidad solo soy una marioneta. Y los hilos se mueven de un lado a otro, y yo voy de un sitio a otro, arreglando cosas.

—¿Qué significa eso? —Me reí, sacudiendo la cabeza—. Eso no es una respuesta.

Asintió con la cabeza. Sus ojos brillaban divertidos como si le gustara jugar conmigo.

—Soy consultor de empresas, lo que básicamente significa volar por todo el mundo e interpretar sus datos, encontrar soluciones a los problemas y volver a ponerme en marcha. La verdad es que no es el trabajo más emocionante del mundo. La parte de los viajes suena glamurosa, pero, aparte de eso, es un estilo de vida ajetreado, sin rutina. Coleccionar antigüedades es una forma de aliviar la monotonía de leer hojas de cálculo y hacer números. Son un recuerdo de cada lugar en el que he estado, y me gustan las cosas bonitas...

Me sonrojé y me animé un poco. Si no se dedicaba al comercio de antigüedades, quizá su interés por mí era sincero. Tal vez fuera un viajero solitario que solo quería detenerse, coger aire y comprar algunos tesoros para recordar su estancia en la Ciudad del Amor. Era una posibilidad.

—¿Qué hay de tu vida social? —le pregunté—. ¿Haces amigos en cada lugar? Parece una existencia nómada y solitaria si no lo haces.

Volar por todo el mundo tenía sus ventajas, pero no si estabas constantemente solo, sin nadie con quien tener contacto... Incluso la persona más solitaria necesita un amigo, aunque Tristan no me parecía un tipo solitario. Quizá tenía una novia en cada ciudad, quién sabía.

—Mis mejores amigos están todos en los Estados Unidos. Tengo una casa en la que apenas vivo, un coche que no conduzco y peces que alimentan otros cuando estoy fuera. Hace poco que me he dado cuenta de que quiero más de mi vida. Y no sé cómo puedo arreglarlo. —Se sonrojó—. Es difícil de explicar. —La tristeza le invadió los ojos.

—Debes hacer lo que te haga feliz. Es un tópico, pero la vida es muy corta. Por eso los franceses dormimos hasta tarde, desayunamos sin prisas, almorzamos durante más tiempo, bebemos vino con la mayoría de las comidas... El día a día no hay que apresurarlo ni soportarlo, hay que saborearlo, cada minuto, por si mañana nunca llega.

Bebió un sorbo de vino y me miró por encima del borde de la copa.

—Tu vida es un paraíso comparada con la mía. Después de este trabajo, las cosas podrían cambiar para mí.

La habitación se llenó del delicioso aroma del *soufflé*, haciendo rugir mi estómago. Me aclaré la garganta con la esperanza de disimular el sonido.

—Parece que tu cuerpo te traiciona. —Se rio—. No hay nada malo en centrarse en el trabajo si es lo que te gusta. No tienes que ajustarte a la idea que otra persona tiene de lo que debe ser la vida. Sé que ciertamente no me conformo, pero la diferencia es que a veces desearía hacerlo.

—¿Y perder la personalidad de *playboy*? ¡Jamás!

—Sí, echaría de menos mi *jet* privado, por no hablar de mi yate. —Me sonrió por encima del borde de su copa de vino.

Le tiré la servilleta.

—Sí, claro que sí, mi fanfarrón amigo americano.

Soltó una carcajada.

—Si tú supieras... Déjame seducirte... con mi *soufflé* de queso.

—Muy bien, Romeo. Veamos qué habilidades tienes... en la cocina, por supuesto.

Se nos escapaba el flirteo. En lugar de sonrojarme o de actuar torpemente, puse los ojos en blanco y broméé. Diversión inocente entre dos adultos.

Cuando se marchó, me fui directamente a la cama, agotada por el largo día. Pero el pasado no me dejaba olvidar lo fácil que se puede romper un corazón. Aunque Tristan era guapísimo por partida doble, musculoso, con una presencia que me hacía temblar las rodillas..., no era eso lo que admiraba, sino los momentos de tranquilidad, cuando no se daba cuenta de que le estaba observando. La luz de sus ojos cambiaba de color, sus rasgos se suavizaban, y yo podía ver cómo envejecería, y qué tipo de hombre sería, del tipo que soñaba con el amor verdadero y con tener una familia, deteniéndose en las pequeñas cosas de la vida... o tal vez solo eran ilusiones mías. Lilou llegó a casa, dando portazos y riéndose con Henry. Me había olvidado por completo de ellos y ahora agradecía que no hubieran venido a colarse en nuestra cena. Ahuequé la almohada y cerré los ojos con un suspiro, mientras la luz de la luna se filtraba a través de las cortinas.

11

Después de terminar el desayuno —milhojas de *framboise* y un café solo hirviendo—, recogí los platos y limpié la mesa. No pude evitar sonreír mientras iba de un lado a otro del apartamento. Tristan había montado un desastre en la cocina la noche anterior, pero no quedaba ni una mota de harina ni un plato sucio. Un hombre que cocina y limpia... «Es bueno con las manos», me tomaría el pelo más tarde Madame Dupont, moviendo las cejas de forma sugerente.

A pesar de que me preocupaba que me persiguieran por la almohada las pesadillas sobre el intento de atraco, había dormido a pierna suelta. El estómago lleno, una noche de risas y sentirme a salvo con Tristan eran el tónico que necesitaba. No estaba segura de lo que sentía, pero había una chispa, y necesitaba tiempo para pensar en lo que significaba.

Me dirigí a mi dormitorio, abrí de par en par las puertas de los armarios y me pregunté qué iba a meter en la maleta para pasar la noche en un mercadillo de Saint-Tropez. Al ver la hora, palidecí. Tenía que darme prisa, el tren salía en dos horas.

¿Qué le había pasado con la chica que siempre cumplía los horarios? Esta mañana me había entretenido en el desayuno disfrutando de la tranquilidad, perdida en una ensoñación. Lilou estaba en su «oficina» trabajando en una nueva colección de joyas y Henry había salido corriendo por la puerta antes de que yo saliera de mi dormitorio.

Era agradable tener la paz y la tranquilidad de mi apartamento con la única compañía del aroma del café a medio beber.

Había tenido una mañana muy relajada y no había cumplido con mi horario. Me había sorprendido a mí misma sonriendo una o dos veces al recordar la noche anterior con Tristan. Era hora de salir de esa ensoñación infantil y volver al buen camino.

Saint-Tropez no esperaba por nadie, ni siquiera por mí. El aroma salado del Mediterráneo nunca dejaba de animarme. Ansiaba sentir la arena bajo los pies, la brisa en el pelo... Pero primero había que terminar de hacer la maleta, y rápido. Saqué del armario algunos vestidos entallados, con cinturones anchos para ceñirlos. Añadí bufandas y guantes por si la ocasión lo requería. Un par de zapatos con cuña y unas bailarinas, por si acaso.

Maman decía que yo era un alma vieja, atrapada en una vida pasada de la que nunca había podido librarme, desde mi forma de vestir hasta mi tienda y mi obsesión soñadora por el pasado. Quizá tenía razón. Quizá por eso la pérdida de las tradiciones me resultaba tan desgarradora. Tenía la sensación de que los parisinos nos apresurábamos a ser cada vez más modernos, y con ello cerrábamos una puerta a nuestra historia. Los recuerdos se perderían para siempre, a medida que las generaciones dejaran este mundo, si no valorábamos sus posesiones y sus historias, que conectaban el pasado con el presente. Puede que fuera una forma romántica, de pensar pero por eso me encantaban las antigüedades. Las vivía y las respiraba.

Miré el reloj, suspiré, cogí un libro —*La moda de París en los años veinte*—, lo metí en el bolso y salí a toda prisa de mi pequeño apartamento.

La emoción se apoderó de mí mientras corría hacia la estación. En Saint-Tropez me esperaba un escritorio de Anaïs Nin. Si cerraba los ojos, la veía de joven, con el pelo castaño ondulado por encima de los hombros, mirando por la ventana, esperando a que le llegara la inspiración. Fue una adelantada a su tiempo y un icono para muchos.

Anaïs escribió novelas en el París en los años treinta. Desde entonces el escritorio se había trasladado de un lugar a otro, mucho después de que la escritora erótica abandonara Francia rumbo a los Estados Unidos. Por suerte, había permanecido en suelo francés y había pasado a manos de otros escritores que mantenían vínculos poco claros con Anaïs. Tenía una compradora que escribía novelas románticas, lo cual encajaba con que se utilizara para tipos creativos. Marie, la autora que lo quería, estaba entusiasmada con la idea y me había enviado fotos de su despacho desordenado, con un hueco perfecto para él.

Lo más gratificante de mi trabajo era ver cómo se iluminaban los ojos de un cliente al recibir la entrega, cómo se llevaban las manos a la cara, cómo se quedaban con la boca abierta... y la quietud del momento, como si el tiempo se detuviera al chocar dos mundos.

Pasado y presente. Antes y ahora.

Utilizando el escritorio, sabía que Marie tendría una epifanía, una idea que la sacaría del pozo del bloqueo del escritor; ¿era su subconsciente, o era Anaïs, echándole una mano fantasmal cuando las palabras no fluían?

Era sorprendente la cantidad de clientes que me llamaban con voz tímida y me contaban historias sobre sus antigüedades y cómo recibían la visita de fantasmas: los antiguos propietarios. Como si de vez en cuando regresaran desde su mullido lugar en el cielo para comprobar que su querida antigüedad seguía siendo cuidada.

Ocurría sobre todo con las antigüedades que utilizaban las personas con inquietudes artísticas. Les resultaba mucho más difícil desprenderse de ellas y trasladarse al siguiente lugar. Durante la noche, podía oírse un violín de principios del siglo XIX, el suave lamento de las cuerdas sonó y el nuevo propietario se despertó, siguió el sonido y pudo ver la cortina temblar una o dos veces, a pesar de que las ventanas estaban bien cerradas y la puerta con el pestillo echado.

O una máquina de escribir, utilizada en su día por algún corpulento escritor bañado en *whisky*, cobraba vida de repente, con sus teclas repiqueteando en la oscuridad de la medianoche. Era solo una breve visita para ponerse en contacto con el preciado medio que había hecho inmortal su arte. El tintineo de un vaso contra la botella de *whisky* se oyó, a modo de despedida, antes de que el silencio envolviera de nuevo la habitación.

Incluso yo había tenido una visita. Tenía un viejo reloj que perteneció a una actriz francesa de los años cincuenta, famosa por llegar tarde a los rodajes y quedarse despierta hasta altas horas con cualquier galán que se le antojara. La primera vez que me llevé el reloj a casa, sonaba más fuerte a la hora de las brujas, como si la saludara, y me preguntaba si, al correr hacia el salón, vería su curvilínea sombra reflejada en la luz de la luna mientras volvía a ver lo único que siempre la había vencido en la vida: el tiempo. Murió trágicamente, joven y hermosa, y en la otra vida persiguió lo que la había eludido.

¿Fantasmas visitando sus preciadas posesiones? Era una locura, y yo misma lo dudaría si no lo hubiera vivido en primera persona. Me pregunté si Anaïs estaría allí en espíritu hoy, susurrándome a través de los tiempos...

Fuera, hice una lista mental de quién estaría allí. Tristan. Ombre. Louis —de la Sociedad de Conservación del Arte— y tal vez... ¡el ladrón! Era muy probable que el ladrón merodeara sin que nos diéramos cuenta. Yo tomaría nota disimuladamente de los asistentes y vería si podía reducir el número de caras nuevas y sospechosos.

Una vez a bordo, me preparé para el largo viaje en el tren de alta velocidad, que me llevaría a Saint-Raphael, donde me esperaría un coche para seguir hasta Saint-Tropez. Apreté la cara contra el cristal mientras veía pasar el paisaje. Independientemente de mi edad, nunca había superado la emoción de un viaje largo en tren; mi viaje a algún lugar diferente siempre era un impulso de energía. A medida que nos alejábamos de París, la vista cambiaba a campos abiertos con exuberante hierba verde y casas salpicando el paisaje. El rítmico balanceo del tren me hacía soñar despierta, pero debí de quedarme dormida. Cuando desperté, tenía un ramillete de peonías rosa pálido en el regazo. Su perfume salía a mi encuentro, tan deliciosamente potente que estaba segura de que todo el vagón debía de haber captado su sensual aroma. Con una sonrisa, abrí la nota adjunta.

Eres hermosa cuando duermes, como algo exquisito salido de un cuadro prerrafaelita. No podía molestarte... ¿Quizá podamos volver a vernos en Saint-Tropez?

Tristan

Miré alrededor del vagón en su busca. Debía de haber subido sin que yo lo viera, y se apoderó de mí un revoloteo de nervios... y algo nuevo: un cosquilleo de expectación.

Después de la cena de anoche, las cosas habían cambiado entre nosotros. Nada se admitía abiertamente, pero el cambio de energía era casi tangible. Un roce aquí, una mirada allá... que de repente estaban cargados de significado, aunque ninguno de los dos había hecho un movimiento de más. Aún no sentía que le conociera lo suficiente, pero, como diría Madame Dupont, «¿lo suficiente para qué?». No iba a cederle mi negocio. No iba a aceptar una propuesta de matrimonio y tener hijos. Simplemente estaba considerando la idea de que tal vez, solo tal vez, me gustaría salir con él en el futuro.

Cuando el tren aminoró la marcha, recogí mis cosas y me dispuse a bajar con la esperanza de verle. Me demoré todo lo que pude en el andén, pero el coche y el conductor me estaban esperando, así que me dirigí hacia allí, más impaciente que nunca por llegar a un sitio.

El viento salado de Saint-Tropez soplaba con fuerza. Pasé por delante del puerto deportivo donde atracaban los barcos y las olas golpeaban suavemente sus cascos, como si el océano dijera «relájate».

La tensión de mis hombros se suavizó, dejándome tan relajada que estuve a punto de caerme. La belleza natural de los elementos me desarmó. Con las grandes extensiones, los distintos tonos de azul del cielo y el océano interminable, era fácil dejarse ir.

Me registré en el hotel. El balcón daba a la brillante agua cobalto, cuyas ondas brillaban como diamantes. La habitación era pequeña y austera, porque nada podía competir con la vista del exterior. El único ruido provenía de un grupo de niños en la orilla cuyos alegres gritos adornaban el día.

Me calcé unos zapatos de cuña y me adentré en el luminoso mediodía, dispuesta a emprender el accidentado camino hasta la venta de la finca.

12

Las casas se agrupaban alrededor de la bahía y sus ventanas reflejaban el oleaje. Saqué del bolso un mapa dibujado a mano a toda prisa y traté de situarme. No estaba lejos, según las indicaciones.

Subí a duras penas, pero la vista me distrajo de la empinada subida. En la cima de una colina, un castillo centenario se alzaba regio; ni siquiera los embates de los borrascosos vientos marinos podían hacer nada, excepto teñir sus paredes de polvo de sal.

Continué mi camino. Aunque me dedicaba a comprar en lugares como este, siempre me entristecía que objetos tan bellos tuvieran que venderse por cualquier motivo: fallecimientos, deudas... o simplemente por liquidación. Por ejemplo, seguramente nadie quería desprenderse del escritorio de Anaïs Nin, pero por alguna razón esta finca se desprendía de sus tesoros, así que, aunque compraba y vendía, lo hacía con delicadeza, sabiendo que a veces el motivo era triste.

Sin aliento por la subida, llegué a la cima y tuve una panorámica completa del castillo. Las puertas de hierro forjado se abrían de par en par y dejaban al descubierto una exuberante hierba verde. Los parterres eran un derroche de color, con azaleas que brotaban en tonos rosa ciruela. El castillo se alzaba imponente y su inmensidad robaba un trozo de cielo cerúleo. Las buganvillas trepaban por los muros de piedra, chillando en vibrante fucsia, con sus pétalos de papel de seda revoloteando mientras se aferraban a la brisa indulgente.

Imaginé el interior del castillo: el murmullo de las risas resonando en los pasillos cavernosos, el eco de las voces reverberando en los techos abovedados... Un antiguo y gran salón de baile, ¿acaso permanecía en silencio, sus suelos de parqué ya no recibían el golpeteo de los zapatos de tacón? ¿Qué recuerdos habrían absorbido estas viejas paredes a lo largo de los siglos? Me picaba la curiosidad, mi mente daba vueltas a lo largo de las décadas pasadas, imaginando la moda de las *mademoiselles* cambiando de generación en generación. Y, sin embargo, este viejo y grandioso tributo seguía en pie, resistiéndolo todo.

A lo lejos, los perros ladraban lastimeros, seguramente encerrados todo el día para evitar que mordieran a algún comprador. Avancé por un sendero de conchas marinas, cuyos bordes estaban cubiertos de ranúnculos. En la puerta, un hombre trajeado me saludó con la cabeza. Su rostro quemado por el sol se arrugó y esbozó una sonrisa.

—¿Tiene su invitación? —me preguntó.

La saqué del bolso.

—¿Hay mucha gente aquí?

—*Oui* —dijo, echando un vistazo superficial a la invitación—. Mucha. Cruce por ahí. Siga el pasadizo hacia la derecha y llegará a un salón. Allí se sirven bebidas y canapés. Si quiere ver los lotes, están en la terraza acristalada que hay un poco más allá. Tiene treinta minutos antes de que empiece.

—*Merci* —dije, cogiendo un programa.

Mi instinto comercial se puso en marcha. Quería ese escritorio y solo esperaba que nadie pujara en mi contra. Nunca se sabía quién iba a aparecer en las ventas inmobiliarias. Aquel pensamiento me revolvió el estómago. Los clientes eran impredecibles; a menudo, el único requisito para ser invitado era ser rico. Era el tipo de negocio al que la gente acudía solo para ser vista, para derrochar dinero y luego seguir su camino. Yo no podía hacer mucho para proteger las piezas, salvo intentar ganar algunas y asegurarme de que fueran a parar a un hogar donde las trataran con cuidado. Mis zapatos de cuña repiqueteaban ruidosamente sobre las tablas del suelo de madera, que habían sido pulidas hasta dejarlas brillantes. Cuando encontré el salón, un camarero se acercó con una bandeja.

—*Champagne?*
Negué con la cabeza.
—*Non, merci.* —Brindaría una vez que el escritorio de Anaïs Nin me perteneciera.

Saludé a algunos conocidos, sin pararme a charlar, y me dirigí a la terraza acristalada. Como siempre, se me aceleró el corazón al verme rodeada de antigüedades exquisitas. Tanta historia acumulada en un espacio, sus futuros en el aire, como si también contuvieran la respiración a la espera de su destino.

Era el final de la tarde cuando se filtró la luz del sol, que se posó sobre los muebles como un suave foco. Dos guardias de seguridad estaban apoyados contra una pared, con los brazos cruzados mientras charlaban y sus voces resonaban en la habitación de techos altos. Me saludaron con la cabeza y reanudaron la conversación.

Había una enorme colección de objetos: lámparas, globos terráqueos, una regia cama con dosel y espectaculares cortinas de terciopelo. Libros raros, probablemente primeras ediciones, en una vitrina con cerradura. Les eché un vistazo de pasada; si había una edición de Anaïs Nin, combinaría bien con el aparador. Pasé un dedo por el cristal: Stein, Hemingway, F. Scott Fitzgerald... Un buen trío de novelistas estadounidenses que habían hecho de París su hogar, al menos durante un tiempo. Si conseguía el escritorio a un precio razonable, me comprometí a pujar por esas bellezas para mi propia colección.

El aire de la habitación resonó cuando sentí la presencia de alguien detrás de mí, aunque no había oído su aproximación, tan ruidosa como había sido la mía. Me giré y me encontré cara a cara con él, y los latidos de mi corazón se aceleraron ligeramente.

—Gracias por las flores. Las peonías son mis favoritas. —Un rubor me subió por las mejillas y fruncí el ceño al ver que mi cuerpo me traicionaba. Debía tener mi máscara preparada, sin importar lo que hubiera cambiado entre nosotros.

Sonrió.

—He acertado, entonces. —Tristan vestía impecablemente, al estilo de los hedonistas, con el pelo rubio ondulado hacia atrás y los ojos de un azul más claro que el del Mediterráneo.

—Sí. —Acertaba a menudo cuando se trataba de mí.

—¿Te interesa algo? —Arqueé una ceja.

—Mucho —dijo, sin apartar la vista de mí, y sentí que me recorría una oleada de calor. Por más que intenté calmarla, no pude.

Haciendo gala de mi mejor cara de póquer, le dije:

—Lo diré de otro modo. ¿Te gusta algo de la subasta?

Me miró lentamente mientras se colocaba la corbata y volvió a mirarme a los ojos.

—Los bocetos... Me gustan mucho.

La obra de arte a la que se refería eran unos dibujos en blanco y negro muy raros que se creía que habían sido hechos por Matisse y que habían sido descubiertos recientemente entre las páginas de un libro. Estaba segura de que se venderían por mucho dinero. Eran dolorosamente hermosos.

—Espero que no tengas mucha competencia.

Nos quedamos de pie torpemente, algo que dudaba que le ocurriera muy a menudo. La electricidad prácticamente chisporroteaba entre nosotros. Para calmarla, jugueteé con las correas del bolso y le sonreí nerviosamente.

—Bueno, será mejor que me siente —dije.

—Claro —aceptó—. ¿Y tal vez podamos ponernos al día más tarde?

—Tal vez. —Tenía que apartar todos los pensamientos de mi cabeza o... no podría concentrarme en mi trabajo.

Cada vez me costaba más no ponerme en evidencia cuando él estaba presente. Era como si mi cuerpo tuviera autonomía propia y cada fibra de mí se dirigiera hacia él. Llevaba el peligro escrito por todas partes y, sin embargo, algo en mí lo deseaba igualmente. No me senté de inmediato, sino que volví a deambular por los lotes con la esperanza de ver los bocetos que él quería, sabiendo que no volvería a verlos después de hoy.

Los encontré en un armario bajo llave, justo al lado de los

guardias de seguridad. De cerca, los dibujos eran aún más exquisitos de lo que sugerían las fotos de Internet. Matisse debía de ser un hombre increíble para conjurar tanta belleza con un simple movimiento de lápiz. No me extrañó que en los pasillos se oyeran más pasos de lo habitual. Sabía que muchos codiciarían estos bocetos. Bajo las pestañas, observé a los espectadores, escudriñando sus rostros. A algunos los conocía, a otros no.

Me acordé de los recientes robos y, en cierto modo, me alegré de que hasta entonces solo hubieran robado joyas, porque perder los dibujos de Matisse en el mercado negro sería un crimen contra la historia.

¿Qué haría un ladrón? ¿Mimetizarse o destacar? Los periódicos no daban mucha información. Ninguna descripción física, en cualquier caso. Lo único que podía hacer realmente era conseguir el escritorio para mi cliente y saber que estaba a salvo de ser enviada a otro lugar, y que había constancia de sus orígenes...

Con la cabeza gacha, mirando fijamente a la vitrina, pisé el zapato de alguien y tropecé.

—Lo siento mucho —dije, mirando al hombre e inhalando bruscamente. Esa sabandija. Siempre cerca de mí para tomarme la delantera.

¿A qué había venido hoy? Sin querer, miré en dirección a el escritorio, solo durante un breve segundo, pero eso era todo lo que necesitaba si estaba prestando atención. Me dieron ganas de darme un cabezazo contra la pared. Podría haber levantado un cartel que dijera «¡COMPRE EL ESCRITORIO DE ANAÏS NIN!». *Merde!* ¿Lo había visto? Me entraron ganas de llorar. Primera lección al asistir a una subasta: nunca, nunca desveles lo que buscas. Joshua daría vueltas como un tiburón si supiera que yo iba detrás de esa pieza.

—No empieces. —Le miré con dureza y agité la mano para indicarle que siguiera adelante.

Luego miré con determinación una lámpara *vintage* de cristal de Murano de los años veinte, con la esperanza de que pensara que era eso lo que anhelaba y no el aparador. Era una impresionante pieza de artesanía italiana...

—Anouk, mi adorable francesita. Qué alegría verte por aquí. ¿Quieres regalarme algo hoy?

Podría haberle arrancado de un bofetón la expresión zalamera del rostro y atenerme a las consecuencias.

—Llegará tu hora, Joshua. Recuerda mis palabras.

Pero probablemente no llegaría. La gente como él nunca parecía recibir su merecido.

—Entonces, ¿es un no a una cena? Sería una pena desperdiciar una noche en el paraíso. Mi nueva chica no tiene nada que envidiarte en la cama.

Se me puso la piel de gallina solo de pensarlo.

—Eres un cerdo. ¿Por qué no haces las maletas y te largas? Ve a arruinarle la vida a otra. —Que pudiera mirarme como si fuera un juego volvió a romper algo muy dentro de mí. Bajé la voz—: Tienes suerte de que no le cuente a todo el mundo lo que me hiciste. Solo me detiene la vergüenza.

—¡Oh, vamos, Anouk! Tomaste malas decisiones en los negocios. No tiene sentido que nos guardemos rencor.

Su aspecto juvenil y su falsa afabilidad los engañaron a todos. No podía hacer nada para detenerlo sin parecer una imbécil. Aunque quería patalear y gritarle al mundo que era un estafador.

—Di una palabra más y lo contaré todo. Y las consecuencias serán terribles. —Me tiré un farol, esperando que mi voz de acero fuera convincente.

—Inténtalo, Anouk, y quedarás como una mujer despechada. —Se le ensombreció la cara y se fue en dirección al precioso escritorio.

Me había visto mirarlo. Descubrí a Tristan charlando con los guardias de seguridad y me invadió una oleada de alivio. No me había visto charlando con Joshua. Lo último que quería era que pensara que necesitaba que me rescataran.

Conteniendo la furia, me retiré al salón y cogí una copa de champán. Me la bebí de un trago, sabiendo que estaba infringiendo mi propia norma, pero necesitaba algo que detuviera los fuertes latidos de mi corazón. Maldito Joshua por alterar mi equilibrio una vez más. Cuando pasó un camarero, cambié la copa vacía por una llena y me la bebí de un trago también. El efecto del alcohol fue casi instantáneo.

Con las mejillas encendidas y algo más tranquila, volví tambaleándome a la terraza acristalada para la subasta. Mis zapatos de cuña anunciaban ruidosamente mi llegada.

Todos me miraban mientras me dirigía a la zona de asientos. La próxima vez me pondría bailarinas e intentaría pasar desapercibida. Mis reglas, cuidadosamente elaboradas, se derrumbaban como un castillo de naipes a mi alrededor, con los dos americanos invadiendo mis sentidos por motivos diferentes. Siempre me he enorgullecido de mi cara de póquer y de actuar de cierta manera en los negocios, pero la máscara era más difícil de llevar estos días.

No había sillas libres delante. Me vi obligada a ocupar una al fondo, lo cual significaba que el subastador no vería cómo levantaba la ceja. Tendría que pujar obviamente con mi paleta numerada, exponiéndome a que otros pujaran contra mí porque se extrañarían de mi interés por una pieza así. Maldita sea. Esto me pasaba por perder la concentración.

Comenzó la venta y me maldije por beber champán en pleno día. El sonsonete del subastador me estaba adormeciendo, mientras la luz del sol se colaba por las ventanas y aterrizaba en suaves fragmentos sobre mi cara trayendo consigo más calor.

Cuando se anunció la subasta del escritorio de Anaïs Nin, puse mi cara de juego, sin prestar atención al subastador, sino mirando al cielo, como si estuviera soñando despierta, lo cual era fácil de hacer en mi embriaguez posterior al champán. Hubo un flujo constante de pujas por el escritorio y necesité de todas mis fuerzas para no estremecerme. La mujer que estaba a mi lado se inclinó hacia su amiga y le dijo:

—He oído que Anaïs Nin escribió *Delta de Venus* en ese mismo escritorio. ¿Te lo imaginas? —Y entonces levantó su paleta y se unió.

Merde!

Las pujas aumentaron rápidamente y el precio ya era el doble de lo que yo había previsto. Según iba transcurriendo el tiempo, los pujadores fueron disminuyendo hasta que solo quedó un hombre, Piers, un habitual del circuito del sur de Francia. Piers tenía una tienda de antigüedades en Mónaco, y se rumoreaba que Grace Kelly había sido clienta habitual.

Vi mi oportunidad. Piers siempre se ceñía a su presupuesto y no dejaba que las emociones se interpusieran en su camino. Él se atenía a los números, sin rastro de sentimentalismo. El subastador lo señaló.

—A la una, a las dos, tercera y última...

Yo levanté mi paleta, pero también lo hizo Joshua, que estaba en primera fila. El subastador tomó su oferta y no vio la mía, así que tuve que hacer lo impensable y levantarme para que me vieran.

—Sangre nueva —dijo el subastador con una sonrisa de satisfacción. Probablemente estaba gastando mentalmente su comisión más gorda.

Joshua se volvió y me dedicó una sonrisa lobuna, antes de pivotar hacia atrás y dejar la pala en alto en señal de que no iba a parar.

Seguí pujando por encima de mi presupuesto, atrapada en el fuego cruzado y con tantas ganas de ganar que, una vez más, iba más allá de cualquier pensamiento racional. Entonces, una nube ensombreció el espacio soleado en el que me encontraba y me sacó de mi frenética puja. ¿Qué estaba haciendo? Si seguía así, me arruinaría. Pero era una cuestión de principios: no podía dejar que aquel hombre me ganara.

Las mujeres que estaban a mi lado seguían charlando, riendo y señalando.

—¿No es un regalo para la vista? —dijo una de ellas, refiriéndose a Joshua.

Su amiga asintió. ¿En serio? Mi cerebro estaba a punto de estallar.

—En realidad es un farsante —siseé ante sus caras de asombro. Me miraron con el ceño fruncido, como si estuviera loca—. Es un estafador —dije con más fuerza.

Hicieron una mueca y se apartaron de mí en sus asientos, intercambiando miradas con los ojos muy abiertos.

Sin proponérmelo, mi paleta se elevó una vez más, solo para ser batida de nuevo por Joshua. La frustración se apoderó de mí y luché con todas mis fuerzas para no moverme de la silla. Quería arrancarle la pala de las manos y partirla por la mitad. La subasta se estaba volviendo demasiado tensa. Estaba tan por encima del presupuesto que sabía que tenía que parar. Tenía que dejarlo estar. Cuando eché un vistazo para ver la cara de satisfacción de Joshua, Tristan me llamó la atención y me hizo un gesto con la cabeza, como preguntándome si quería que pujara por mí. Pero negué con la cabeza. No podía estar en deuda con otro hombre, pasara lo que pasara. Jamás volvería a ponerme en aquella situación.

Mientras hacía esa promesa desgarradora, el subastador me hizo un gesto, pidiendo una puja más.

—*Non*—dije.

Joshua se volvió en la silla, guiñándome un ojo y pude oír cómo mi corazón se partía en dos.

Sabía que Joshua solo pujaba por el escritorio porque yo lo quería. Creía que casi me había librado de él, pero siempre iba un paso por delante, queriendo atormentarme por puro placer. Si todo en la vida sucede por una razón, me hubiera gustado saber qué fue lo que lo envió a la mía... ¿Qué lección podía aprender, excepto la de no volver a confiar en nadie? Parecía un terrible castigo por haber cometido el único delito de amar al hombre equivocado. Con toda la elegancia posible, me levanté y salí de la habitación con las manos temblorosas de rabia.

Fuera, los pájaros gorjeaban desde los frondosos árboles. Caminé por el sendero, lamentando el día en que le conocí. Estaba a punto de llegar a la puerta cuando me tiraron del brazo.

—Espera —dijo Tristan.

Respirando hondo, me detuve y me tapé los ojos para no mirarle.

—Vamos a tomar algo; parece que te vendría bien. Y quizá puedas decirme por qué ese tipo está tan empeñado en hacerte daño. —Estaba demasiado cerca. Podía oler su loción para después del afeitado, su aliento mentolado, el aroma empolvado del jabón y, aunque no necesitaba que luchara en mis batallas, la idea de abrirme, de admitir ante Tristan lo que había sucedido en mi pasado, me atraía.

No había hablado con mucha gente sobre lo que había pasado con Joshua, y tal vez Lilou tenía razón: debía ser sincera con la gente que entraba en mi vida. Esconderse detrás de una cortina de humo claramente no ayudaba en nada. Lo peor que podía pasar era que Tristan pensara que yo era estúpida, y si ese era el caso, mejor que me enterara pronto.

—Vámonos —dije—. He tenido suficiente de ese tipo para toda mi vida.

13

Atravesamos el jardín y, de algún modo, conseguí bajar la empinada cuesta sin caerme hacia delante con mis tacones.

—Estoy luchando contra las ganas de darle un puñetazo y solo quiero saber la historia completa —dijo Tristan, sacándome de mis propios pensamientos.

—¿Darle un puñetazo? Oh, Tristan, probablemente le encantaría, así podría demandarte y tratar de sacarte todo lo que tienes. Es uno de esos hombres que ven el símbolo del dólar en todo. —¿Era Tristan del tipo «cuéntalo todo, no te guardes nada»? O peor, ¿del tipo «róbame y me lo echas en cara en cuanto tienes ocasión»?

—Voy a refrescarme —dije, indicando la calle en la que estaba mi hotel—. Hay un bar en la playa, si quieres que nos veamos allí dentro de una hora o así... —Tenía que darle a Marie la mala noticia del escritorio antes de que se enterara por otro. Y después de estar tan cerca de Joshua, tenía ganas de lavarme para eliminar su presencia de la piel, como si fuera tóxica.

—Hasta ahora —me dijo, dedicándome una dulce sonrisa.

Duchada, vestida y con las llamadas de negocios hechas, salí del hotel justo cuando caía la tarde y caminé por el paseo marítimo en el cálido aire de Saint-Tropez. La luz de la luna brillaba a través de las nubes zafiro mientras el mar reflejaba el azul del cielo. El puerto deportivo estaba iluminado con luces de colores rosas y verdes, neones que brillaban en el casco de los barcos. Barcos que eran lo bastante grandes para vivir a bordo. Las parejas paseaban cogidas de la mano y susurrándose. Saint-Tropez era el escenario perfecto para un nuevo amor.

Me llegaron las alegres notas de *jazz* de un grupo, seguí el sonido y llegué a un bar junto al agua. Los músicos tocaban en un escenario sobre la arena, con las olas acompañando sus melodías más contundentes.

En la terraza, unos mullidos sillones blancos me llamaban. Cuando me senté en uno de ellos, un camarero vestido con pantalones de lino azul claro y camiseta blanca me entregó una carta de bebidas. Estando en la Costa Azul, sería una torpeza no saborear un cóctel afrutado y disfrutar de unas horas bajo el manto de estrellas titilantes.

Solo pasó un momento antes de que Tristan se uniera a mí, ocupando el sillón de enfrente. Era tan encantador como la costa, con sus intensos ojos azules y su sonrisa fácil. Esa forma en que se mantenía tan seguro, tan sólido, como si dijera «Este es mi sitio».

Pedí dos cócteles Saint-Tropez y me di cuenta de que estaba haciendo lo que haría Lilou. Tomar el mando sin pensar en nadie más.

—Como estamos aquí, me imaginé...

—La elección perfecta. —Sonrió y se relajó aún más en el asiento.

Su mirada recorrió lentamente desde el rizo de mi pelo, con raya a un lado y ondas suaves al estilo *pompadour*, hasta la curva de mis labios, pintados de rojo escarlata.

—Es como si hubieras salido del París de los años cuarenta. Tu pelo, tu forma de vestir. No te pareces a nadie que haya conocido antes.

Iba a protestar, pero levantó la mano.

—No se ven mujeres que parezcan sacadas de una película en blanco y negro. Llamas la atención. Incluso por la forma en que te mueves, es como si fueras de otra época. Espectacular, luchadora y fascinante.

Mi boca se abría y cerraba mientras mi mente corría para ponerse al día. Al final, me limité a decir:

—*Merci.*

—Es verdad.

La fuerza de su mirada y la forma en que había hablado de mi estilo me dejaron estupefacta. ¿Había más en él de lo que yo había pensado al principio? ¿O era solo una fachada en un intento de animar la velada para luego llevarme a la cama? Después de lo de la noche anterior, no estaba tan segura de que fuera de los de «ámalas y déjalas». No había hecho ningún movimiento; en cambio, se preocupaba por mí como si fuera tan frágil como el cristal. Y yo solo quería eso, esa seguridad, un hombre que me hiciera olvidar que el amor a veces era un campo de batalla.

Llegaron nuestros cócteles y los bebimos en silencio.

—¿Qué pasa con ese tipo? —Su mirada era tan genuina que sentí que me relajaba.

—Joshua... Bueno, es un estafador, para decirlo sin rodeos, y me engañó completamente. Me convertí en el hazmerreír de París, estoy segura.

Y ya fuera por el mar, por el suave viento que me despeinaba o por el hecho de que me pillara completamente desprevenida un hombre que me escuchaba, que me escuchaba de verdad, entré en detalles, sin dejarme nada en el tintero.

Y entonces llegó la parte dura, la que más dolía.

—Íbamos a abrir un museo, bueno, eso creía yo. Incluso se ofreció a ponerlo todo por escrito, por si pasaba algo entre nosotros. Era tan vehemente al respecto que lo descarté. Nos habría retrasado, y yo confiaba en él con todo mi ser. Su sueño era mi sueño; no se me ocurrió no creerle. De todos modos, necesitábamos capital para demostrar a los financieros que podíamos hacer frente a las amortizaciones del préstamo para las acciones que íbamos a comprar. Joshua me dijo que tenía dinero, pero que estaba inmovilizado. Dijo que había un comprador para un piano que acababa de adquirir, que había sido propiedad de la pianista y compositora francesa Fania Fénelon, y que fácilmente sería suficiente para empezar hasta que pudiera liberar algo de efectivo y pagarme. Entonces cancelaríamos el préstamo y al final todo saldría bien.

Tristan se frotó las sienes y gimió.

—Ya veo cómo acaba esto...

Me mordí el labio, abrumada por lo crédula que había sido.

—No era solo el piano, tenía compradores para todo tipo de cosas, incluido el cuadro que buscabas, y me pilló tan por sorpresa... Por él y la idea de que mi sueño estaba tan cerca de hacerse realidad, y que podríamos compartir con el mundo algunas antigüedades realmente raras, y, lo que es más importante, las historias que hay detrás de ellas. —Suspiré—. Me gano la vida vendiendo antigüedades, pero hay una parte de mí que se siente culpable de que no todo el mundo pueda permitírselas, verlas o conocerlas. Esta era una oportunidad para solucionarlo. Sé que hay museos por todo París y por todo el mundo, pero este iba a ser diferente. Clases prácticas de restauración de antigüedades, como cuadros o libros antiguos. Auténticos músicos tocando los instrumentos y la música que hacían sus maestros. Algo que inspirara a los jóvenes de hoy a invertir su tiempo, aprendiendo historia de forma divertida e interactiva.

La banda de *jazz* dejó de tocar para hacer una pausa y el hechizo se rompió. De repente, la confesión pesaba.

—¿Cómo descubriste que estaba tramando algo malo?

—Encontré el piano anunciado en Internet, en una exclusiva casa de subastas americana. Eso y la mayoría de las cosas que se había llevado. Me aseguró que era un error, pero no tardé en seguir el rastro y me condujo hasta él. Nunca había habido clientes. Mi mundo se vino abajo. Me enfrenté a él una vez más y desapareció. No pude conseguir la ayuda de los gendarmes; ya había hablado con ellos. Me enseñaron un montón de mensajes de texto míos, dirigidos a él, diciéndole que podía llevarse esas cosas. Eran regalos. Decían que estaba resentida por la ruptura. No pude encontrar ni rastro de negocio alguno, y eso es porque él se aseguró de que no lo hubiera. Me maldije por no haberlo puesto todo por escrito, como él me había ofrecido, pero sabía que de todos modos habría sido falso. Pronto se acumularon las facturas, incluida la del piano, que había desaparecido, y me vi en graves apuros. Sin piano, sin préstamo y sin que él me devolviera el dinero. Tuve que pedir muchos favores para sobrevivir. Pasaba prácticamente todo el día intentando encontrar compradores para lo que tenía, vendiendo algunos artículos con pérdidas solo para conseguir algo de dinero. Aplazaba mis deudas tanto como podía. Mi amiga, Madame Dupont, se ofreció a prestarme lo suficiente para sacarme del apuro, pero no pude aceptar. E incluso ahora sigo intentando volver a estar en números negros. Así que ahí lo tienes.

Le miré con cautela, esperando verle correr hacia el agua para alejarse de mí. Pero no lo hizo. Se quedó mirándome durante un rato, como si intentara encontrarle sentido a todo aquello.

—Qué momentos tan duros. Es increíble que hayas conseguido aguantar.

—Rompí todas mis reglas para hacerlo, pero no tenía elección.

—Así es como suelen romperse las reglas —dijo—. Desesperación. Sigo queriendo darle una paliza.

—Te lo dije: la vida en el circuito de antigüedades francés nunca es aburrida. —Intentaba reírme, pero Tristan permaneció en silencio, apretando los puños.

Las olas llegaban a la orilla con más fuerza a medida que arreciaba el viento.

—Un hombre así necesita aprender un par de cosas —dijo finalmente—. Quizá alguien tenga que enseñarle. —Su voz era baja, casi un gruñido. Estaba allí otra vez, esa ferocidad en sus ojos, como si tuviera el instinto de salvarme, como si yo no pudiera hacerlo por mí misma.

—No necesitas protegerme, si eso es lo que estás insinuando. —Mis pensamientos volvieron al lúgubre callejón, con el sabor del miedo en la boca—. Bueno, al menos no todo el tiempo.

Me dedicó una sonrisa amable.

—Lo sé, Anouk. Sé que puedes cuidar de ti misma. —Una expresión melancólica cruzó su rostro—. Pero eso no me impide querer ayudarte a ajustar cuentas. No puedo evitarlo.

Nunca nadie se había ofrecido a luchar en mis batallas. Por un lado, era agradable saber que alguien estaba de tu lado al instante, pasara lo que pasara; por otro, no quería que me consideraran una mujer tan delicada que no pudiera defenderse por sí misma. Tristan era el tipo de hombre que corregía los errores, al parecer, y yo estaba agradecida de que estuviera de mi parte después de mi confesión, al menos.

Era la primera vez que le contaba a alguien toda la historia, cada matiz, cada magulladura de mi alma, cada mala palabra pronunciada y las cicatrices que habían dejado. No vi lástima en sus ojos. En su lugar había compasión mientras me miraba profundamente, casi de forma hipnótica.

Me incliné hacia él, atraída por su tranquila comprensión, pero alguien se acercó demasiado a mi sillón y chocó contra él, haciéndome derramar la bebida. El hechizo entre nosotros se rompió y yo busqué en vano una servilleta. Levanté la vista para ver quién había sido tan torpe y me vine abajo. Simplemente no podía dejarme ir. La sangre se me fue de la cara e hice un gesto al camarero, esperando que Tristan estuviera distraído y no reconociera a Joshua pavoneándose con dos copas en la mano.

Pero, por supuesto, subestimé a Joshua. Para él no era divertido si no podía provocarme y verme hundida. Se sentó en una mesa cercana a la nuestra y se las arregló para regodearse con su acompañante, que acababa de sentarse.

—Te va a encantar el escritorio que te he comprado hoy, y si no te gusta, podemos usarlo como leña. —Se rieron ambos. Me miraron para asegurarse de que me había dado cuenta de su ridículo comentario.

Tristan paseó la mirada de Joshua a mí, y su expresión era asesina. Negué con la cabeza, dando a entender que no valía la pena. Eso era exactamente lo que Josh quería. Atención.

Si de algo estaba segura cuando se trataba de Joshua era de que nunca quemaría algo con lo que pudiera ganar dinero. Era solo para restregármelo, pero me negué a morder el anzuelo. Estoicamente, parpadeé para alejar las lágrimas y pensé en escapar.

—Entonces —dije—. ¿Por qué no...? —Antes de que pudiera terminar, Tristan estaba de rodillas frente a mí.

Instintivamente, supe que solo estaba en aquella posición porque había visto a Joshua y quería ayudarme a salvar las apariencias. Me acarició las mejillas y levantó una ceja como pidiendo permiso. En lugar de hablar, apreté los labios contra los suyos y el mundo que nos rodeaba se desvaneció mientras cerraba los ojos y me dejaba invadir por la sensación de alguien nuevo. Los labios de Tristan eran suaves. El poder de un primer beso que te deja sin aliento... El corazón me latía fuerte y rápido por la emoción que me producía. ¿Pero era real o era una forma de poner celoso a Joshua? En aquel momento me importaba un bledo, simplemente me dejaba llevar por la sensualidad de todo aquello, sin aliento, mientras le besaba con todo mi ser.

Después de una eternidad, Tristan apartó sus labios de los míos, pero permaneció cerca, y me dedicó una sonrisa perezosa.

—Sí que sabes besar —dijo, con los ojos entrecerrados.

—Soy francesa. Nosotros inventamos los besos. —Me reí, con una descarga eléctrica que me hizo temblar la voz.

Por el rabillo del ojo pude ver la cara de sorpresa de Joshua. Por si no hubiera sido suficiente, besé a Tristan una vez más, suavemente, con mis labios sobre los suyos.

Tristan se levantó despacio. Llegó la segunda ronda de cócteles y sostuve el vaso frío contra mi mejilla sonrojada. A pesar de la brisa marina, me sentía febril.

—Vamos a cenar —dijo mientras cogía mi mano entre las suyas— y a conocernos mejor.

—Eso suena perfecto.

Después de una larga y lenta cena a base de marisco fresco y vino blanco, Tristan me acompañó al hotel. Había disfrutado sentada bajo la suave luz de la luna, y encontraba sorprendentemente fácil estar con él y hablar con complicidad mientras trataba firmemente de apartar nuestros besos de mi mente. En la puerta, me cogió de la mano.

—Ojalá pudiera quedarme —dijo, con la mirada ardiente—, pero tengo asuntos que atender en París a primera hora de la mañana.

—Espero que duermas algo en el tren. —Debía de estar agotado de trasnochar y madrugar por mi culpa.

—Lo haré —dijo, riendo—. Ventajas de tener un trabajo en tantos husos horarios, aprendes a echar una cabezada siempre que puedes.

—Pues tú te lo pierdes —dije sonriendo—. Amanecer en Saint-Tropez es espectacular.

—Amanecer en Saint-Tropez contigo... —Se interrumpió y se encogió de hombros—. Espero que podamos ser amigos, Anouk. Después de...

¿Amigos? ¿Era un código? Permanecí inexpresiva.

—¿Después de esta noche?

Una sombra le cruzó el rostro y por un breve instante se vino abajo ligeramente, perdiendo ese aplomo que lo diferenciaba de los demás hombres.

—Sí, después.

Algo había cambiado de repente, pero no estaba segura de qué era. Quizá estaba acostumbrada a cuestionarlo todo y no era nada. ¿Se arrepentía de su beso espontáneo?

—Seguro que sí —dije, alegremente, tratando de evitar cualquier conversación significativa en caso de que se disculpara y se alejara para siempre.

Me besó la mano, sus labios se posaron en mi piel caliente, y me alegré de que tuviera que irse porque en ese momento sentí el impulso de arrastrarle a mi habitación de hotel, dejar que desapareciera cualquier pensamiento racional y disfrutar del momento tal y como era. Saint-Tropez tenía la capacidad de hacerte sentir alguien completamente diferente, como si las reglas hubieran sido arrastradas por las olas y todo fuera posible. La vida real parecía tan lejana...

—Te veré en París. —Me abrazó y cerré los ojos.

Me apreté contra el calor de su cuerpo y lo respiré. Alguien nuevo, alguien diferente. El aroma de las segundas oportunidades. Había superado alguna de mis pruebas esta noche, una que yo ni siquiera sabía que había puesto, y solo esperaba que fuera tan sincero como pensaba.

—Y gracias por una gran noche. Eres hermosa, Anouk, y eso hace la vida mucho más difícil.

Me reí.

—¿Y eso por qué?

—Una bella francesa entra en mi vida y, de repente, París es aún más atractiva. Un hombre puede perder el corazón en un lugar así. Muy rápidamente.

¿Me lo estaba advirtiendo? Lo que tuviéramos sin duda terminaría abruptamente, cuando el tiempo que debía pasar aquí llegara a su fin, pero ¿debería eso detenerme? Si Madame Dupont estuviera aquí, diría que «absolutamente no, ¡había que arriesgarse!». Así que por una vez en mi vida iba a hacerlo. Al diablo con todo, si esto fracasaba porque él era un rompecorazones, si ese era el caso, nunca me arriesgaría de nuevo. Pero, en realidad, un rayo no cae dos veces en el mismo lugar. Nunca podría haber otro hombre como Joshua; el destino no lo permitiría.

—París es el lugar para... lo que sea. Así que vamos a ver qué pasa.

Quizá fuera el vino o la noche mágica, pero me sentí valiente y descarada. Cuando regresáramos a París, las cosas podrían parecer diferentes sin el hechizo de Saint-Tropez. Pero solo el tiempo lo diría.

Me dirigió una mirada afligida.

—Tengo que irme... o perderé el tren.

—Te veré en la Gala de Mayo.

Sonrió y volvió a besarme. Mis piernas se volvieron líquidas y el pulso se me aceleró. Aún podía sentir sus labios contra los míos mientras lo veía alejarse bajo la luz de la luna.

14

Después de una mañana tranquila paseando descalza por la arena, tomando el sol y contemplando el inmenso azul del mar, volví a casa desde Saint-Tropez renovada y un poco confusa por todo lo que había pasado.

A media tarde ya estaba de vuelta en París y había deshecho las maletas, dispuesta a trabajar. El apartamento estaba relativamente ordenado, y Lilou y su surfista de sofá no aparecían por ninguna parte. Era evidente que la llamada de *papa* había preocupado a Lilou lo suficiente como para que se anduviera con cuidado y, para variar, limpiara lo que ensuciaba. Irónicamente, eché de menos su voz, pero sabía que no tardaría mucho en regresar al apartamento.

Sonó el teléfono y me lancé a por él. Se me encogió un poco el corazón cuando la pantalla anunció el nombre de Dion. Entonces me sentí culpable. Dion era un gran amigo y colega. Supongo que esperaba que fuera Tristan.

—*Bonjour*, Dion.

—Anouk —dijo enérgicamente—. Madame me ha pedido que te llame para decirte que te recogeremos para la Gala de Mayo.

Sopesé mi respuesta. ¿Y si Tristan llamaba y quería acompañarme? Aun así, razoné, no debía dejar a mis amigos por un hombre. Ese era el primer síntoma de locura.

—Eso sería genial, Dion. Dale las gracias a la señora de mi parte.

—Claro —dijo y colgó.

Dejándome caer suavemente sobre la tumbona, me toqué los labios. Todavía me zumbaban al recordar nuestros besos.

Sin embargo, había algo en Tristan que me inquietaba. Cuando repasaba nuestras conversaciones, pensaba que había cierto grado de advertencia en ellas. Quería ser libre y despreocupada, pero no podía dejar de preocuparme.

En la tranquilidad del apartamento, me dormí mientras unos rayos de sol diáfanos me daban en la cara, calentándome de fuera adentro. Cuando me desperté, Henry, el surfista de sofá, estaba allí, inclinado sobre mi escritorio, rebuscando entre mis papeles. Contuve la respiración y lo observé durante un instante.

¿Qué hacía?

Apiladas junto a mi ordenador había docenas de facturas pendientes de pago y papeles confidenciales relacionados con mi tienda. Al principio pensé que solo estaba ordenando, pero levantó algunos de ellos, estudiándolos.

—Perdona —le dije, incorporándome—. ¿Qué estás haciendo exactamente?

Se sobresaltó y se llevó una mano al pecho.

—Anouk..., me has asustado.

—¿Por qué estabas registrando mi escritorio? —Mantuve la voz neutra, pero me parecía una invasión de mi intimidad. Apenas conocía a este tipo y estaba rebuscando entre mis papeles.

Un rubor le subió por las mejillas.

—No lo estaba haciendo. Estaba ordenando. Lilou es una maestra de las tareas difíciles; me dijo que quitara el polvo bien, así que eso es lo que estoy haciendo.

Me levanté y me reuní con él junto el escritorio, le quité los papeles de las manos y los hojeé para asegurarme de que todo seguía allí.

—Estás limpiando el polvo —dije, incrédula—. ¿Sin plumero?

—Bueno, estaba a punto de coger uno. Estaba ordenando las pilas de papeles...

La puerta se abrió de golpe y Lilou entró con una caja de la pastelería.

—¿Qué? —dijo mirándonos, sintiendo escarcha en el aire—. ¿Qué pasa?

Sostuve los papeles contra mi pecho.

—Henry estaba hurgando en mi escritorio, pero dice que estaba quitando el polvo. Realmente no estoy segura de lo que está pasando... A esto me refería, Lilou, cuando te dije que me gusta tener mi propio espacio.

Henry negó con la cabeza.

—Estaba a punto de quitar el polvo, como me dijo Lilou. Como acabo de decir, estaba ordenando las pilas de papeles y estaba a punto de coger el plumero cuando sacaste una conclusión equivocada.

Entrecerré los ojos.

Lilou pasó corriendo y dejó la caja de pasteles sobre la mesita de centro.

—¡Anouk! No seas tan estirada. Actúas como si Henry fuera una especie de espía o algo así. ¿Quién querría revisar tus papeles, por el amor de Dios? Sería suficiente para mandar a dormir a cualquiera. ¿Café? —preguntó, cambiando de tema.

Exhalé, tratando de forzar a mi cuerpo a relajarse. Quizá me había precipitado al suponer que estaba haciendo algo equivocado. Me preocupaba que alguien viera mis cifras de ventas y mis tablas de existencias.

—Vale, lo siento, Henry. Pero no vuelvas a ordenar mis cosas —le dije—. Mi escritorio, mi habitación y mis estanterías están bien, así que déjalas. Tengo un sistema. Limpiad lo que ensuciéis, es todo lo que pido.

Henry había levantado las manos en señal de rendición y tenía una expresión tan poco astuta en la cara que me pregunté si me había pasado. Pero no había estado ordenando el papeleo, estaba segura de que hojeaba lentamente cada factura, leyéndolas. Quizá por curiosidad, pero nada siniestro. Aun así, me pareció extraño...

—Lo siento, Anouk. Solo intentaba ayudar.

Asentí con la cabeza y me marché a mi habitación, escondiendo los papeles en un cajón. Entre las facturas había cartas de agencias de cobro de deudas, de gente que seguía persiguiéndome por impagos, y en muchas de ellas había un sello en rojo que indicaba «Último aviso». Había pagado todas las que había podido, y solo necesitaba un par de ingresos inesperados más para saldar el resto. Algunas colecciones de joyas que fueran únicas y para las que pudiera encontrar un comprador, alguien en quien confiara. No quería que nadie, especialmente un desconocido, conociera mi negocio.

Cayó la tarde y Lilou llamó a mi puerta, asomando la cabeza.

—Llevas mucho tiempo con eso. —Señaló mi portátil, que estaba abierto, con la pantalla proyectando un resplandor blanco sobre mí—. Ven a comer algo. Tengo una caja llena de deliciosos bocados de la Jean Claude Patisserie.

Se me hizo la boca agua al pensar en sus pequeñas obras de arte comestibles.

—Vamos —insistió—. Hay un *dacquoise* de café y avellanas que lleva tu nombre.

—Avellana, ¿estás segura? —le pregunté. Conocía bien mis debilidades.

Ella enarcó las cejas.

—Estoy segura. De hecho, hay dos. Así que preparemos un café para acompañar nuestro atracón de pasteles, ¿vale? Y puedes contarme qué es lo que realmente te preocupa hoy, porque estoy segura de que no es solo Henry revolviendo una pila de papeles polvorientos...

Me levanté de la cama, cerré el portátil y lo guardé en un cajón. De repente, Lilou era mucho más clarividente y la idea me hizo reflexionar. Tal vez mi hermana pequeña no era la desventurada chica de pueblo con la que la confundía estos días. Ojalá esa clarividencia se viera reflejada también en su vida laboral.

—Estoy bien —le dije, siguiéndola hasta la cocina.

El día se había disuelto en la noche; las luces de la calle brillaban amarillas sobre el fondo oscuro del atardecer. Había estado tan ocupada buscando subastas en Internet que no me había parado a cenar, y mucho menos a comer. De repente, estaba hambrienta.

Mientras hervía agua para el café y preparaba nuestras tazas, Lilou dijo:

—Hoy no eres tú misma, Anouk. ¿Es por la tienda?

Ayudé a hacer el café y saqué algunos platos del armario. Henry no estaba. Me alegré de la intimidad fraternal. Lilou no sabía demasiado sobre la deuda a la que me enfrentaba. En primer lugar, no quería agobiarla y, en segundo lugar, no creía que comprendiera la magnitud. Cuando me preguntó, le di la espalda, diciéndole que era un bache en el camino y que trabajaría más y todo iría bien.

—No es la tienda, no realmente. —Nos sentamos a la mesa con la caja de *petit fours* entre nosotras—. Quiero olvidarme de todo, vivir el momento, liberarme de lo que me retiene, pero no sé cómo hacerlo. Siempre estoy pensando en lo que podría salir mal, o si me volverán a hacer daño, y pase lo que pase, no puedo evitarlo. Es agotador.

Sirvió dos tazas humeantes de café fuerte.

—¿Esto es por un hombre o por negocios?

—Es un poco de las dos cosas.

Esperaba que me pidiera detalles íntimos, pero no lo hizo. En lugar de eso, se tomó su tiempo removiendo la leche en su café.

—Es como cualquier otra cosa, Anouk. Solo requiere práctica. Cuanto más tiempo lo intentes, más natural te resultará. Así que puede que ahora te cueste desconectar toda esa angustia, pero con el tiempo te saldrá de forma natural si sigues intentándolo. Conozco todo el culebrón de Joshua porque he leído tu diario, no lo olvides, pero dejar que él dicte el curso de tu vida de esta manera significa que él gana, una vez más.

Fruncí el ceño.

—Él no dirige mi vida...

Ella suspiró.

—Lo está haciendo, porque estás dejando que lo que hizo te impida vivir el ahora. Aunque no te des cuenta, has cambiado mucho. Ahora te preocupas por cada decisión, por el dinero, por la confianza y por cualquier otra cosa que se te ocurra. Sé que te hizo daño emocionalmente, y supongo que económicamente también, pero seguirá haciéndolo si basas tus decisiones en lo que hizo él. No todo el mundo es así. De hecho, la mayoría de la gente no lo es.

Se me llenaron los ojos de lágrimas. Pensaba que había ocultado bien mis sentimientos más íntimos. Oírla decir que había cambiado tan drásticamente me dolió en el alma, porque no creí que fuera evidente para nadie. En lugar de mostrarme desconsolada, siempre me encogía de hombros ante la gente, como si ya hubiera aprendido la lección. Quizá tenía visión de túnel...

—Pero ¿y si no me dejo llevar por mis miedos y vuelve a ocurrir? No creo que pueda soportarlo.

—Pero ¿y si no vuelve a ocurrir? ¿Y si encuentras el amor y hasta los días nublados parecen soleados? ¿No puedes arriesgarte y dejar de pensar en tu experiencia anterior?

Tomé un sorbo del café, asombrada por el cambio en mi hermana. Era una chica que despegaba cuando soplaba el viento, que amaba a alguien nuevo cada tres semanas.

—Supongo que podría intentarlo —respondí, sintiéndome de repente como una adolescente en pleno primer amor—. ¿Qué es lo peor que puede pasar?

15

Llegó la noche de la Gala de Mayo. Se celebraba en el Hôtel d'Évreux, una mansión privada junto a la Place Vendôme. Durante el día, el salón estaba bañado por la luz de su techo de cristal abovedado, pero esta noche nos bañaría el espectáculo de las constelaciones en el cielo nocturno.

Nerviosa, tiré del fruncido de mi vestido de satén rojo para centrarlo y miré mi reflejo. El vestido de tirantes con escote corazón dejaba a la vista mi *décolletage* antes de caer en cascada hasta el suelo. Me calcé los tacones y me puse un par de pendientes de rubí, pero decidí no ponerme el collar a juego, porque el vestido era lo bastante elegante como para no necesitar accesorios.

Llamaron a la puerta. Con una última mirada, me rocié perfume y me apresuré a abrir.

—*Bonsoir*, Dion. Estás muy guapo. —Me sonrió y yo le devolví la sonrisa.

—Madame Dupont está en el coche. Insistió en que me pusiera el esmoquin completo, con flor y todo. Me siento como un pingüino. ¿Cómo se supone que voy a pasear tranquilamente así vestido? —se lamentó, pero sus ojos brillaban de felicidad.

Dion se había transformado con su cara recién afeitada, un corte de pelo y un flamante traje que parecía haber sido confeccionado especialmente para él. Unos brillantes zapatos negros y una peonía rosa remataban el conjunto.

—Ella tenía razón. Estás increíble, encantador.

Agachó la cabeza, avergonzado de ser el centro de atención.

—¿Vamos? —preguntó.

—Vamos. —Me cogió del brazo y bajamos lentamente las escaleras.

En la luz del atardecer, abrió la puerta de la limusina y me hizo un gesto para que subiera primero. Saludé a Madame Dupont con la mano. Prácticamente brillaba en la oscuridad de la limusina, con un vestido de satén azul noche, pendientes de diamantes y tiara.

—Eres la viva imagen de la elegancia, Anouk. Encantadora, si me permites decirlo.

—Igualmente, Madame. Está impresionante de azul.

Me senté y tomé una copa de champán que me ofrecieron, y Dion fue a la parte delantera del coche para conducir.

Ella enarcó las cejas.

—He oído que en Saint-Tropez hubo más de hombre, que de antigüedades. ¿El teléfono escacharrado miente?

Me sonrojé hasta la raíz del pelo. Las muestras públicas de afecto solían reservarse para los adolescentes. Y allí habíamos estado besándonos junto al bar de la playa cuando sabía perfectamente que medio circuito nos habría visto.

Maldito sea ese maravilloso hombre por hacer que el mundo a mi alrededor se desvaneciera.

—Puede que se hayan robado algunos besos, pero nada más. Mire, ya hemos llegado. —Le dediqué una sonrisa, agradeciendo al tráfico parisino que por una vez fuera fluido y ágil.

Madame Dupont no podía interrogarme ahora, porque solíamos hablar con otros invitados y ella se vería acosada por gente con ojos brillantes que esperaban estar en su punto de mira.

—Pequeña descarada —dijo riendo—. Nos vemos allí. Esto de no poder fumar dentro es tan tedioso... Tomaré mi dosis de nicotina e iré a buscarte.

Vi cómo Dion se inclinaba para encender el cigarrillo de Madame y sonreí mientras sacaba la invitación de mi bolso rojo para entregársela al guardia de seguridad de la puerta.

En el interior había grupos charlando y sus voces resonaban en la cavernosa sala. Un camarero se acercó con una bandeja de champán y cogí una, dándole las gracias.

—Una visión en rojo —susurró una voz a mis espaldas, haciendo que un escalofrío recorriera mi espina dorsal—. ¿Quieres bailar? —preguntó Tristan, dando la vuelta lentamente y deteniéndose frente a mí. Con su pelo rubio y sus brillantes ojos azules destacaba entre los demás hombres de la sala, que se confundían unos con otros con sus trajes negros y sus cabellos oscuros.

Normalmente permanecía de pie en estos eventos, hablando de las últimas subastas y haciendo contactos hasta que llegaba el momento adecuado para marcharme. Pero este hombre deslumbrante tenía otras ideas, y con él mirándome fijamente a los ojos, pensé que por qué no.

—Bailemos. —Me bebí el champán de un trago, disfrutando de la efervescencia que me recorría el cuerpo.

Sonrió, me cogió de la mano y me llevó a la pista de baile, donde las parejas se deslizaban al son de un piano. Tristan acercó mi cuerpo contra el suyo y me rodeó la cintura con un brazo.

—No he podido dejar de pensar en ti —dijo.

—Oh —exclamé, disfrutando de la sensación de tener su cuerpo contra el mío.

—Exacto, «Oh»... —Se rio—. Me gustaría pasar más tiempo contigo.

—Claro —dije, sintiéndome tan ligera como el aire—. Pero prométeme una cosa. —Le miré con ojos brillantes—. Prométeme que eres digno de confianza.

Lo observé atentamente en busca de un tic que lo delatara, de un músculo que se tensara en su mandíbula, de una mirada vacilante, pero su expresión seguía siendo la misma.

—Esa sabandija te ha hecho mucho daño. Ya veo por qué dudas —murmuró y se inclinó hacia delante para besarme—. No estropeemos la noche hablando de él.

La sala y los asistentes se desvanecieron mientras nos movíamos por la pista con cada canción, murmurando y mirándonos fijamente. Quería que la noche fuera eterna, algo inédito para mí en uno de estos eventos.

—A veces —dijo Tristan—, quiero cogerte de la mano y escaparme... contigo. ¿Vendrías? —preguntó.
—¿Y adónde iríamos?
—A algún lugar lejano donde nadie pueda encontrarnos.
Levanté una ceja.
—¿Tu cabaña del bosque?
—Sí. ¿Por qué no? Podríamos pescar algo para la cenar... Comer junto al fuego...

La imagen de un lugar así me mareaba. Yo era hogareña, de eso no había duda, y me gustaba la visión de la cabaña aislada en el bosque, y una pareja en ella...

—Claro —dije, disfrutando del flirteo—. Me encantaría esconderme contigo un tiempo.

El mero hecho de decirlo en voz alta me hacía estremecerme de deseo. ¿Qué podría ser mejor que conocer a alguien en su mundo, con la única compañía de la naturaleza?

—Estupendo —dijo, atrayéndome hacia él y acercando su cara a la mía—. Podríamos hacerlo. Pronto.

¿Estábamos fingiendo? Nuestras vidas eran muy diferentes y, pasara lo que pasara, su trabajo no tardaría en volver a entrar en escena y él se iría volando. ¿Estaba aludiendo a un romance a distancia, en el que nos veíamos en su cabaña y pasábamos algún tiempo juntos? ¿O era solo un cuento de hadas? Fuera lo que fuese, en aquel momento nos imaginé en ese lugar, con un fuego crepitante, mientras yacíamos entrelazados, saciados después de un largo día juntos. Me habría ido, lo supe en ese preciso instante. Quería que el cuento de hadas se hiciera realidad. Solo mucho más tarde, una vez en casa, en la cama, todavía con la cabeza dando vueltas por la música, el champán y su cercanía, me di cuenta de que no había respondido a mi pregunta sobre si podía confiar en él.

Había desviado la conversación hacia Joshua. ¿Era su instinto protector o había algo más?

16

La semana tocaba a su fin y también mi compostura. Tristan había cancelado nuestra primera cita oficial la noche anterior, con la excusa de que tenía que trabajar, cosa que yo entendía. Yo había estado tan ocupada buscando existencias para la tienda que tampoco había tenido un momento para mí misma y estaba deseando que llegara mi mañana libre. Hasta que entré en la cocina y volví a encontrarla desordenada. Incluso la amenaza de decírselo a *papa* había dejado de funcionar con Lilou. Volvía a ser una completo desastre en el apartamento, alegando que trabajaba hasta tarde y necesitaba dormir, así que no le quedaba tiempo para limpiar.

De un lado a otro de la cocina, mi paciencia se tensaba como una goma elástica a punto de romperse mientras recogía los platos sucios y los dejaba junto al fregadero, metía las botellas vacías en una bolsa y limpiaba la mesa, llena de copas de vino. Cogí un bloc de notas y garabateé un mensaje en el que les indicaba las tareas que debían realizar y les amenazaba con el desalojo inmediato si no lo hacían. Me sentía como la hermanastra malvada. «La aguafiestas», como me había apodado Lilou. La culpa y Lilou iban de la mano, y yo le envidiaba su condición de hermana menor, su capacidad para flotar por la vida sin ninguna responsabilidad.

Con un suspiro, cerré los ojos para pasar junto al resto del desorden y me llevé el periódico y un café al balcón.

Los rayos dorados del sol bañaban la tranquila luz del amanecer. París estaba en silencio, salvo por el débil eco de los pájaros que, en algún lugar a lo lejos, gorjeaban entre ellos sobre el día que se avecinaba. Pronto los bulevares cobrarán vida: las puertas de los coches se cerrarían de golpe, las persianas se abrirían con estrépito, los niños se dirigirían a la escuela y la ciudad se despertaría como si estuviera sincronizada. Pero por ahora solo estábamos los pájaros y yo, y disfruté de la paz.

Tras un sorbo de café *noisette*, un rico *espresso* con un chorrito de leche, abrí el periódico. Más malas noticias.

El Bandido de las Postales ataca de nuevo

La pasada noche, la casa de subastas de Dopellier fue asaltada y el Bandido de las Postales ha vuelto a reivindicar la autoría de este robo. Los gendarmes han indicado que el bandido es cada vez más audaz. La inscripción de la postal se burlaba de los gendarmes por su falta de pistas y aparecía firmada con una letra T. Una novedad, sostienen, ya que las postales anteriores no tenían ninguna pista sobre el autor. Los investigadores afirman que es probable que los robos aumenten a medida que gane notoriedad. Se insta a cualquier persona que tenga información a que se ponga en contacto con su comisaría local.

Seguí leyendo el resto del artículo, con una sensación de malestar instalándose en el estómago.

¿Otra vez? No podía ser. Ya había llegado a conclusiones precipitadas con Madame Dupont, era una tontería volver a pensar en ello. Pero, conteniendo una repentina ansiedad, tuve que admitir que era posible. Y con mi historial de citas con tipos malos era más que plausible.

¿Firmado con la letra T?

¿Tristan Black?

No podía ser él. Pero había cancelado nuestra cita la noche anterior simplemente por... trabajo. ¡No para ir a robar a una casa de subastas! No estaba en Sorrento cuando tuvo lugar la primera oleada de robos. Seguro que me habría llamado la atención. Entonces recordé nuestro primer encuentro casual...

Cerré los ojos e intenté rememorar la conversación. «Acabo de estar en Italia y no hay nada comparable a lo que he visto hoy aquí...». Fue una revelación. El color me coloreó las mejillas. Había pensado que estaba flirteando conmigo, pero ¿y si estaba comparando las joyas de ambos países? Había estado en Italia. ¿Había estado él marcando el compás todo este tiempo y yo le había seguido, tal y como él esperaba? Parecía sospechoso que hubiera llegado a París justo en el momento del robo.

¿Pero no sería obvio si fuera él? Los ladrones serían más... ladrones... Astuto, de ojos, con un bigote dibujado y una bolsa de botín al hombro, incluso.

Intenté calmar los latidos erráticos de mi corazón y concentrarme. ¿Era Tristan capaz de algo así? No le conocía lo suficiente, pero este tipo de robo tendría que estar meticulosamente planeado y ejecutado. ¿Era un astuto ladrón preparado para escalar paredes? ¿O me estaba poniendo excusas a mí misma, porque ya sentía algo por él y tenía miedo de salir herida? ¿Era eso de lo que habíamos hablado en la gala? ¿Escapar conmigo a algún lugar apartado...? ¿A algún lugar donde nadie nos encontrara? Tragué saliva e intenté contener la preocupación.

¿Cuáles eran los hechos y qué sabía yo de él? Para empezar, era nuevo en el mundo de las antigüedades de París. Nadie en el circuito lo conocía y, sin embargo, había sido invitado a prestigiosos eventos, incluida la Gala de Mayo. Había estado en Italia cuando se produjeron los primeros robos. Luego canceló nuestra cita la misma noche que robaron en un museo...

Mi mente no paraba de dar vueltas. Era casi demasiado inverosímil, como sacado de una superproducción de Hollywood; sin embargo, había entrado con su historia y me había conquistado con la oferta salvadora del violonchelo... ¿Lo tenía preparado desde el principio? ¿Por qué pujaría o incluso asistiría a subastas? Con toda seguridad, un delincuente preferiría permanecer en las sombras.

Me reí de mi estupidez.

¡Se escondía a plena vista!

Claro que pujaba por cosas para que no sospecharan que era él, el recién llegado demasiado confiado. Y por eso coqueteó conmigo. «No —dirían—, es muy amigo de la excéntrica Anouk».

Todo para pasar desapercibido y que pareciera que era uno de los nuestros, ¡cuando en realidad estaba de reconocimiento! ¿Era yo la persona más crédula de aquel lugar? Fue directamente a por la única mujer de la subasta, y yo caí en sus redes...

Llené de aire mis mejillas y me sostuve la cabeza para detener el palpitar. ¡Iría a ver a los gendarmes! Se lo contaría todo. Pero ¿qué era exactamente? Se reirían de mí antes de enseñarme la puerta. ¡Ha estado en Italia! La mitad del circuito viajaba a Italia para asistir a las subastas. Los gendarmes parisinos me conocían bien y me tomarían el pelo, como la vez anterior.

Sorbiendo mi café, reflexioné sobre las posibilidades. Tenía que haber una forma de hacerle hablar. Solo era cuestión de tiempo que confesara, sobre todo si yo le hacía las preguntas adecuadas, de forma inocente y candorosa. No tendría ni idea de que sospechaba de él. ¿Y entonces qué? ¿Lo encerrarían? Si pensaba en él cocinando en mi cocina, en cómo nublaba mis sentidos, ¿podría hacerlo? ¡Me salvó de un atracador lanzándose al cuerpo a cuerpo sin pensárselo dos veces!

Pero...

La justicia debe prevalecer. Por el bien de nuestras preciadas antigüedades, lo atraparía. Me recorrió el cuerpo una emoción perversa. Espionaje. ¿Quién iba a pensar que me vería envuelta en algo así? No estaría de más interrogarlo sutilmente, haciéndome la ingenua. Una lenta sonrisa se me dibujó en el rostro. Los hombres ya no se burlarían de mí. Me recosté en la silla y representé la escena en mi mente, solo para ser interrumpida por los sonoros bostezos de Lilou, que salió a mi encuentro en el balcón con los brazos de Henry rodeándola por la cintura, como un calamar.

—*Bonjour* —dijo somnolienta.

—Te has levantado temprano. —¡Justo esta mañana estás despierta!

—Henry va a una entrevista de trabajo.

El titular destacaba en el periódico, llamando la atención de Henry, así que lo cerré de golpe.

Lilou me lo quitó de las manos.

—En realidad, necesitará esto.

Lo cogí de nuevo.

—Hay una tienda abajo que vende periódicos. —El enfado se apoderó de mí.

Mi paz había sido interrumpida, primero con el desorden en mi querido apartamento y ahora con mi propósito de atrapar a un ladrón. Había mucho en lo que pensar en esta soleada mañana.

—Anouk... —Lilou puso los brazos en jarras e intentó mirarme fijamente—. Es solo un periódico.

—Exacto, por un euro puedes ser la orgullosa propietaria del tuyo.

Me dedicó una sonrisa pícara y me robó el café, levantándolo en el aire como si estuviera brindando, antes de dar un sorbo largo.

—Delicioso.

Me crucé de brazos y la fulminé con la mirada.

—Ya es hora de que tengamos esa charla. Ya sabes, esa en la que empiezas a hacer lo que yo te digo o llamo a *papa* y se lo cuento todo... —Las palabras no habían terminado de salir de mis labios cuando la puerta principal se abrió y el sonido de la voz de mi madre llegó al balcón.

Maman? Normalmente evitaba París, como hacían muchos en su pequeño pueblo. El ajetreo constante de la ciudad la mareaba.

Me quedé en el umbral del balcón, mientras *maman* irrumpía en el salón.

—¡Anouk! ¡Lilou! —Tiró su bolso en la *chaise longue*—. ¡ANOUK! ¡LILOU! —chilló, recorriendo la habitación con la mirada.

—¡Aquí fuera, *maman*! —respondí.

Resoplando, siguió mi voz, sin darse cuenta de que todos habíamos visto su espectacular entrada.

—Oh, Dios, se habrán enterado de lo del curso —siseó Lilou—. Miente, miente, miente y te lo compensaré.

—Pero ¿cómo? *Papa* se pondría furioso. ¡Lo intentaré, pero esta es tu última oportunidad! ¡Y tienes que limpiar! —le susurré.

Henry se puso en pie y se metió las manos en los bolsillos, dedicándome una sonrisa inocente.

Lilou asintió con los ojos muy abiertos.

—Lo que sea, sí.

Maman se unió a nosotros fuera, con la cara enrojecida por el esfuerzo.

—*Maman* —dije, de repente temerosa al ver que *papa* no iba unos pasos por detrás como de costumbre—. ¿Qué pasa? ¿Dónde está *papa*? ¿Está bien?

Le arrebató la taza de café a Lilou, lo que me produjo un enorme placer, y se lo bebió de una vez, relamiéndose, luego dijo con beligerancia:

—¡¿Tu padre?! ¡Tu padre está bien! Como siempre.

Lilou se relajó visiblemente, disfrutando del respiro.

Mi madre se dejó caer pesadamente, apoyando las manos en el vientre.

—Vale..., vale... ¿Dónde está? —pregunté.

Maman no viajaba sola. Además, no conducía. Dependía de *papa* para el transporte y, en las raras ocasiones en que se dignaban a visitar París, cogían el tren. Vivían en un pueblecito de la costa y preferían la rutina de sus vidas tranquilas y ordenadas. Normalmente íbamos nosotras a visitarlos a ellos y no al revés.

Mi madre apretó los labios y respiró con dificultad, como si no fuera a explotar.

—¡Está en casa! Con los pies en alto, la tele a todo volumen y un gran plato de cruasanes delante. —Arrugó la nariz, asqueada por la idea, pero la imagen que había pintado sonaba a *papa*. Nada nuevo.

—¿Qué tiene de malo? —pregunté, mientras me afanaba en servir más café—. Nunca viajáis el uno sin el otro. ¿Qué pasa?

Ella resopló.

—Te diré lo que pasa... He dejado a ese tonto, ¡eso es lo que pasa!

Me quedé boquiabierta.

—¿Lo has... dejado? ¿Dejarlo, de dejarlo en casa, o dejarlo de abandonarlo?

Mi madre levantó las manos.

—¿De dónde sacas esas frases, Anouk? ¡No invertí nuestros ahorros en tu educación para que hables como una simplona! Lo he dejado, sí, ¡si ese es el único vocabulario que tienes!

Palidecí. Mi madre solía ser serena y reservada, la más tranquila de la familia. Esta mujer chillona no tenía nada que ver. Me esforcé por comprender lo que había enfadado a mi madre tanto como para hacer que se marchara. Siempre había admirado a mis padres; había puesto su amor en un pedestal, porque había durado mucho y era fuerte, o eso creía yo.

—Obviamente has sufrido un *shock*, *maman*. Estamos aquí para escuchar... —dijo Lilou, con voz almibarada, ganándose una palmada en el brazo por parte de *maman*.

Le lancé una mirada fulminante a Lilou. Ella me devolvió una sonrisa burlona. Incluso de adultos, a veces caemos en los hábitos de la infancia.

—Tráeme un *vin rouge* —le dijo a Lilou—. Y entonces podré contártelo.

—*Maman!* ¡Todavía no son ni las nueve! —dije, escandalizada.

—*Excusez-moi?* —Me lanzó una mirada desafiante—. ¿Quién es la madre aquí?

Me mordí la lengua.

—Bueno..., normalmente no bebes alcohol.

Ella resopló.

—Normalmente no hago nada, y eso, mi *belle fille*, va a cambiar.

Tiré del brazo de Lilou y la arrastré hasta la cocina. Siseamos de un lado a otro y finalmente se nos ocurrió un plan.

—Asegúrate de que no ha tenido un ataque de nervios —susurró Lilou.

¿Podría ser eso?

—*Oui*, ahora vete, así podré hablar tranquilamente con ella y hacerle ver que no es momento de beber vino tinto.

—Si quiere vino, dale vino. Es su vida. —Se encogió de hombros, como si fuera perfectamente aceptable beber vino a la hora del desayuno.

Sacudí la cabeza.

—¡Vete!

Llevó a Henry al bistró de abajo, pero volvió un minuto después con la mano extendida. Suspirando, le lancé unos euros.

—¡Vete y déjame hablar con *maman*!

Lilou se rio.

—Vale, vale. Pero no intentes arreglarlo todo. Solo escucha.

Contuve un suspiro.

—¿Qué sabrás tú?

Maman me llamó a voces, así que cerré la puerta a toda prisa ante la cara de satisfacción de Lilou.

Salí corriendo hacia *maman*, que había mantenido una conversación unidireccional, murmurando y maldiciendo, aunque nadie la escuchaba. ¿En qué lío se había metido mi querida madre? Ella no era de usar malas palabras, lo único que le había oído murmurar en voz baja era una canción.

—¡Cuarenta años! Cuarenta largos años le he dado a ese hombre ¿y para qué? ¡Preparar la comida, preparar la cena, preparar un tentempié a medianoche! ¡Mi sopa está demasiado caliente, mi sopa está demasiado fría! ¡Mi sopa no está suficientemente sabrosa!

Me senté rápidamente, cogí la taza de café y se la entregué de nuevo, con la esperanza de que la cafeína la calmara y no la exaltara más. Además, recé para que se olvidara de beber vino. *Maman* solía ser tan formal que el alcohol no formaba parte de su vida, a menos que fuera una copa con la cena.

—Le encanta la comida. Pero él siempre ha sido así, *maman* —dije en voz baja.

Mi padre era muy quisquilloso con las comidas. Todo tenía que estar colocado sobre un mantel blanco deslumbrante, los cubiertos relucientes, el plato caliente, y *maman* se lo servía como una camarera, preguntándole si estaba a la temperatura adecuada, si necesitaba más pimienta, si quería *vin rouge* o *vin blanc*. Comprendía perfectamente que se sintiera poco valorada, pero siempre he pensado que disfrutaba con el proceso.

Maman siempre estaba con la nariz metida en un libro de recetas a la caza de nuevas ideas. Cuando la llamaba por teléfono cada domingo, me acribillaba a preguntas sobre los últimos menús de primavera de los bistrós de París, o me pedía que buscara ingredientes difíciles de encontrar y se los enviara por correo.

—No debería haber desperdiciado mi vida con él. —Los ojos se le humedecieron, estaba realmente dolida.

Podía contar con los dedos de una mano las veces que había visto llorar a mi madre, y nunca habría imaginado que fuera por mi padre.

Nunca había dicho una mala palabra sobre él, ni siquiera en las ocasiones en que se lo merecía. Tan ferozmente leal que a menudo nos decía que prestáramos atención a su sabiduría, cuando nosotras pensábamos que era cualquier cosa menos sabio. Esperé a que continuara, observando las líneas de preocupación entre sus ojos, la palidez de su piel.

—Empieza por el principio, *maman*, y dime qué te ha hecho tan infeliz. No es solo la sopa, ¿verdad?

—¡La sopa, los cubiertos, fregar...! ¡Todo! —Se echó hacia atrás, lanzando un exagerado suspiro al cielo—. ¡No seré más un felpudo para ese hombre egoísta!

Si su amor estaba construido sobre cimientos inestables, ¿qué esperanza teníamos los demás? Una parte de mí se hundió. No lo había visto venir, y me sentí como la hija más egocéntrica.

Mi padre era tradicional y creía que las mujeres debían sentar la cabeza, tener hijos y cuidar de la casa. Era como hablar con una pared cuando intentábamos explicarle que las cosas habían cambiado y que ya nadie pensaba así. No salía mucho de su pueblecito y no tenía ni idea de cuánto había progresado el mundo, porque no escuchaba más opiniones que las suyas. Estaba anclado en sus costumbres, y por eso yo dejaba que Lilou tuviera algo de libertad aquí. Había sido asfixiante vivir bajo sus normas cuando éramos adolescentes; de adultas, sería mucho peor.

Maman siempre había apoyado a *papa* y decía que él sabía más. ¿Había estado haciendo lo mismo todos los días, desesperadamente infeliz todo este tiempo? Esa idea me hacía dudar de su amor, y esperaba que no equivocarme.

—*Maman*... —Por primera vez en mi vida, me quedé sin palabras.

Se encogió de hombros ante mi confusión y miró más allá de mí.

—Lo único por lo que me quiere ese hombre es por el plato de comida que le pongo delante. —Imitó la colocación de un plato y luego actuó como *papa*, frotándose su voluminoso vientre y dándose palmadas en los tirantes—. Soy una sirvienta. —Su voz estaba tan llena de pesar que se me saltaron las lágrimas—. Mi vida consiste en tareas serviles y ni una sola vez me ayuda o me pregunta qué quiero yo.

Por fuera, *maman* parecía disfrutar con las tareas del hogar, desde coser cortinas hasta preparar tartas de limón o trabajar en su pequeño huerto. Me preguntaba si *papa* estaría tan sorprendido como yo por su arrebato, si ella le habría contado cómo se sentía. No me habría extrañado que hubiera cogido una bolsa y hubiera salido por la puerta para demostrarle que era invisible.

—Pero él te quiere, *maman*. Seguro que lo sabes, ¿no?

Ella frunció el ceño.

—Me quiere, pues claro, me quiere los lunes de *macarons* y aún más los jueves de *boeuf bourguignon*. Pero espera... ¡Le apasionan aún más los viernes de pollo al *fricasé*! —La palma de su mano cayó con fuerza sobre la mesa, haciendo saltar y tintinear las tazas.

Alargué el brazo hacia mi jarrón de cristal favorito, que se tambaleaba, pero el agua se derramó, empapando el periódico. Enderecé el jarrón e intenté quitar las gotas que quedaban sobre las letras, pero fue inútil; la tinta se desdibujó de todas formas.

—¿Hablaste con *papa* de cómo te sientes? —le pregunté suavemente.

Era un hombre de pocas palabras, pero la quería, de eso estaba segura, y, pasara lo que pasara, odiaría verla disgustada.

—¿Por qué crees que estoy aquí? —Entrecerró los ojos y me dirigió la misma mirada acerada—. Le dije: «¡No soy un felpudo!». No me barrerán debajo de la alfombra, ¡no, no, no! ¿Y sabes lo que dijo? —Puso los brazos en jarras—. Dijo: «¿¡Qué hay para comer!?». ¿Lo ves? ¿Lo ves, *belle fille*? ¡Solo me escucha cuando hablo de comida!

Qué desastre. La comida gobernaba la vida de mi trabajador *papa*. Era un hombre corpulento, aficionado al vino de la zona y a los platos franceses. Su vida transcurría al aire libre como albañil, un trabajo físico que le dejaba agotado, y así justificaba su enorme apetito, aunque ahora se dedicaba sobre todo a supervisar a sus empleados.

—¿Quizá no te oyó? No me imagino a *papa* ignorando...

—Oh, claro que me oyó. Me oyó cuando cogí su almuerzo y lo tiré fuera, a los pájaros. Entonces se enteró perfectamente. —Respiró profunda y tranquilamente—. Así que ahora estoy aquí, y mi nueva vida empezará en serio. Ya no tendré las manos y los pies encadenados a la cocina, a menos que yo misma elija cocinar.

La admiraba por tomar una decisión si las cosas se habían puesto tan mal.

—Vale, un minidescanso, justo lo que receta el médico. —Tal vez un tiempo separados para enfriar la situación sería lo que ayudaría a unirlos de nuevo—. ¿Qué vas a hacer?

—Voy a salir al encuentro de mi juventud, *belle*. Vagaré por las calles de París. Almorzaré en algún bistró elegante. Cada minuto del día será mío para hacer lo que me plazca.

Me levanté y le di un beso en la mejilla. Mi hasta entonces silencioso apartamento estaba ahora lleno a reventar y me preguntaba cómo me las arreglaría. Al menos con *maman* aquí podría convencer a Lilou de que fuera sincera con *papa* o asistiera al curso que le estaba pagando. Se comportaría mejor con *maman* por aquí y eso me libraría de preocuparme por ella durante un tiempo.

—Tengo que ir a trabajar. ¿Estarás bien sola?

Puso los pies en mi asiento y dirigió su rostro hacia el sol.

—*Parfait*—respondió—. Hoy es el primer día del resto de mi vida.

Pensé en *papa*, sentado solo en la solitaria casita. Estaría perdido sin *maman*, y probablemente no sería capaz de hacer ni una tarea sencilla, o cocinar por sí mismo, porque ella siempre se había encargado de todo. Entonces sonreí con tristeza. Tal vez le haría bien ver cuánto trabajo hacía *maman* en la casa. Sin ella, se acumularía el trabajo y él la apreciaría más. Aun así, tenía que comprobar que estaba bien. Una vez en la calle, saqué el móvil y le llamé.

—*Bonjour*, Anouk —dijo, sin su habitual estruendo.

—*Papa*, ¿qué está pasando?

—¿Está ahí?

—*Oui*. Está molesta.

—¡¿Te lo ha contado?! —farfulló algo inaudible—. ¡Tiró mi almuerzo por la ventana! ¡Se lo dio a los pájaros!

Contuve una sonrisa. Quizá *maman* tenía razón: solo escuchaba cuando se trataba de comida.

—Lo sé, *papa*, pero ella se siente invisible. Ha intentado hablar contigo, pero no le hiciste caso.

Suspiró. Me lo imaginaba sentado junto a la ventana de la cocina, donde el teléfono colgaba de la pared desde hacía décadas.

—Estaba medio escuchando —dijo, como si eso fuera suficiente—. ¡Habla consigo misma todo el tiempo! No sabía que estaba enfadada conmigo. Todavía no sé lo que he hecho. Nos sentamos juntos a desayunar, a comer y a cenar, ¿cómo puede eso hacerla invisible? ¡La tengo delante! ¿Cuándo vuelve a casa?

—No creo que lo haga, *papa* —dije suavemente—. ¿Quizá deberías llamarla a mi apartamento? Pedirle perdón.

—¿Perdón por qué? —Estaba realmente desconcertado por su ausencia y esperaba que volviera a casa sin discutir.

—*Papa!* Se siente como una esclava. Como si no te importara nada, a menos que lleve un plato de comida. ¿Puedes tratar de entender?

Rezongó.

—¡Anouk, el trabajo de tu madre es en casa! ¡Yo gano el dinero y ella hace la cena! Siempre ha sido así. ¿Por qué tengo que disculparme? Ahora tendré que trabajar y volver a casa a cocinar. ¡Y limpiar! ¡Supongo que tendré que ir al mercado a por comida! Cuidar el huerto... —Soltó un gruñido incrédulo.

Pobre *papa*, estaba atrapado en otra época en la que los hombres mandaban. No tenía ni idea de hasta qué punto vivía en la Edad Media. Alguien, probablemente yo, iba a tener que arrastrarlo al futuro.

—¿Y? La mayoría de la gente va a trabajar, luego vuelve a casa y hace todo eso y más. Creo que deberías llamarla y pedirle perdón. Y después creo que deberías tratar de cortejarla de nuevo con... un poco de romanticismo.

Se burló.

—¡Tengo sesenta años, Anouk, no dieciséis! Siempre hemos vivido así; no veo por qué debería cambiar nada.

¡Obstinado, como era de esperar!

—¿Puedes pensarlo un poco? ¿Te vas a morir si ayudaras a *maman* a cocinar por las noches? ¿Por secar algún que otro plato? Podríais hablar y escucharos.

—El mundo se ha vuelto loco —dijo tristemente—. Al final entrará en razón. No voy a decir que lo siento porque no he hecho nada para... justificar esto.

—¡Eres un tonto testarudo, *papa*! —Mi paciencia se colmó una vez más. ¿Por qué no podía al menos intentarlo?

—Ya verás, Anouk. Se aburrirá y volverá a casa pidiendo perdón. Mientras tanto, cocinaré, limpiaré, plancharé... y le demostraré lo fácil que es su vida, haciéndolo todo.

—Hazlo eso, *papa*. Yo tengo que colgar. Cuídate. Ya te llamaré.

Con sus elevadas exigencias domésticas, no había forma de que pudiera cocinar y mantener la casa como lo hacía *maman*. Ella trabajaba sin parar todos los días, limpiando la casa de arriba abajo, cuidando el huerto y los árboles frutales y preparando tres comidas diarias.

Una semana sin *maman* y sería más receptivo a la idea de ayudar más. Aunque seguía trabajando como albañil, los jóvenes obreros ya hacían las tareas pesadas por él, y *papa* pasaba una buena parte del día en casa, pegado a *maman*. Aunque no le gustaba el romanticismo en sí, pues pensaba que era algo para la gente joven, aún podía hacer algo sencillo, como preparar una cena a la luz de las velas, o incluso ayudarla a arrancar malas hierbas bajo el suave sol. Seguiría refunfuñando por orgullo, pero estaba segura de que podría convencerle, aunque costara una semana de llamadas telefónicas. Había sido un *shock* ver a *maman* despotricar y desvariar, pero simpatizaba con su causa. Con este drama, al menos no había preguntado por Lilou, un pequeño alivio.

17

A veces, cuando llegaba por la mañana, me paraba a mirar mi pequeña tienda de antigüedades, que me parecía sacada de un póster de época; la fachada de color rosa pálido, con una jardinera de madera combada llena de rosas de melocotón con aroma afrutado. Busqué las llaves mientras Oceane, de *Érase una vez*, se acercaba a paso ligero desde la pequeña librería donde trabajaba. Llevaba el pelo rubio recogido, alborotado por el viento. Como siempre, sus rasgos clásicos llamaban la atención. Tenía los pómulos altos y los labios carnosos, con unos intensos ojos azul hielo. Llamaba la atención de hombres y mujeres por igual, pero no se daba cuenta, lo cual la hacía aún más seductora.

Cuando me vio, se le dibujó una sonrisa en la cara.

—*Bonjour!*

—*Bonjour*—respondí—. Parece que tienes prisa.

Oceane nunca caminaba tranquila si podía ir a paso rápido. Era el tipo de persona que te agotaba si intentabas seguirle el ritmo. Era una fuente de energía y, con sus largas piernas, era imposible seguirla, a menos que hicieras *footing*, cosa que yo no hacía.

Sacudió la cabeza, y su pelo rubio se reflejó con la brillante luz del sol.

—*Non, non.* Solo estoy haciendo tiempo antes de empezar a trabajar.

Abrí la puerta. La tienda en penumbra siempre tenía la capacidad de relajar la tensión de mi cuerpo, como si estar rodeada de recuerdos del pasado me tranquilizara. Como todos los días, me saludaba el mismo olor, una mezcla de viejo y nuevo, mientras las antigüedades luchaban con las flores frescas por hacerse un hueco en el aire polvoriento, mohoso y perfumado de flores. Oceane era la clienta perfecta para empezar el día: alguien recién enamorado, con las mejillas encendidas y esperanzado con el futuro..., alguien que me recordaba que era posible. Después de mis traicioneros pensamientos sobre Tristan y la repentina aparición de mi *maman* y sus chocantes declaraciones, mis ideales pendían de un hilo.

Oceane observó una vitrina junto a la caja registradora. Sobre ella colgaba una variedad de sombrillas antiguas. Una suave brisa entraba por la puerta abierta y las atrapaba. Se balanceaban perezosamente de un lado a otro. Las motas de polvo danzaban sobre Oceane, haciéndola estornudar. Levantó el cuello y se rio, tocando la punta de una sombrilla de fino algodón color jengibre pálido.

—Ya no las hacen así —dijo.

—No.

Allí arriba se agitaban suavemente, como si quisieran atención, un momento de adoración por su antigua belleza erizada. Una de encaje, color marfil antiguo, descolorida con los años hasta adquirir un tono cáscara de huevo, dejándola hinchado, como si hubiera absorbido recuerdos como polen flotando en el aire. Otra de satén, rubí, muy fino, como el pergamino, tan delicada que me pregunté si se desintegraría si volvía a abrirse algún día.

—Deberíamos volver a ponerlos de moda —dijo con un brillo en los ojos. Si Oceane desfilaba por la ciudad con algo único, no pasaría mucho tiempo hasta que su pandilla de amigos siguiera su ejemplo—. Me quedo con la verde.

La sombrilla en cuestión estaba hecha de brocado grueso, de un verde como la pulpa de un aguacate. De los bordes colgaban cuentas esmeralda. Si alguien podía volver a poner algo así de moda, esa era Oceane.

—¿Por qué no vienes a cenar una noche de la próxima semana? —preguntó Oceane—. Trae a ese nuevo hombre tuyo.

Los ojos le brillaron con picardía.

—¿Cómo te has enterado?

París era una gran ciudad, pero a veces demasiado pequeña para su propio beneficio.

—La Gala de Mayo, todo el mundo habla de ella. Tú en los brazos de un atractivo desconocido durante toda la velada...

No había pensado mucho en las habladurías. Tonta de mí.

—En realidad no es nada. Estoy feliz y totalmente soltera.

Si él fuera el ladrón y mis colegas parisinos supieran que había salido con él, no podría vivir con ello.

Ella ladeó la cabeza.

—No te creo.

Esbocé una sonrisa.

—Es verdad. Es un conocido, nada más. —Se me encogió el corazón al pronunciar esas palabras, pero tal vez tenía que acostumbrarme a que fuera así.

—Detecto que hay algo más que no me estás contando.

Puesto que mis preocupaciones eran de naturaleza delictiva, ¿cómo podía decirlo? «Oh, no es nada, el tipo del que me he medio enamorado puede ser un ladrón de joyas, no es para tanto...».

—Es... —sopesé una respuesta que fuera creíble—. Es solo que se irá pronto, estoy segura, así que he decidido que no vale la pena seguir. El amor a distancia es demasiado complicado.

Ella frunció el ceño.

—Pero es factible. Viajas por trabajo. ¿Y lo románticos que serían los reencuentros?

Pensé en la cabaña y en lo mucho que me había gustado la idea. Todo fingido. No me había equivocado cuando pensé que era como un cuento de hadas.

—Sí, para los enamorados. Nop. Tengo que pensar en mi negocio. No podría escaparme, aunque él fuera el elegido. Que no lo es. —Así de fácil. Casi me había convencido a mí misma con mi tono firme.

Pero Oceane me miró de soslayo.

—Bueno, si tú lo dices... En ese caso, ¿qué tal si cenamos un día de estos? ¿Una noche de chicas?

Sonreí, conmovida. Esperaba que Oceane intentara emparejarme con otra persona, o que me lanzara algún tópico sobre peces en el mar.

—Una noche de chicas sería fabulosa —respondí, y lo dije en serio. No recordaba la última vez que había socializado con un grupo de mujeres que no estuvieran relacionadas con el trabajo.

—Considéralo hecho. Te enviaré un mensaje con la hora y el sitio. Y gracias por esta preciosidad.

Nos besamos en las mejillas y Oceane salió con su sombrilla, que abrió y paseó como si estuviera en el París de los años veinte, llamando la atención de los transeúntes antes de agitar su mano en el aire a modo de despedida.

Y por fin tuve un momento para mí, para concentrarme en el asunto que me ocupaba. La mañana y la lectura sobre el Bandido de las Postales parecían haber pasado hacía una eternidad. Encendí el portátil y busqué más información sobre las joyas robadas, a ver si podía leer entre líneas y encontrar algo que las relacionara con Tristan.

Al ojear otras publicaciones, el contenido era casi idéntico. La hipótesis era que el ladrón estaba muy bien entrenado en seguridad, sabía cómo anular complejos sistemas de alarma y borrar imágenes del circuito cerrado de televisión en un abrir y cerrar de ojos. Sabían que el ladrón entraba y salía en menos de sesenta segundos y restablecía las alarmas para que nadie se diera cuenta hasta que fuera demasiado tarde, las joyas desaparecieran y no se pudiera saber nada del autor del robo.

Sesenta segundos.

Yo tardaba más en pintarme los labios. Y con las pestañas postizas...

Tenía que moverse como un rayo. Las casas de subastas contaban con todo tipo de alarmas, desde monitores infrarrojos para detectar el movimiento y detectores ultrasónicos inaudibles para el oído humano hasta haces fotoeléctricos, idénticos a los que se ven en las películas. Gustave, de Cloutier's, me había explicado todos los detalles técnicos hacía un año, más o menos, cuando cerraron un día entero para instalar distintos dispositivos. También había guardias de seguridad en el lugar, normalmente en una oficina mal ventilada, vigilando las cámaras de seguridad en directo.

¿Cómo conseguía esquivar todo eso en sesenta segundos? Normalmente, los guardias tardaban unos segundos en ver las imágenes en pantalla, pero solo unos segundos, no lo suficiente para entrar y salir sin ser visto. A menos que los guardias durmieran en sus turnos, pero entonces ¿cómo sabría el ladrón cuándo atacar?

¿Les echaba alguna sustancia en el café con leche? ¿Se dejaba caer desde el techo, como Tom Cruise en *Misión imposible*? O, peor aún, ¿les pagaba para que simplemente miraran hacia otro lado durante sesenta miserables segundos?

Busqué noticias sobre los robos en Italia. Las historias eran muy parecidas. Habían bastado sesenta segundos para que desaparecieran colecciones de joyas raras. Había ignorado un cuadro de Picasso, una colección de monedas del Antiguo Egipto y muchas objetos preciosos de valor incalculable. Un cuadro sería demasiado llamativo para llevarlo por la calle. Las monedas serían difíciles de vender. Las joyas se las podía meter en el bolsillo y marcharse, sabiendo que habría muchos compradores en el mercado negro.

De todos modos, no era mi trabajo resolver la logística de los robos, solo tenía que ayudar a atrapar al ladrón y eso sería consiguiendo una confesión. Si Tristan era inocente, no pasaba nada, pero si no, era mejor que lo supiera. Los gendarmes podrían investigar los aspectos técnicos una vez que le hubiera grabado, alardeando de su habilidad...

Tras echar un rápido vistazo a la puerta principal para asegurarme de que seguía sola, me encorvé sobre el portátil y tecleé «Tristan Black» en un buscador. Levanté las cejas cuando apareció una página.

Black Enterprises.

Había buscado su nombre antes y no había encontrado nada. ¿Y ahora de repente tenía una página web? Eso me hizo sospechar. Hice clic en el enlace y leí apresuradamente. Tal vez se me perdía algo en la traducción, pero, por mi vida, no podía entender a qué se dedicaba realmente Black Enterprises. Había pestañas sobre consultoría, ¿pero consultoría de qué? Era como si fuera el código de algo.

Fruncí el ceño, hice clic en la pestaña «Acerca de» y allí estaba su cara: su sonrisa sexi de dientes blancos, la mirada coqueta y el pelo rubio peinado hacia atrás.

—Debe ser una lectura fascinante.

Me sobresalté y cerré el portátil de un golpe.

—En realidad no lo es. Un montón de jerigonza. —Se me aceleró el corazón y forcé una sonrisa.

Tristan se encontraba al otro lado del mostrador. No era posible que supiera lo que estaba mirando, pero el brillo de sus ojos sugería que sí.

Levantó una ceja y me lanzó una mirada cargada de intención.

—¿Así que no estabas babeando con una foto de un *playboy* cachas?

—Claro que no —solté, nerviosa porque me había pillado desprevenida.

—Deberías sacar brillo a ese espejo; hay unas cuantas huellas dactilares emborronándolo.

Me ruboricé. ¡Había visto la pantalla del portátil en el reflejo del espejo detrás de mí! ¿Por qué no iba a buscarlo en Internet? Todas las mujeres buscaban en Internet cuando se interesaban por un hombre, ¿no? Comprobaban su Facebook, sus fotos... No era acoso, era vivir en los tiempos modernos.

—Estás pálida —dijo, pasando un dedo por mi mejilla—. Como si hubieras tenido un *shock*.

Si quería atraparlo, tenía que actuar con total normalidad.

—*Oui*, tengo el cierre de fin de mes; eso es suficiente para sorprender a cualquiera.

Se echó a reír.

—Siento haber tenido que cancelar nuestra cita, pero ¿qué tal si cenamos más tarde para compensarte? Me encantaría decirte que saliéramos ahora, pero el trabajo me llama...

Tragué saliva.

—Claro, claro —dije, con la mente dispersa.

—Genial.

Me besó la punta de la nariz, provocando mi sonrojo. Solo cuando se marchó, mi corazón volvió a la normalidad y me di cuenta de la situación. ¿Y si Tristan era realmente el ladrón? ¿Le pondría sobreaviso para que huyera o se lo diría a los gendarmes? La preocupación se me agarró a las tripas. No estaba hecha para esto. Gilles entró con su perro Casper y me detuvo en seco. No podía meterle prisa, era su única interacción social del día. Le di la bienvenida forzando una sonrisa. En cuanto se fuera, visitaría a Madame Dupont para ver qué pensaba de todo esto.

18

Cuando Gilles y Casper salieron de la tienda, cerré la puerta principal y doblé la esquina en dirección a Emporio del Tiempo. Madame Dupont me saludó, esparciendo el humo en todas direcciones.
—¡Madame! ¡Gracias a Dios!
—¿Te has enterado de lo de la casa de subastas Bellamy, en el Barrio Latino?
Ahogué un grito, ¡otra casa de subastas en menos de veinticuatro horas!
—¡No, no sabía nada! ¿Cuándo ha ocurrido?
—El ladrón robó antes una colección de relojes antiguos. Los gendarmes acaban de emitir un comunicado.
—¿A qué hora fueron los robos?
Consultó su reloj.
—Oh, hace como una hora...
Gilles y Casper habían visitado mi tienda justo después de que Tristan se fuera..., y eso había sido hacía poco más de dos horas. ¿Había podido entrar casualmente, verme, y luego ir y cometer un delito? Las franjas horarias encajaban. Y había dicho: «Me encantaría decirte que saliéramos ahora, pero el trabajo me llama». Respiré hondo, intentando no alarmarme. Realmente era él, lo intuía.
—Supongo que eran muy valiosos... —pregunté, tratando de apaciguar el pánico.
Me hizo un gesto grave con la cabeza.
—Mucho. De la familia Capuleto. —Sus ojos se nublaron. Unos relojes de la nobleza ahora perdidos, al igual que las colecciones de preciosas joyas. Todo había sido una pantomima—.

Esperaba asegurar la colección. Eran exquisitos. Y ahora, puf, han desaparecido —dijo, con voz grave. Sacudió la cabeza con tristeza y tiró la colilla en un cenicero junto a la puerta antes de encenderse otro Gauloises—. Quienquiera que sea es listo. Puede anular alarmas complejas y entrar y salir en sesenta segundos. No es poca cosa cuando algunas de estas casas de subastas son como cavernas. Ya solo en atravesar los pasillos de entrada se tarda más de sesenta segundos. Sospecho que para cuando los gendarmes hayan elaborado un plan para atraparlo, ya se habrá ido, y, con él, todo lo que apreciamos.

No paraba de hablar y yo esperaba un momento para interrumpirla; al no encontrarlo, la sujeté de los brazos.

—Madame, tengo malas noticias. ¡Creo que el ladrón es Tristan! Estoy segura.

Madame Dupont rio estruendosamente.

—Oh, querida, lo estás haciendo otra vez.

—¿Haciendo qué? —pregunté, bajando la voz.

Sentía que se acercaba una de las charlas de Madame. Era tan buena leyendo a la gente y las situaciones que normalmente escuchaba sus consejos, pero no creía que hubiera percibido la seriedad de mi tono. No estaba hablando de la meteorología, ¡estaba hablando de salir con un ladrón de joyas!

—Estás saboteando tu vida amorosa a propósito. A causa del tropiezo con Joshua has renegado de los hombres, y Tristan ha conseguido colarse en tu corazón y por eso, de repente, te entra el pánico. En algún momento tendrás que confiar en un hombre, así que no lo eches a perder. Si él es un ladrón, yo soy Madame Bovary. —Arqueó una ceja.

—¡Madame, entiendo lo que me quiere decir, pero realmente creo que es él! No estoy saboteando nada. Le digo que debemos tener mucho cuidado. Si hace memoria, muchas cosas apuntan a él.

La mirada que me dirigió estaba llena de lástima. ¿Me estaba saboteando a mí misma? Lo admito, no había mucho que hacer, pero cuando se sabe se sabe.

—Cariño, por favor. Culpar a un inocente no es buena idea. Los rumores pueden arruinar la reputación, así que hay que andarse con cuidado.

Puse mala cara.

—Solo se lo digo a usted, Madame. Usted sabe que yo no culparía a alguien sin una buena razón. ¿Quizá podamos sentarnos y hablar de ello en algún momento?

—Por ti, lo que sea. Pero a menos que haya pruebas, que no creo que las haya, prométeme que mantendrás tu corazón abierto.

Asentí a regañadientes.

¿Era Tristan realmente capaz de visitarme en la tienda y una hora después cometer un atraco? ¿Era yo su coartada? Necesitaba un tiempo a solas para reflexionar.

Tras despedirme de Madame Dupont, cerré la tienda y me fui a casa mucho antes de lo normal.

Saludé con la cabeza a los camareros del bistró de debajo de mi casa, que se apresuraban a servir. Ignorando los deliciosos aromas que emanaban del restaurante, subí a mi apartamento por las escaleras en lugar de coger el ascensor. Las risas resonaron en la estrecha escalera y sonreí. ¿La risa de *maman*? ¿Quizá se había reconciliado con *papa*?

En el interior del apartamento flotaba el inconfundible olor de la cocina de *maman*. Desenrollé mi pañuelo y seguí el olor hasta la cocina. *Maman* llevaba un delantal y le explicaba pacientemente a un joven vestido de chef lo básico para preparar la bullabesa perfecta.

Hice una pausa, esperando alguna explicación, pero no encontré ninguna. El joven, con cara de niño, anotaba todo lo que decía *maman* como si fuera un evangelio.

—La base es el paso más importante de cualquier receta. Si lo haces bien, habrás recorrido la mitad del camino. Piensa en ello como si estuvieras en las primeras etapas del amor. Hay que respetar esa base, canturrearla, removerla suavemente, utilizar solo los ingredientes mejores y más frescos. Cualquier otra cosa es hacer trampa, y no podemos permitirlo.

El chef siguió garabateando en su cuaderno.

—Mmm... *Maman?* —le dije.

Dos miradas sorprendidas se dirigieron hacia mí. Estaban tan absortos que no se habían dado cuenta de mi presencia.

—Oh, Anouk, este es Luc.

—Luc —dije saludándole con la cabeza—. ¿Luc está aquí porque...?

Maman me ignoró y le dio la cuchara a Luc.

—Ven, Luc, prueba primero la mía y luego la tuya, y saborea la diferencia.

Fue entonces cuando me fijé en el montón de ollas y sartenes que había en el fregadero. ¿Le estaba enseñando a cocinar? Estaba segura de que era el segundo de cocina del restaurante de abajo. Seguro que sabía hacer bullabesa.

Luc hizo lo que le había dicho y murmuró para sus adentros, encantado.

—Reconozco mis errores, ¡puedo notarlos! Me deja una sensación amarga en la boca, como si me hubiera echado veneno. *Merci, merci!* —dijo, entusiasmado—. ¿Puedo llevarme la suya? ¿Para que los demás puedan probarla?

Maman asintió.

—Por supuesto, y vuelve mañana. Te enseñaré la técnica correcta para tu *roux*. No estás cocinando bien la harina cuando la añades a la mantequilla, pero eso se arregla fácil.

—*Oui, oui.* —Luc levantó la olla caliente con un paño de cocina y besó la mejilla de *maman*. Estaba sonrojado y esperanzado, claramente inspirado por lo que había ocurrido.

Esperé a que se cerrara la puerta antes de mirar a *maman*.

—¿Qué ha sido eso?

Ella se paseó por la cocina, llenando el fregadero de agua jabonosa y remojando las ollas antes de contestar:

—Probé la bullabesa de Luc para comer y no estaba buena, sabía amarga. Le llamé y se lo expliqué.

Me crucé de brazos y me apoyé en la mesa de la cocina.

—¿Y al minuto siguiente está aquí dando una clase de cocina?

Salió vapor del fregadero, empañando la ventana.

—*Oui*. Le faltaban muchos elementos, y en vez de ralladura de naranja e hinojo había usado limón y col. Parecía ansioso por aprender; no le han enseñado bien. Ahí abajo atienden a turistas, así que se trata más de cantidad que de calidad, y eso no se puede admitir. Si cocinas, lo haces bien o no lo haces.

Sonreí, sorprendida de que *maman* estuviera dispuesta a ayudar sin saber si el joven estaría dispuesto a ello o se ofendería por su consejo. Si me hubieran preguntado cómo era *maman*, habría pronunciado palabras como reservada, tranquila... Hoy había sido un día lleno de sorpresas.

—Ha sido un gesto encantador, *maman*.

Se puso guantes de goma y se acercó al fregadero.

—Ha sido divertido. No recuerdo la última vez que alguien me escuchó así. Como si lo que dijera fuera importante.

Le acaricié los brazos mientras fregaba los cacharros, mirando por la ventana, empañada de vapor.

—Bueno, creo que Luc tiene mucha suerte de tener una maestra como tú. Y más suerte aún de que compartas recetas familiares secretas.

Cogí un paño de cocina limpio del cajón y sequé los platos que *maman* había lavado. Era una escena sacada de muchos de mis recuerdos con ella: nosotras charlando en el calor de la cocina, haciendo las tareas.

Maman se rio.

—Bueno, me guardé algunos ingredientes; no podemos dejar que ese joven sepa todos nuestros secretos, ¿verdad?

Cuando cocinaba, *maman* transmitía calma y ponía todo su corazón en ello, asegurándose de que cada elemento, cada paso, se ejecutaba con amor. Decía que las prisas o cocinar bajo presión hacían que la comida supiera a estrés. Al parecer, se podía saber cómo se sentía una persona por la forma en que cortaba su *mise en plus*. Y si no se hacía bien la preparación, se estaba en desventaja desde el principio.

—He pasado un día estupendo —dijo—. Y luego iré a pasear

por el distrito 7. No he visto la Torre Eiffel iluminada por la noche. ¿Qué clase de francesa soy que no he visto eso?

—Iré contigo.

—*Non, non*, no estoy aquí para que me cuides, Anouk. Soy una mujer adulta; puedo arreglármelas sola. Quiero respirar el aire de la calle, tomarme mi tiempo y ver con qué tropiezo. Tener libertad para hacer exactamente lo que me plazca.

—Siempre y cuando te mantengas alejada de las zonas más oscuras. Mantente en las avenidas bien iluminadas.

A veces la vida era muy complicada. Pero la pacífica expresión de *maman* me demostraba que nunca es tarde para probar algo nuevo. Ojalá *papa* pudiera verla ahora.

Henry, el surfista de sofá, me estaba poniendo de los nervios. Una vez más, lo había pillado husmeando entre mis cosas y esta vez estaba segura de que no estaba ordenando. Hoy era el armario del pasillo, situado entre las puertas de los dormitorios.

Me acerqué sigilosamente por detrás y le di un golpecito en el hombro.

—¿Qué estás husmeando exactamente? ¿Buscas dinero?

No confiaba en él ni lo más mínimo. Lilou veía lo mejor de cada uno, pero yo no.

Sobresaltado, con la mano en el corazón dijo:

—Buscaba sábanas limpias para la *chaise longue*, no quisiera que mi piel entre en contacto con el terciopelo.

—Ya pusiste sábanas limpias ayer.

—¿Lo hice? Se me había olvidado.

Estábamos cara a cara, con los ojos encendidos, cuando llamaron a la puerta.

Me quedé paralizada. No quería que nadie viera mi piso y el desastre en que se había convertido. Sábanas sobre los muebles, chaquetas y zapatos desperdigados, periódicos desechados en el suelo, que Henry había dejado tirados después de renunciar a buscar trabajo. *Maman* salió de la cocina con un paño de cocina al hombro.

—¿Vas a contestar? —Señaló la puerta.

Antes de que pudiera responder, Henry la abrió de un tirón, mostrando a un sonriente Tristan. Dios, no había tenido ni un momento para pensar en él y en dónde podría estar.

—¿Qué puedo hacer por ti, Tristan?

«¡Oh, habíamos quedado para cenar!». Su visita a la tienda parecía haber sido hacía toda una vida. Qué día tan interminable. Mortificada, me ruboricé, pensando además en el desorden que había detrás de mí. Una aún tenía su orgullo, y no quería que nadie pensara que vivía de forma caótica, fuera quien fuera. ¿Si cerraba los ojos desaparecería todo eso? No recordaba cuándo había sido la última vez que el apartamento había estado ordenado; ahora era cualquier cosa menos eso.

Tristan entró, saludando con la cabeza a Henry y a *maman*.

—Llegas pronto —le dije.

Intenté poner una expresión serena, pero me sentía tan tensa como una serpiente enroscada. ¿Había mencionado siquiera una hora? Mi mente estaba dispersa como un puñado de canicas y no tuve tiempo de recomponerme.

Maman se puso las gafas y se inclinó hacia delante para mirarle detenidamente. Pude ver los engranajes girando en su cerebro. Su mirada se desvió hacia mí y luego de nuevo hacia él, mientras una lenta sonrisa se le dibujaba en el rostro.

—*Ma chérie!* ¿Tienes novio? Por fin. —Intentó susurrar, pero las palabras resonaron en la habitación. Lo más probable es que ya estuviera planeando tener nietos.

Me encogí de miedo. Ahora él pensaría que yo vivía en la miseria y que estaba desesperadamente soltera.

—No es un pretendiente...

Tristan se aclaró la garganta.

—¿No? ¿No vamos a tener una cita? —Sus ojos brillaban de alegría, como si estuviera disfrutando del espectáculo que era mi vida.

—Vamos a salir a cenar. —Pero me contuve antes de decir nada más. Si quería que hablara, tenía que actuar con naturalidad.

Con una sonrisa sedosa se acercó a *maman*, le cogió la mano y se la besó rápido, como si fuera una especie de caballero. Pero no lo era. Era un ladrón. Y muy astuto. Contuve un gemido cuando las mejillas de *maman* se sonrojaron. Tenía el mismo magnetismo sobre todo el mundo.

Mi madre asintió, mirándome.

—Me alegro de que tenga un pretendiente. Todo lo que hace es trabajar, trabajar y trabajar, y vive como una ermitaña. No tiene amigos de verdad. Bueno, está Madame, pero incluso ella tiene una vida social más ajetreada que Anouk. Por momentos he pensado que tal vez terminaría sola...

—Ya basta, *maman*. —Para ser una mujer reservada, hablaba mucho.

—¿Qué? —dijo ella, perpleja—. Es verdad. No se puede hacer el amor con una joya, ¿verdad?

—*Maman!* —Se me puso la piel de gallina desde los dedos de los pies hasta la coronilla—. Disculpa a *maman* —le dije—. No es ella misma en este momento. —¿Quién era esta mujer?

Él se rio.

—¿Puedo invitarte a tomar algo antes de cenar?

—No. Estoy ocupada, tengo cosas que resolver...

Tenía que llamar a mi padre y empezar a meterle en la cabeza la idea del romance, deshacerme de Henry, explicarle a Lilou que estaba actuando de forma sospechosa y pensar cómo iba a atrapar a Tristan... Y ahora también hablar seriamente con *maman* sobre las cosas apropiadas que decir a los desconocidos. Uf.

—No está ocupada en absoluto. Una chica solo puede leer los anuncios de bodas un número determinado de veces antes de morir con el corazón roto. —*Maman* me lanzó una mirada mordaz.

Quería desintegrarme sobre la alfombra. ¿Y qué, me gustaba leer los anuncios de bodas, era eso un delito? Era agradable saber que había parejas que habían encontrado al amor de sus vidas. No es que llorara leyéndolos, bueno, quizá una o dos veces, pero no todas.

Maman se apresuró.

—Llévatela. Devuélvele el brillo a los ojos.

Tuve la sensación de que *maman* había bebido vino de cocinar... Lilou entró con los brazos llenos de cajas.

—Hola, preciosa —dijo—. ¡Es el príncipe azul, que viene a rescatarme de la hermana malvada!

Dejó sus cosas sobre la mesa del comedor.

—¡Lilou! ¡Por favor! —¿Qué estaría pensando Tristan? Me arriesgué a echarle un vistazo de soslayo y me sorprendió ver que parecía más desconcertado que ofendido por la repentina locura de mi familia.

—¿Qué? —dijo mi hermana, con la confusión dibujada en el rostro—. ¡Oh! ¡Pequeña ardilla astuta! Tienes nuevo novio. —Dio una palmada—. Qué callado te lo tenías.

Su rostro se sonrojó de felicidad por mí, como si acabara de anunciar que me iba a casar o algo igual de asombroso.

—Algunos secretos merece la pena guardarlos, ¿verdad, Anouk? —Ella sonrió.

—Sí —dije, esperando que lo dejara así.

—Todos tenemos secretos. —Una pequeña sonrisa se dibujó en la boca de Tristan y se tomó la libertad de dar vueltas alrededor del salón recogiendo cachivaches y escudriñándolos antes de continuar—. Es la naturaleza humana.

El aire de la habitación zumbaba como si se hubiera hablado demasiado. No me gustaba que hablaran de mí como si yo no estuviera presente. Quizá no estaba preparada para oír lo que pensaban de mi situación por si estaba de acuerdo con ellos.

Cuando Tristan se acercó a mis estanterías, se arrodilló e inclinó la cabeza de lado para leer los lomos.

—¿Novelas policiacas? Nunca lo hubiera adivinado.

No quería darle la satisfacción de saber que eran de Joshua. Que pensara que yo había investigado mucho cuando se trataba de atrapar a un ladrón.

—Sí —dije, malhumorada—. No hay nada mejor que leer sobre criminales, especialmente cuando los atrapan.

Me ignoró y volvió a los libros.
—¿*La joya robada*? —Señaló un libro. Sin duda a él le parecería más de no ficción.
—¿Lo has leído? —le pregunté.
—¿Qué hay para cenar? —dijo Henry alegremente.
Antes de que me estallara la cabeza dije:
—Vamos a tomar algo, Tristan.

19

En la penumbra pude pensar racionalmente, mientras Tristan y yo caminábamos compartiendo el silencio. Lo que había dicho mi familia me había tocado la fibra sensible. ¿De verdad les preocupaba que acabara sola? ¿Que mi falta de amigos se debía a que sentía que no podía confiar en nadie?

Habían sido una lucha mantener mis amistades porque la tienda ocupaba casi toda mi vida. Pero yo era feliz, ¿no? Me bastaba con la emoción de conseguir tesoros del pasado. Tenía a Madame Dupont, compartíamos el desayuno y cotilleábamos. Oceane también era amiga mía. A veces nos sentábamos a la orilla del Sena y bebíamos vino. Ahora íbamos a tener una noche de chicas... Era una vida plena y rica.

No es que no lo hubiera intentado con hombres. La idea del amor no me repelía. Solo estaba un poco magullada después de mi último encuentro y ahora estaba potencialmente «semisaliendo» con un ladrón de joyas.

A la madura edad de veintiocho años aún tenía mucho tiempo. El amor nos elegía a nosotros, no al revés; así que mientras esperaba, me había mantenido ocupada, como siempre. Me había fijado objetivos y los había alcanzado. El hombre que estaba a mi lado era un ejemplo perfecto de por qué tenía que protegerme. Una chica podía caer fácilmente en sus astutos encantos, pero era una cortina de humo. Me di cuenta de que caminaba junto a mi enemigo, alguien que quería robarle a Francia su gloria.

Era bueno en su papel, maldita sea. Para evitar un mes de llorar sobre la almohada, si era el gran mentiroso que yo imaginaba, tenía que ir con cuidado.

Tristan se quitó la chaqueta y se la colgó del hombro.

Nuestros pasos resonaban en los adoquines mientras caminábamos el uno junto al otro.

—Tu familia es genial. Muy divertida —dijo con una risita, sacudiendo la cabeza.

Le miré boquiabierta y me aseguré de que no estaba siendo sarcástico.

—Creo que estaban sufriendo un golpe de calor.

Echó la cabeza hacia atrás y se rio.

—Posiblemente, el verano está a la vuelta de la esquina. Te cuidan, es muy entrañable.

Mis hombros se relajaron un poco.

—Normalmente solo estamos mi plato de sopa y yo. —Podría admitir que hablo con cosas inanimadas—. Así que me resulta un poco agobiante que se quede tanta gente en casa. Mi vida suele ser... sosegada, más tranquila. No estoy acostumbrada a tanto ruido y desorden.

—Eres buena con la gente que te rodea. No solo con tu familia, sino también con los demás. Todo el mundo habla de ti y de tu tiendecita.

Se detuvo y me levantó la barbilla con un dedo. Mi corazón latía tan fuerte que pensé que él lo oiría. Haces de luz de luna brillaban entre nosotros mientras yo intentaba desesperadamente recordar que él podía ser el malo. No pensaría que soy una persona tan buena si supiera que estaba considerando la posibilidad de que fuera un criminal y decidiendo qué hacer si lo fuera. Me quedé muda, perdida en el azul de sus ojos.

Me dirigió una mirada penetrante, como si estuviera decidiendo qué decir.

—¿Por qué lo haces?

—¿Hacer qué? ¿Trabajar? —¿No entendía que la mayoría de nosotros teníamos que trabajar para vivir? Obviamente, estaba tan inmerso en el glamur de su vida de altos vuelos que había olvidado cómo sobrevive la gente de verdad: trabajando mucho.

Su mano cayó a un lado. Aún podía notar su contacto en mi barbilla.

—Nada. —La máscara apareció de nuevo—. Nada. Vamos a por esa copa.

Desconcertada, le seguí hasta una vinoteca decorada con libros y luz tenue. Los asientos eran pilas de viejos libros de tapa dura con un trozo de madera pulida en la parte superior para sentarse. Las paredes tenían garabatos con pasajes de libros sobre París. Escritores que se enamoraron de la ciudad y escribieron ficción sobre ella. París se les había metido en la piel y nunca se habían recuperado. Mi favorito era una cita de *París era una fiesta*, de Hemingway.

Aunque el difunto Hemingway había amado este lugar, la vida continuó sin él, o quizá con su sombra, ya que seguimos viviendo a través de su prosa parca, perdiéndonos en sus reflexiones sobre el París de los años veinte, una época a la que siempre había deseado poder transportarme.

Tristan encontró una mesa en un rincón poco iluminado y colgó su chaqueta en el respaldo del asiento.

—Este sitio es increíble —dijo. Su acento americano sonó en el pequeño espacio—. Me dan ganas de volver a leer sus libros. —Sonriendo, señaló una cita de Scott Fitzgerald.

—Los autores americanos siempre han amado París.

—A los americanos en general les encanta París, especialmente a este.

Nos sentamos y nos miramos fijamente durante demasiado tiempo para estar cómodos. Con la luz de las velas proyectando sombras, casi era posible olvidar que me hallaba sentada frente a un ladrón, y fingí durante un minuto que era un hombre de buen corazón y alma romántica. Alguien a quien amar y por quien dejarse amar. Hasta que la realidad me golpeó... ¿Tal vez estaba demasiado estresada para amar y ser amada? Más bien mi subconsciente dudaba, porque todos mis seres queridos pensaban que iba a acabar viviendo una vida vacía y se les había ocurrido mencionármelo. Delante de Tristan.

—¿Qué te pasa? —preguntó—. Pareces muy triste de repente...

Parpadeé para tratar de disipar la preocupación.

—Es agradable... —Me puse tensa. ¡No digas que salir con un hombre!—. Es agradable releer los libros que te gustan. —Terminé la frase vacilando.

Era difícil ser una espía teniéndolo cerca. Era como si cualquier pensamiento razonable desapareciera de mi mente y mi boca se moviera sola. Eran la intensidad de su mirada y la curva de sus labios, como si siempre estuviera a punto de esbozar esa sonrisa especial, la que no se ensaya.

—¿Champán? —preguntó.

—*Oui*.

Tristan hizo un gesto al camarero y pidió una botella *vintage*. La realidad se estrelló contra mi subconsciente. El champán que había pedido era caro. Sin duda, financiado por el dinero que había ganado con la venta de las antigüedades robadas. Antigüedades francesas robadas. Y aquí estaba yo, a punto de beber de los frutos del robo. ¿Eso me convertía en cómplice? ¿Sabría el champán a traición? La idea fue suficiente para encenderme y recordar mi misión. Hacerle hablar. Rellenarle la copa hasta que estuviera a un paso de la embriaguez. No era mi estilo, pero era necesario.

El camarero acercó la botella en una bandeja de plata. La descorchó con una floritura y la sirvió lentamente, dejando que la espuma se asentara mientras las burbujas subían por las copas.

—Salud —dije, levantando mi copa.

Brindamos y me guiñó un ojo. De verdad. Era tan americano...

—Por los nuevos amigos —dije.

Se pasó una mano por el pelo, que brillaba bajo las luces haciéndole parecer casi angelical. Incluso inocente.

—Por los nuevos amigos.

Bebí un sorbo largo y le insté con la mirada a que hiciera lo mismo. ¿Cuánto tendría que beber para que se le soltara la lengua y confesara? Sus ojos se clavaron en los míos, reconociendo el desafío, y bebió un largo sorbo, relamiéndose los labios exageradamente.

—¿Tienes sed?

—Mucha —dije.
—Hasta el fondo, entonces.
¿«Hasta el fondo»? ¿Me estaba haciendo una proposición? Debió de verme apretar la mandíbula porque me dijo:
—Es una expresión, hasta el fondo del vaso, no...
—Oh —dije, esperando que el rubor que me subía por el cuello no fuera visible bajo la iluminación cambiante.
—Hasta el fondo.
Volvimos a brindar y bebimos el resto de champán de nuestras copas.

Apresuradamente, rellené la suya, torpemente, con la espuma subiendo y amenazando con derramarse. Mientras esperaba a que bajara, llené la mía más despacio. Volvimos a beber, atrayendo las miradas preocupadas del camarero, que sin duda se preguntaba por qué bebíamos una botella de champán de trescientos euros como si fuera agua.

Mi estómago rugió, recordándome que aún no había cenado. Para un parisino era casi un pecado beber alcohol sin comer. Si no se trataba de una cena formal, siempre que se servía vino también se servían canapés. El vino y la comida se maridaban con esmero y se disfrutaban. Pero si comíamos se ralentizaría la conversación. Solo por esta vez tendría que renunciar a mis valores franceses.

—Nunca había conocido a nadie como tú —dijo, mirándome de arriba abajo lentamente y haciendo que me estremeciera—. Hay tantas capas en ti...

—Como una tarta.

—Una muy dulce —dijo riendo—. Creía saber en qué consistía tu vida, pero hay mucho más. Supongo que nunca lo sabemos todo de una persona, ¿verdad?

Se refería a mi familia, y a su genuina preocupación de que estuviera a un paso de ser una loca de los gatos, obviamente.

—Vale, tienes razón. Hay cosas que nadie sabe de mí.

Me esforcé por parecer seductora, imitando a todas las actrices francesas que se me ocurrieron. Una rápida mirada sobre mi hombro para asegurarme de que nadie estaba espiando. Eso es lo que hacía la gente culpable, ¿no? Si me comportaba de forma sospechosa, tal vez me revelaría sus tratos con los bajos fondos.

—Pero probablemente saldrías corriendo de aquí si las supieras.

Se sentó más erguido.

—¿Qué tipo de cosas?

Le llené la copa de champán. Él me devolvió el favor rellenando la mía, y las burbujas me estallaron en la lengua cuando bebí un sorbo. Quizá por eso la gente se pasaba al lado oscuro, para poder permitirse un champán que supiera a estrellas.

—Oh, no puedo contártelo —dije con una risita ahogada—. Si lo hiciera, tendría que matarte, y la sangre es muy sucia. —Esbocé una sonrisa y bebí otro sorbo de champán.

Tristan se recostó en la silla y entrelazó las manos por delante del torso. No pude evitar imaginarme el cuerpo bronceado y ágil que tendría bajo la ropa. El champán me sonrojó, o tal vez hacía calor; me sentía un poco ebria representando mi papel de seductora.

—Puedes confiar en mí, ¿verdad? —me dijo.

Volví a llenarle la copa, con lo que llegamos al final de la botella. Le hice una seña al camarero para que trajera otra, esperando que fuera Tristan quien pagara la cuenta; de lo contrario, tendría que dejar mi antiguo brazalete de ónice como garantía.

—¿Confiar en ti, Tristan? No sé nada de ti. La verdad es que no.

A través de mis propios ojos vidriosos, intenté determinar si estaba contento por tanto champán, pero era difícil leerlo con solo el parpadeo de la luz de las velas en nuestro rincón poco iluminado de la vinoteca.

—Claro que sí —me dijo, enarcándome las cejas con descaro—. Sabes que soy americano. Conoces mi nombre. Has investigado mi empresa en Internet...

Eso fue suficiente para que me atragantara con un sorbo de champán.

—¿Tu empresa? —dije con incredulidad—. Una tapadera evidente para algo más siniestro, créeme —dije—. Sé exactamente lo que es tener que ocultar quién eres en realidad.

Esperaba que mis cavilaciones tuvieran sentido para él; para mí no tenían mucho. Debería haber cenado. El champán me relajaba hasta el punto de dejarme casi flácida. Tristan me dedicó una media sonrisa y se inclinó sobre la mesa.

—¿Así que estás diciendo que por fuera actúas como una ingenua, a lo Marilyn, pero en realidad eres una manipuladora, calculadora...?

—*Moi? Non!* —Me reí, demasiado alto, demasiado sobrexcitada, pero es que de repente la situación me pareció hilarante, porque se estaba describiendo a sí mismo.

Y supongo que esperaba que debajo de toda mi fanfarronería pudiera moldearme para convertirme en un delincuente como él. Pero no sabía que yo era más lista de lo que él creía, y que mi actuación no era más que eso, una actuación...

—Me has pillado —dije—. Astuta, y más inteligente de lo que la mayoría piensa. Si la gente prestara más atención a... —bajé la voz y me incliné sobre la mesa— lo que tienen delante.

—Te has salido con la tuya durante mucho tiempo, ¿verdad? Nadie sospechaba de la joven glamurosa delante de sus narices.

Asentí con la cabeza.

—Años —dije, pensando rápido, pero nebulosamente.

Sacudió la cabeza como si le asombrara.

—He visto mucha gente corrupta en mi vida, pero nunca una como tú.

Se me quedó un suspiro en la garganta. Mi interpretación estaba funcionando.

—Gracias —dije—. Supongo que es más fácil pasar desapercibido cuando sabes lo que haces.

Se bebió la copa de una vez.

—¿Te has preguntado alguna vez qué harías si te pillaran?

¿Pillarme? ¿Pillarme por qué? Él era el ladrón, no yo. Me estaba devanando los sesos. No había robado ni un caramelo en

mi vida, pero pensé en las deudas que aún tenía, en la presión que me esperaba en casa, y me armé de valor. Mejor seguirle el juego que renunciar al papel ahora, así que le mostré mi sonrisa más coqueta y le dije:
—Mentiría hasta el final.
—Puedo imaginármelo... —Sus hombros se inclinaron ligeramente hacia delante mientras el alcohol hacía magia en su torrente sanguíneo.
—Concéntrese, Monsieur Black. —Le guiñé un ojo, a la americana.
Hacía años que no me divertía tanto, completamente desinhibida e impertérrita ante cualquier cosa. Me gustaba la sensación. Aunque sabía que nada de eso era real, era divertido interpretar un papel y fingir ser ese tipo de chica, para variar.
—Es difícil hacer algo teniéndote cerca, Anouk. Me distraigo muy fácilmente y eso no es bueno.
Tenía la mente nublada. Los pensamientos se me escapaban. Parecía que estábamos teniendo dos conversaciones muy diferentes.
—No es lo ideal, ¿verdad? Pronto te irás, ¿no? Al siguiente lugar, siguiendo el sol...
—Mi vida no es tan emocionante como pareces pensar que es.
Volvió la misma expresión de dolor, como si su vida delictiva le pasara factura. ¿Quizá la culpa le invadía en ocasiones? Pero podía elegir fácilmente parar y hacer lo correcto.
—No te creo —le dije—. Si no, ¿por qué seguirías haciéndolo? Buscando una Bonnie, ¿verdad, Clyde?
Se rio, un sonido grave y profundo.
—¿Estás disponible para el puesto?
Me crucé de brazos. Esto era lo más parecido a una confesión que había conseguido esta noche. Se me revolvió el estómago al darme cuenta. Y solo esperaba que mi expresión no me traicionara.
—¿Más champán? —dije, ganando tiempo.

Asintió, entrelazando los dedos, como si esperara una respuesta, como si me estuviera entrevistando para un trabajo.

—Ojalá pudiera quedarme de vez en cuando —dijo—, pero no puedo, por desgracia.

Sí, porque entonces le atraparían.

—Es una verdadera lástima.

Me dedicó una débil sonrisa.

—A veces lo es.

Sopesé qué decir a continuación. Mi cerebro me pedía a gritos que le dijera que dejara de robar para financiar un estilo de vida vacío, pero ¿me escucharía? No sabía si robaba porque le emocionaba o si necesitaba el dinero para fingir ser otra persona. Con la vista nublada, pensé en otras razones... ¿Y si ese dinero financiaba un orfanato? ¿Podría perdonárselo? O tal vez estaba construyendo un hospital para mujeres en un país del tercer mundo. Lo miré. La cabeza me daba vueltas al pensar que sus brillantes ojos azules, su pelo rubio, sus dientes blancos y brillantes y su nariz aguileña, toda esa perfección, fuera la fachada de un corazón blando y sentimental: ¡era un Robin Hood moderno! Robar a los ricos para dárselo a los pobres. ¿No sería de lo más romántico?

—Te he perdido —me dijo, pillándome en plena ensoñación.

Le hice un gesto con la mano, sin poder dejar de pensar sobre lo que podría ser.

—No, creo que me has encontrado. —La habitación giraba sobre su eje.

—Creo que será mejor que cenemos.

20

La luz del sol se filtraba por el hueco de las cortinas de encaje y traía consigo el estruendo enervante de los martillazos. Me eché las manos a la cabeza y me di cuenta de que el estruendo provenía del interior de mi cerebro. La noche anterior volvía a mi mente.
¡Oh, no!
Gimiendo, me tapé la cara con la almohada mientras los recuerdos se agolpaban. «Era un Robin Hood moderno». ¿En qué estaba pensando? El dolor de cabeza provocado por el champán me golpeó de nuevo. Había fracasado en mi primera misión de la peor manera posible. En mi nebulosa, no recordaba haberle sacado ninguna información. Lo único que recordaba eran las cosas que había dicho y, lo que era aún peor, las suposiciones que había hecho tras demasiadas copas de champán. ¿Financiaba un orfanato? ¿Qué había elucubrado mi corazón desesperado? ¿Construía un hospital para mujeres? Aj. Vagamente, recordé que habíamos regresado a casa caminando, tropezando y riendo, los dos fingiendo ser algo distinto de lo que éramos. Quería matarme por desperdiciar la oportunidad de pillarle. En mi intento de hacerle hablar, había bebido tanto champán como él, cosa que estaba lamentado amargamente.
El reloj de la mesita de noche gritaba las diez de la mañana en verde neón. Aparté las sábanas de un tirón y me paré en seco. Junto a la cama había una nota:

Anouk:

Cuando cierro los ojos, aún puedo saborear el champán de tus labios. Estamos condenados a vagar solos, o eso es lo que decías. ¿Quién hubiera dicho que eras poeta? Espero que no te duela mucho la cabeza. Seguro que puedes mantenerla en su sitio.

Hasta que nos volvamos a ver,

Tristan

¿¡QUÉ!? ¿Nos besamos otra vez? Cerré los ojos e intenté recordarlo, pero estaba en blanco. Seguramente recordaría haberlo besado. Los besos de Saint-Tropez habían invadido mis sueños. Me pasé la mano por los labios traidores como si pudiera sentirlo allí, pero nada.

En *flashes*, la llegada a casa se reproducía en mi mente... *Maman* acababa de volver de ver la Torre Eiffel iluminada, mientras Lilou bailaba por el apartamento, Henry tocaba la guitarra y canturreaba canciones *folk*.

¡Tristan estaba mintiendo! Había pasado por delante de todo el mundo, había cogido un vaso de agua de la cocina, me había tumbado en la cama y me había quedado dormida. Entrecerré los ojos. Buen intento, señor Black, pero tendrá que hacerlo mejor. La próxima vez me quedaría con el agua con gas, y estaría mejor preparada.

¿Cómo había llegado su nota hasta aquí? Podría habérsela dado a Lilou o a *maman*... Me acordaría si se hubiera colado en mi habitación.

Tendría que intensificar mis investigaciones.

Sin embargo, ahora, lamentablemente, llegaba tarde al trabajo. En la mesilla de noche había un vaso de agua y un blíster de analgésicos. Se me escapó un suspiro de alivio.

—¿Estás despierta? —Lilou entró en la habitación y me dedicó una sonrisa maternal—. Necesitas rehidratarte. Toma agua y tómate las pastillas. Te he preparado un batido para desayunar, lleno de vitaminas para la resaca.

—¿Desde cuándo eres tú la responsable? —pregunté grogui, dándome cuenta con un sordo dolor de que nuestros papeles se habían invertido. Lilou me estaba haciendo de niñera... Eso era para los anales de la historia.

Se encogió de hombros.

—Solo estaba siendo una buena hermana. Podía prever que el despertar no iba a ser bonito.

—Oh, Dios, no me lo recuerdes. No quiero saber lo que dije o hice.

—Estuviste bien. —Soltó una risita—. A veces es bueno dejarse llevar. ¡No se puede ser un estirado toda la vida!

—Si lo de hoy es un indicio de lo que supone dejarse llevar, estoy más que feliz de quedarme quieta. ¿Quieres acompañarme al trabajo? —Lilou seguía en casa de Madame con la excusa de hacer joyas.

—*Non*, no puedo —dijo—. Tengo una cita con un comprador de Charbonneau. Tengo que irme pronto.

Me quedé boquiabierta. Charbonneau era un grupo de tiendas de diseño conocidas en toda Francia. Eran muy exclusivos y se decía que era imposible venderles. Algunos conocidos míos, diseñadores de moda parisinos, habían intentado varias veces conseguir cita con sus compradores y habían fracasado. Y ahora Lilou tenía una, ¿para qué, sus joyas hechas a mano?

—¿Un comprador de Charbonneau? —Me fijé en que llevaba un sobrio traje pantalón gris, el pelo recogido en un elegante moño y apenas maquillaje. Parecía... adulta. Al mando.

—Sí, para mis joyas. Envié algunas muestras a su equipo y convocaron una reunión. Anoche estuve hasta tarde terminando una serie de diseños para el invierno, con la esperanza de que me hagan un pedido. Están entusiasmados, así que he pensado que voy a poner toda la carne en el asador.

Me incorporé demasiado rápido; la habitación dio vueltas.

—Vaya, Lilou, es increíble. No me había dado cuenta de que lo planeabas con tanta antelación.

Me dedicó una sonrisa calculadora.

—No eres la única a la que le encanta lo que hace.

Una hora más tarde, me dirigía a mi tienda al galope, divisando la Torre Eiffel, que se erguía regia, cuando Madame Dupont salió de su Emporio del Tiempo.

—Oh, la, la —dijo ella inspeccionándome con la mirada—. Parece que alguien ha pasado la mañana en la cama. Te perdiste nuestro desayuno, pero puedo ver por qué... ¿Has tenido una oferta mejor? —Me dedicó una sonrisa juvenil y me encogí de hombros.

Me había olvidado por completo de nuestro tête-à-tête para hablar de Tristan.

—Lo siento, Madame. Me quedé dormida.

—No lo sientas. —Encendió un cigarrillo y dio una larga calada, expulsando anillos de humo—. Tienes color en las mejillas y pareces esperanzada. —Me sonrió con complicidad.

—Oh, eso... —dije—. *Non, non*, Madame. Lo que está viendo es el resultado de demasiado alcohol con el estómago vacío.

—¿Con él? —Entrecerró los ojos y se acercó a mi cara—. Te conozco y tus manos nunca se agitan, tu mirada nunca se desvía, normalmente eres recatada, seria, incluso bajo todo ese maquillaje, y sin embargo esta mañana estás inquieta, con las mejillas sonrosadas, realmente dispersa.

—Es solo porque llego tarde.

Sonrió.

—Y llevas dos zapatos diferentes.

Elevé una ferviente plegaria al cielo para desintegrarme en el pavimento, pero no hubo suerte. ¿Qué clase de parisina era? Con las prisas, me había puesto cualquier cosa y había cogido los zapatos del armario sin pensar.

—Oh, los zapatos —dije con una tos rápida mientras columnas de humo se esparcían entre nosotras—. Pensé en probar algo nuevo... Uno blanco y otro negro, por cambiar un poco.

Sonó la risa grave de Madame.

—¿Crees que puedes mentirme? —Chasqueó la lengua—. ¡Cuéntame hasta el último detalle!

Con una sonrisa tensa, que seguro que parecía una mueca, le dije:

—La verdad es que no me acuerdo de mucho. Todo está un poco borroso. Será mejor que me vaya, Madame. Pero si me acuerdo cualquier cosa, la llamaré. Si no nos vemos después, envíeme comida para la resaca.

Se rio como si estuviera orgullosa de mí, así que le besé las mejillas, conteniendo la respiración para que no me invadiera el humo, y me marché.

—Cariño, una cosa... —Su voz vaciló y titubeó antes de seguir. Le hice un gesto para que continuara—. Entró en mi tienda y me preguntó si estaba interesaba... en el reloj de Audrey.

Me giré tan rápido que casi me tropecé, y con la cabeza palpitante y todo corrí hacia ella.

—¿Cómo? ¿Qué ha dicho?

—Tu guapo americano entró en mi tienda. Puede que sea un anzuelo para ver si compraba artículos robados. Lo siento mucho, Anouk, pero tal vez tengas razón sobre él.

—¿Intentaba venderte los relojes robados? ¿Sería tan obvio?

—Bueno, me preguntó sobre la venta de algunas piezas, quería saber el valor de ciertos objetos, pero en realidad no tenía ninguno a mano. Cuando llevas tanto tiempo como yo, captas esos matices. Se mostraba cauteloso, distraído, como si tuviera un límite de tiempo, y me sonsacaba información. Odio decirlo, pero creo que tienes razón, podría ser el ladrón...

Mi pobre corazón apenas podía asimilarlo todo.

—He besado a un delincuente. ¡Muchas veces! ¡También anoche!

Y yo no quería que fuera el delincuente sigiloso. Quería que fuera el pescador, el cocinero, el residente de la cabaña junto al lago, en América, como él me había descrito tantas veces.

—*Merde* —dijo ella, con los ojos muy abiertos—. Creo que es mejor que no te dejes llevar por el pánico.

Sacudí la cabeza.

—Intentaba hacerle hablar. Y mi gran plan era emborracharlo...

Arrugó la nariz.

—Pero déjame adivinar, ¿te emborrachaste? Anouk, necesitas algunas lecciones sobre cómo tratar a los hombres.

Gruñí.

—Puede ser, pero ¿y él? ¿Y si es él?

—Luego te compras una islita frente a la costa de Brasil y te vas a hacer un millón de bebés.

Chasqueé la lengua.

—¡No, que si él es el ladrón!

—Lo sé —dijo ella—. ¡De ahí la necesidad de esconderse! ¡Podría ser tan romántico...! Huyendo de las autoridades, viviendo la vida a cada amanecer por si te la arrebatan...

Su expresión se suavizó, pues sin duda me imaginaba escondida en alguna selva con Tristan semidesnudo.

—¡Oh, Dios mío, Madame! *Non!* ¿El hecho de que esté robando en Francia no le molesta?

—Bueno, por supuesto que soy leal a mi país. Pero con un cuerpo así, y ese poderoso andar suyo, imagínate cómo sería, esa resistencia... —Tenía la mirada perdida.

—¡Madame! ¡En serio! —Si el sexo de verdad te mantenía joven, definitivamente le había funcionado a Madame, pero no estaba tan segura de cómo había afectado a su moral. ¡Huir a Brasil con Tristan! ¿Esconderse con el chico malo? Era absurdo.

—Ya verás, *ma chérie*. A veces, son los mentirosos y los ladrones los que te aceleran el pulso, ¿y qué puede hacer una?

La interrumpí y levanté una mano.

—¡Madame! ¿Dijo algo que usted crea que podríamos decir a los gendarmes? Sé que estuvo en Italia antes de venir aquí. Pero eso no es suficiente.

—¿De verdad? ¿Quieres que lo arresten? ¿Sin esperar a tener una pequeña aventura?

En un día soleado, con mi cuerpo dolorido por la falta de sueño y de hidratación adecuada, podría hacerlo fácilmente. Condenarlo y sacarlo de mi vida.

Estaba molesta porque él no era la persona que yo necesitaba que fuera. Era problemático. ¿Y qué si rezumaba atractivo sexual? Yo no era tan superficial como para admirar a un hombre solo por su atractivo físico. Después de dos botellas de champán, las cosas podrían haberse vuelto confusas, pero no volvería a ser tan descuidada.

La miré fijamente y acabó capitulando.

—Vale, vale. Solo dijo que tenía que irse, pero que volvería.

—¿Ir a dónde?

—A América.

¿Y cuándo iba a decírmelo? Apreté los labios.

—¡Va a vender las antigüedades que robó! —Menudo lío me había montado—. ¡Probablemente estaba tratando de averiguar el precio que usted pagaría, y luego usarlo como guía para sus compradores en el mercado negro!

—O tal vez no. Después de todo, es americano. ¿Y si va a visitar a sus padres? ¿Por qué estás tan segura de que es él? Creo que debemos tener cuidado con esta... delicada situación.

Resoplé.

—Llega de repente un día y nadie ha oído hablar de él. Viene de Italia, donde acaba de estar un ladrón de joyas. Su página web anuncia una gran nada, y ni siquiera tenía página web cuando le conocí, se hizo después. Puede distinguir un ópalo real a simple vista, cuando el vendedor ni siquiera lo sabía. Cancela citas casualmente la noche que se produce otro robo. El bandido de la postal firmó con la letra T... ¿Tristan Black?

Ella entrecerró los ojos.

—¿Eso es todo? —Se le escapó una carcajada—. ¿Eso es todo lo que tienes? Anouk, por favor. Podría haber varias razones para explicar todo eso.

Me armé de valor. ¿Cómo iba a contarle todas las pequeñas señales? Simplemente lo sabía; podía sentirlo, leerlo en su lenguaje corporal. Estaba implicado.

—Ya lo verá, Madame. Hasta entonces, prométame que no se lo dirá a nadie.

—No lo haré —dijo con fervor—. Pero no nos precipitemos en culpar a nadie. Tal vez deberíamos dejarlo en manos de los investigadores. Y dejar que los gendarmes hagan lo suyo. Seguro que saben quién es y le siguen la pista.

—Lo prometo —mentí. No me fiaba ni un pelo de los gendarmes después de su falta de ayuda con lo de Joshua.

—Aunque... —se dio un golpecito en la barbilla— tenemos una visión que ellos no tienen, al formar parte del círculo íntimo del mundo de los anticuarios. Déjame pensar, querida. Quizá podríamos hacer una lista de pros y contras, perdón por el juego de palabras.

Le di un abrazo agradecido, contenta de que por fin me escuchara.

—*Oui*.

Nos dimos un beso de despedida y me dirigí a mi santuario. Coloqué el cartel de «Solo con cita previa». No estaba en mi mejor momento, con dos zapatos diferentes y un tsunami de dolor de cabeza, pero al menos estaba aquí. El aire del interior estaba cargado de años, olía a humedad, como si de la noche a la mañana los tesoros filtraran recuerdos por sus poros, llenando el espacio de ese particular aroma a tiempos pasados. A veces quería capturarlo, por si alguna vez se evaporaba para siempre. El teléfono sonó detrás del mostrador, así que me apresuré a contestar, rezando para que no fuera Tristan.

—La Pequeña Tienda de Antigüedades —dije.

—*Bonjour*, Anouk. Soy Vivienne. Quería pedirte ayuda. Mi padre falleció hace unas semanas y estamos revisando su apartamento. ¿Podrías valorarnos de algunas de sus antigüedades?

Su voz era áspera, como si hubiera estado llorando.

—*Oui*, por supuesto. Mis condolencias por el fallecimiento de tu padre. —Me hacían este tipo de peticiones todo el tiempo, e intentaba ser lo más amable posible.

—*Merci, merci*. Es que no estamos seguros de...

Interrumpí, sabiendo lo que venía a continuación.

—Te daré una valoración y ese precio se mantendrá, pero no hay prisa. Tú sabrás si ha llegado el momento o no. Puede que nunca lo sea, y no pasa nada.

Terminamos nuestra llamada y le prometí que acudiría al final de la jornada, contenta de que la visita me distrajera de la confusión de mi mente.

21

Mientras el cielo se oscurecía, me dirigí a la dirección que me había dado Vivienne. Los turistas con cámaras colgadas del cuello pasaban despacio, como si ya hubieran caminado lo suficiente por un día. El dolor de cabeza había remitido tras beber abundante agua.

El apartamento estaba en el distrito 8, cerca del Arco del Triunfo. Me presenté al portero, me anunció y me hizo subir en ascensor.

Vivienne abrió la puerta, vestida impecable, con un elegante traje pantalón, el pelo castaño y brillante recogido y la cara maquillada, aunque aún se le veían ojeras de tristeza.

—Pasa —dijo, besándome rápidamente—. Gracias por venir tan pronto. Mi padre era dueño de Leclére *Parfumerie*, así que disculpa si el aroma es abrumador.

Me invadió una oleada de tristeza. Vincent era un viejo alquimista encantador.

—Llevo años comprándole perfume de jazmín a tu padre —dije en voz baja.

No me había enterado de su muerte. Pensar que se había ido de aquella pequeña tienda junto a los Campos Elíseos... Qué vacío dejaría su muerte. Era modesto y muy mayor, siempre perdido entre su laboratorio y su ensueño. Vivía y respiraba sus brebajes.

—París no será lo mismo sin él.

—Gracias —dijo—. Ocurrió tan de repente que aún estamos conmocionados. Mi hermano dirigirá ahora la *parfumerie*, tras un periodo de luto.

Su hermano era parecido a Vincent: soñador, perdido en sus creaciones. La razón por la que la parfumerie había tenido tanto éxito era que Vincent mantenía sus compuestos en secreto y probaba cosas nuevas.

—Me alegro de que tu hermano continúe su legado. —Al menos sus mágicos perfumes seguirían vivos.

—*Maman* también —dijo—. Aunque se separaron hace una eternidad. Volverá de la Provenza para ayudar a mi hermano.

Recordé a la exesposa de Vincent. Era una mujer encantadora y chispeante, pero la relación de Vincent con su trabajo les pasó factura. Tal vez, después de tantos años, encontraría consuelo y comprensión en la pequeña tienda. La pasión de Vincent resonó en mí; era también lo que yo sentía por mi tienda.

El apartamento olía como la parfumerie, una mezcla de aromas embriagadores, todos compitiendo por tener su lugar. El anciano también seguía jugando con sus brebajes en casa. La idea me hizo sonreír.

El salón era un reflejo del propio hombre. Desordenado, con pilas de libros cuyas cubiertas estaban grises por el polvo. Un viejo sofá de cuero, arrugado, hundido en la parte izquierda, el lugar donde prefería sentarse, sin duda.

—Como puedes ver —dijo Vivienne—, está todo un poco revuelto. Le gustaba coleccionar, ya fueran viejos frascos de perfume, cuadros..., le encantaba todo.

De repente, deseé haberme tomado más tiempo para conocer a Vincent. Entrar en su apartamento fue como encontrar oro. Sabía por las baratijas que ocupaban cada rincón que Vincent había apreciado cada pequeño hallazgo. Al igual que yo, apuesto a que se sentaba allí la mayoría de las noches y los contemplaba. Eran maravillosos. El cuadro abstracto de la pared, con manchas rojas tan escarlatas que parecían una llamada de atención. Los frascos de perfume, alineados por tamaños en un estante con espejos, de modo que se reflejaban hacia arriba, duplicando la belleza, cada uno de ellos con su propio color, y que desprendían un aroma apagado, apenas perceptible; un último truco de ósmosis que endulzaba el aire.

—Tenía un gusto ecléctico —dije con una sonrisa. Sobre una

mesa auxiliar descansaba un grupo de conchas marinas, dejando un leve rastro del mar.

—Le encantaba el océano —dijo, siguiendo mi mirada—. Su último perfume, el que juró perfeccionar, era una recreación de la playa. Quería capturar el Mediterráneo en una botella, no solo el aire del mar, las olas y la arena, sino la sensación que se tiene cuando se está allí, contemplando la creación más espectacular de la madre naturaleza. Paz, relajación y, sobre todo, esperanza. Así era él..., era una búsqueda para él, y estaba perdido en ella.

La idea de que Vincent intentara embotellar aquello, no solo un perfume, sino un sentimiento, era tan increíble que se me erizó la piel. Tristan me vino brevemente a la mente. Siempre olía a mar y a tierra. Pero aparté la visión de su rostro y en su lugar pensé en el pobre Vincent, que no había logrado su sueño. Me pregunté cuánto le había faltado para perfeccionar la idea.

—Quizá tu hermano pueda continuar su sueño y terminar esa fragancia. —Sabía que compraría algo que evocara esos momentos nostálgicos de la vida.

Sonrió y sus rasgos cambiaron radicalmente. De repente, parecía más joven, más vibrante.

—Eso espero. Es tan bueno como *papa*, pero a veces le asaltan las dudas. Ya veremos. ¿Preparo café mientras echas un vistazo?

Asentí con la cabeza, sin saber por dónde empezar en aquel apartamento desordenado. Vivienne salió de la habitación, aunque supe que no estaba sola. Los bordes se difuminaron, como si su padre se encontrara aquí, de pie a mi lado, observándome con su misma sonrisa displicente. Vivienne no estaba preparada; podía sentirlo instintivamente. El apartamento con miríadas de piezas tenía que seguir completo.

—Tus cosas son preciosas —susurré en el éter, esperando que Vincent pudiera oírme.

Una brisa sopló desde el balcón, alborotando las cortinas como señal de que estaba complacido.

Vincent tenía un armario en la esquina de la habitación que me había llamado la atención. Abrí los armarios y dentro había montones de cuadernos. Los abrí, curiosa por saber qué había escrito. Sonriendo, los cerré rápidamente y también las puertas. Estaban llenos de ecuaciones químicas, complejos diagramas y coloridos bocetos, los secretos de sus perfumes, y eso no debía verlo yo. Incluso muerto, respetaba su intimidad. Tendría que decirle a Vivienne que los pusiera en un lugar seguro.

Salí de la habitación, avancé por el pasillo y me detuve a admirar las fotografías en blanco y negro que colgaban de la pared encalada.

Cuando llegué a su dormitorio, me quedé en el umbral, dudando sobre si debía entrar o no en la habitación. Las sombras se agitaban aquí, bailando a lo largo de las paredes, como si los niños estuvieran jugando en el otro reino, mitad aquí, mitad allí, y supe que había sido ahí donde había fallecido. Me vino a la mente una visión: él agarrándose el corazón, tambaleándose por el pasillo, viendo las fotos por última vez. O tal vez me lo estaba imaginando. Con la respiración tranquila, entré en la habitación. La luz de la luna brillaba entre las gruesas cortinas que habían quedado abiertas. ¿Qué quería que viera? Justo entonces sonaron los pasos enérgicos de Vivienne.

—Esta era su habitación favorita —dijo, apoyando la cabeza en el dintel de la puerta—. Eran las vistas que amaba.

Seguí su mirada y, a través de las ventanas moteadas, se distinguía la mitad superior de la Torre Eiffel. Las luces parpadeaban como pequeños fuegos artificiales.

—Yo también me sentaría aquí todas las noches y disfrutaría de este espectáculo —le dije.

—Todavía puedo sentirlo aquí.

Le di una suave palmada en el brazo. Yo también lo sentía, pero no me correspondía decirlo.

—La silla de respaldo alto, ¿era donde se sentaba cada mañana, recién levantado, listo para afrontar otro día?

Sonrió y levantó la cabeza del marco de la puerta.

—Sí —dijo, con la sorpresa brillando en sus ojos—. Solía sentarse allí y calzarse las botas, exclamando: «Hoy será un buen día. Hoy será el día en que haga un perfume tan inmortal que nos sobrevivirá a todos». Y siempre le creímos. Era como un profesor chiflado, pero tan apasionado que parecía que todo era posible, solo con que pusieras tu corazón y tu alma en ello.

Por eso las antigüedades y las pertenencias de una persona eran algo más que «objetos». La vida de una persona permeaba en ellas y las llenaba de posibilidades, de pasión. De amor, pérdida y esperanza.

—Estaba escribiendo unas memorias. —Su voz era apenas audible, como si se hubiera sobrecogido al imaginarse a su padre sentado en su silla, con la cara radiante de entusiasmo por poder seguir su pasión cada día.

—¿Pero no lo terminó? —le pregunté.

Ella se encogió de hombros.

—Por la pila de páginas, creo que se explayó quizá demasiado. Su don era el perfume, no las palabras, pero lo leeré, algún día, cuando llegue el momento. De lo que más se arrepentía era de haber dejado marchar a nuestra madre. Pero era demasiado tarde. Ella se enamoró de otro hombre. Y *papa* fue demasiado educado para intervenir y confesar su error. —Perdida en sus recuerdos, su voz salió como un susurro—. Era demasiado gentil para este mundo. La vida solo tenía sentido para él cuando se perdía entre gráficos de fragancias.

Reflexioné sobre su historia y sentí que me reconocía. Yo también prefería el trabajo a casi todo lo demás. Claro que tenía otras responsabilidades, pero mi pequeña tienda era mi refugio, mi mejor amigo, el lugar donde me escondía en tiempos de crisis. ¿Tendría el mismo destino que Vincent? ¿Elegir las antigüedades frente al amor y no darme cuenta hasta que fuera demasiado tarde? La idea me hizo estremecerme.

—¿Tu madre alguna vez dio a entender que todavía lo amaba? —pregunté amablemente.

Esperaba que al menos hubiera algún tipo de felicidad para el anciano señor, por pequeña que fuera. Tal vez si él supiera que ella lo amaba, aunque se hubiera prometido con otro hombre, eso habría sido suficiente para hacerle pasar las largas y solitarias noches en la oscuridad del invierno.

Vivienne se encogió de hombros.

—Nunca me hizo confidencias, por respeto a su segundo marido. Pero cuando murió *papa*, fue la primera persona en decir que su legado debía continuar y que alguien tendría que ayudar a mi hermano Sébastien. Su segundo marido también murió hace poco. Así que regresa a París después de todos estos años...

El ambiente se volvió más sobrio mientras pensamos en el amor y en su derrota, a veces aplastante. ¿Dejaron escapar su amor demasiado pronto y se arrepintieron siempre? Yo nunca lo sabría. Aquellos muebles —su sillón de respaldo alto favorito, la otomana a los pies de su cama, el escritorio con tapa enrollable donde escribía sus memorias...— sí lo sabrían. Durante décadas, sus lágrimas habrían salado la madera, sus risas habrían espesado la tela: habrían absorbido parte de él, y eso es lo que los hacía tan especiales.

—Creo que necesitas pasar más tiempo con las pertenencias de tu padre —dije.

Vivienne y su hermano necesitaban espacio para sentarse en el apartamento y rememorar, y quizá su madre, cuando llegara, podría pasear por las habitaciones. Un olor, una foto, la brumosa luz de la luna filtrándose... Les ayudaría a aceptar su muerte y a saber que vivió una buena vida a pesar de todo.

Me dedicó una sonrisa de agradecimiento.

—Creo que tienes razón. —Miró alrededor de la habitación, como si estuviera buscando a su padre—. Estaba intentando ser pragmática, pero estar aquí, rodeada de los recuerdos de mi padre, es mucho más difícil que simplemente despejar el espacio. Parece casi como una traición seguir adelante tan rápido. Siento haberte hecho venir tan pronto.

Sacudí la cabeza.

—No te disculpes. Es tan difícil saber qué hacer en circunstancias como esta... Todo sentido práctico desaparece y lo único que tienes que hacer es ser amable contigo misma.

—Gracias por comprenderlo. No me extraña que todo el mundo hable tan bien de ti.

Me sonrojé.

—Ya sabes dónde estoy si necesitas una amiga. —No era propio de mí ofrecer amistad, pero sentía que Vivienne necesitaba a alguien con quien hablar. Alguien ajeno a su familia que simplemente la escuchara.

Me abrazó fuerte y me dio las gracias.

La dejé mirando por la ventana del dormitorio, con un atisbo de sonrisa en la cara, mientras la Torre Eiffel centelleaba en la distancia.

Bajé las escaleras con las manos en los bolsillos, reflexionando sobre todo aquello. La vida avanzaba muy deprisa, y cuando se trataba de la muerte, precipitarse para expulsar el dolor no funcionaba. Pero la gente en medio de ese dolor hacía lo que creía mejor, lo que le decían que hiciera, cuando en realidad era mejor hacer lo que fuera a tu propio ritmo, y entender que no había una solución rápida para el duelo.

Sonaron pasos desde abajo y me aparté a un lado de la escalera para dejar sitio, solo para exhalar un fuerte suspiro al ver su rostro. ¿Cómo podían esos ojos inocentes esconder tanta astucia? Su aspecto juvenil y su pelo castaño alborotado hacían pensar que era el chico de al lado que se había convertido en un tipo dulce y divertido. En realidad, era todo lo contrario.

—¡Bueno! Hola, Anouk. Estás tan encantadora como siempre.

Fruncí el ceño.

—¡Déjala en paz! —exigí.

—¿Perdón? —Él puso cara de sorpresa—. Solo estoy aquí para tasar algunas antigüedades, por supuesto. Una pérdida terrible. Un gran hombre —dijo. Su voz estaba cargada de sarcasmo.

¡Cómo le odiaba!

—¿Cómo te has enterado?

—Una llamada de la familia. ¿Por qué, estás sugiriendo que estoy haciendo algo turbio?

Entrecerré los ojos, sabiendo que no habría tenido escrúpulos para conseguir la dirección de Vincent. Vivienne no le habría llamado. El supuesto negocio de Joshua ni siquiera tenía nombre. Todo se hacía a escondidas.

—No mientas; te hace aún más horrible —le dije.

Su sonrisa desapareció y fue sustituida por una mirada pétrea.

—Vamos, Anouk. Esto son negocios. No pretenderás que me retire cada vez que vemos al mismo cliente.

Si fuera puramente por negocios, tendría que aceptar perder con él de vez en cuando, pero no era solo por negocios. Era el juego del gato y el ratón, y yo no quería jugar.

—Nadie de la familia te ha llamado. Así que retírate. No están listos para vender.

Sonrió con satisfacción.

—¿Ah, no? Unas cuantas sugerencias sobre las etapas del duelo y un pequeño abrazo aquí y allá, y creo que estará más que preparada. Su marido acaba de dejarla. Su padre ha muerto, su padrastro murió... La pobre mujer está desamparada. Vulnerable. Y yo puedo ayudar con eso también. Todo forma parte del servicio.

Me estremecí ante su frialdad. Se aprovecharía de cualquiera si eso favorecía su causa.

—Eres una vergüenza de hombre. —Bajé la voz hasta convertirla en un siseo—: Déjala en paz. Lo último que necesita es que le robes las cosas de su padre.

Se rio, sin inmutarse ante mi vitriolo.

—Pero ¿a ti te parece bien jugar a tu juego? —Cambió su tono de voz para imitarme—. «Tómate un tiempo, siéntate, reflexiona con las cosas de tu padre». ¡Qué sarta de estupideces sentimentales! La vida es vivir, y él está muerto, y sus muebles solo acumularán polvo. Así que tal vez sea mejor que yo me haga cargo de esto a partir de ahora.

Había muchos charlatanes en el negocio y Joshua era el peor de todos. Su falta de compasión y empatía me repugnaba, y solo esperaba que Vivienne no fuera tonta. Sabía por experiencia lo encantador que podía llegar a ser cuando sacaba a relucir esa personalidad. Luché contra el impulso de subir corriendo a advertirla, pero parecería de mal gusto, como dos críos peleándose por un juguete. En lugar de eso, pasé a su lado, con el corazón encogido.

—¿Anouk? —dijo con voz suave como la seda.

No me molesté en girarme.

—¿Anouk? —dijo con más fuerza.

A regañadientes, me giré hacia él.

—¿Qué?

Sus ojos centellearon y supe que tenía un as en la manga. Me puse rígida en respuesta.

—Tu novio... —Hizo una pausa y me obligué a no encogerme—. Todo un enigma, ¿verdad? Me pregunto si lo conoces bien.

Sabía que saldría el tema después de que nos viera en Saint-Tropez. Apreté los dientes ante las réplicas que se me pasaban por la cabeza, al final dije:

—Has sido una buena práctica para mí, una lección sobre mentirosos. Quizá me robe igual que tú. —No le daría la satisfacción de saber el daño que había hecho a mi corazón en aquel momento.

Sus ojos se abrieron de par en par.

—¿Robarte? ¡No tengo ni idea de lo que hablas, Anouk! Quizá deberías tener más cuidado a la hora de hacer regalos. Solo una niña le pediría sus cosas cuando la aventura hubiera terminado...

Me entraron ganas de llorar, pero me contuve.

—Espero que alguien te trate como tú me trataste a mí. Entonces lo sabrás. Casi me dejaste en la bancarrota, Joshua. No sé cómo puedes vivir contigo mismo.

Dejó escapar una risita y me di la vuelta, incapaz de contener las lágrimas que amenazaban con derramarse. ¿Cómo había podido estar tan ciega? Incluso Lilou me lo había advertido, diciéndome que creía que era un tramposo. Elevé una plegaria silenciosa para que Vivienne viera quién era Joshua. Tenía la sensación, vulnerable o no, de que lo vería... A un depredador como él se le ve a kilómetros de distancia.

Me hundí al pensar en gente como Vivienne, que intentaba superar su dolor mientras gente como Joshua estaba al acecho con falsos tópicos y una preocupación aparentemente sincera.

No había duda de que podría haber puesto precio al contenido del apartamento de Vincent y cerrar el trato simple y rápidamente, como arrancar una tirita, pero no habría sido lo correcto. Estaba tan mal hacer eso que me daba dolor de cabeza pensar que Joshua estaba allí arriba, coqueteando, si no le había entendido mal, y haciendo todo lo posible por tirar por tierra cualquier cosa que yo hubiera dicho. Traté de sacudirme las emociones negativas y me concentré en volver a casa en el fresco y oscuro atardecer, con el caminar más pesado que antes.

22

Llegó el verano, los días se hicieron más largos y la luz del sol más brillante, lo que alargó el tiempo e hizo que dormir fuera un desperdicio.

Mientras me vestía para ir a trabajar, el apartamento se llenó de los sonidos matutinos. Lilou hablaba por teléfono sobre diseño de joyas y *maman* canturreaba en la cocina. Me reuní con ella y preparé café. Por mucho que odiara admitirlo, a veces era agradable despertarse con el sonido de las risas y saber que no estaba sola en el apartamento.

A medida que se prolongaban las desavenencias entre mis padres, yo esperaba que *papa* apareciera, que hicieran las paces, pero no lo hacía.

—Pareces contenta —le dije a *maman*, observando que llevaba el pelo arreglado, los labios pintados y un vestido nuevo entallado cubierto de rosas rojas.

—Los chefs van a venir para que les haga una demostración de cocina —dijo, al tiempo que sacaba ingredientes de los armarios y alineándolos a lo largo de la encimera.

—¿Chefs? ¿En plural?

—Oui. Quieren aprender mi receta de *vichyssoise* de acedera y espárragos. El aroma que desprendía cuando la preparé la semana pasada despertó el interés de todos. Sus papilas gustativas se lo están pidiendo a gritos, así que les dije que les enseñaría. Llevan todo el año sirviendo sopa de calabaza, ¿te lo puedes creer?

Sonreí. Las recetas de cremas de *maman* cambiaban según la estación. Hacer la misma receta una y otra vez era casi un sacrilegio para ella. Toda su comida cambiaba con las estaciones, y ella recorría los mercados en busca de los ingredientes de temporada.

—Suena divertido, *maman*.

El cambio en ella era evidente para todos. Volvía a canturrear y a hornear, pero, lamentablemente, seguía sin hablar con *papa*.

—Será divertido. He sido sincera y les he dicho que solo he cocinado en una cocina de una casa de la Provenza, para tu padre, pero me han dicho que no pueden aprender todo de un libro, y que si me importaría. Por supuesto que no me importa. Si no están inspirados a su edad, nunca lo estarán, así que para ellos es volver a lo tradicional.

Le besé la cabeza, feliz de que la hubieran hecho sentir importante.

—¿Y *papa*? ¿Has hablado con él? —Sabía muy bien que no lo había hecho, pero ¿cómo si no iba a conseguir que se abriera?

Agachó la cabeza.

—No, y no lo haré. Esto... —señaló la encimera con ingredientes— es exactamente a lo que me refiero. Para los chefs no soy invisible. Les interesa lo que tengo que decir. Hoy se ensuciarán las manos a mi lado. Cuando lo pongamos todo perdido, ayudarán a limpiarlo. Y luego, cuando se vayan, me lo agradecerán profusamente. Y esos hombres son prácticamente unos extraños. ¿Lo ves, Anouk? No le costaría mucho a tu padre, que se supone que me conoce mejor que nadie, hacer lo mismo.

Sus palabras salieron medidas, con calma. Su rabia se había evaporado con el paso de los días y había sido sustituida por resignación.

—Lo entiendo perfectamente, *maman*. Y me alegro de que hayas encontrado algo de felicidad aquí, pero también me preocupo por *papa*, solo eso, es demasiado cabezota como para disculparse.

Se detuvo y apoyó las manos en un cuenco, mirando por la ventana, como si estuviera sopesando qué decir.

—Anouk, esta vez no voy a ceder. Si me quiere, que se disculpe y cambie de actitud. Hablar y que tus palabras se queden flotando en el aire, que nadie te escuche, acaba por cortarte igual que la hoja de un cuchillo. ¿Tan poco le importaba lo que yo tenía que decir? Me sentía como una esclava, trabajando mucho sin que se me valorara. Ya está bien. Aquí, cuando hablo, la gente escucha, escucha de verdad. Y es algo hermoso. ¿*Papa* me echa de menos? No lo sé, porque no es que me escuchara cuando estaba allí. Solo echará de menos a su cocinera, su limpiadora y su jardinera.

¿Qué podía decir a aquello? No había habido ningún indicio de que *maman* estuviera tan insatisfecha hasta el día en que llegó a París y mi corazón se partió en dos por ambos.

—Está bien, *maman*. Esperemos que entre en razón pronto. Disfruta de tu día con los chefs.

Me besó las mejillas y sus manos apretaron las mías, las mismas que me habían estrujado la cara de niña, las que me acariciaban cuando lloraba.

—Lo haré, y saluda a Tristan de mi parte. —Arqueó una ceja.

La miré largamente.

—No voy a verle, *maman*.

—Lo harás —trinó.

Negué con la cabeza.

—No es mi novio, ni nada parecido.

Había desaparecido, sin más. Se había ido a América, si lo que le había dicho a Madame era cierto, y a menudo me preguntaba si volvería a verle. ¿Qué le costaba decírmelo? ¿Me lo debía? No estaba segura. Tal vez sabía que yo sospechaba que era el ladrón y desapareció. Ya nada estaba claro, excepto que había vuelto a vivir mi vida de la misma y monótona manera.

Maman volvió a cantar en voz baja y se limitó a encogerse de hombros, como si no me creyera.

No podía confiarle mis sospechas, ya tenía ella bastante con *papa*.

—Es un buen chico.

Hice una mueca.

—*Au revoir, maman*.

***

El clima cálido me mordía la piel mientras caminaba por los bulevares. París bullía de turistas. Las interminables colas para subir a la Torre Eiffel eran grandes y serpenteaban hacia atrás. La gente, en su mayoría paciente, esperaba su turno para subir las setecientas cuatro escaleras y ser recompensada con una espectacular vista de 360 grados de la bulliciosa ciudad.

Admití para mis adentros que estaba confusa acerca de mis sentimientos por Tristan. La noche en la vinoteca se reproducía en mi cabeza. En mis intentos de sonsacarle información, había sido atrevida, no había pensado excesivamente en nada y lo había disfrutado. Entonces me invadió la vergüenza. ¿Cómo podía disfrutar pasando tiempo con alguien como él? ¿No tenía moral? ¿Por qué era un imán para hombres como él y Joshua? Debería haber salido con el amigo mago de Lilou y ya está. Me estremecí al pensarlo.

Abrí la tienda, guardé mi bolso y llené una regadera. Salí y regué ligeramente las rosas de la jardinera. Mientras vaciaba la regadera, sentía el calor en mi espalda y quise holgazanear como un gato al sol, pero tenía cosas que hacer y volví a entrar. Era pleno verano. El paseo marítimo estaba lleno de gente con helados que se derretían en las manos. La puerta de la tienda se abrió de golpe y Madame Dupont entró corriendo. Iba ataviada con un brillante vestido plateado, como si fuera a la ópera y no un día como otro cualquiera en su Emporio del Tiempo.

—Madame Dupont, ¿está usted bien?

Sus manos se agitaban nerviosas mientras se detenía para recuperar el aliento.

—Anouk. —Asintió—. Ha vuelto a ocurrir —dijo, con el pecho agitado por el esfuerzo.

Ahogué un grito.

—¿Otro robo?

—*Oui!* Anoche. Esta vez fue Louis, en el distrito 7.

Me llevé las manos a la boca. La Louis era la casa de subastas más exclusiva de toda Francia, y su seguridad era de primera.

—¿Las joyas Cartier? —pregunté, con los ojos nublados por

el desaliento. Contaba los minutos para poder pujar por una pieza histórica Cartier.

—Y esta vez fue más descarado; robó casi la mitad de los lotes.

Era una gran pérdida para todos nosotros. Se había hablado mucho de la subasta, porque en ella se iban a ofrecer joyas Cartier que databan de principios del siglo XX. Toda la colección había pertenecido a Catherine Lacroix, una actriz francesa famosa en los años cincuenta. Había fallecido un día después de cumplir noventa años y había dispuesto que toda su colección se subastara y que el dinero se destinara a PETA, una organización benéfica a la que había dado su nombre y su fama, para promover su causa y ayudar a salvar animales en todo el mundo.

La remesa Cartier era exquisita, desde sencillos pendientes solitarios hasta magníficos collares repletos de diamantes. Madame Dupont había querido comprar uno de sus famosos diseños, bautizado acertadamente como el reloj misterioso.

—Esto es terrible —dije—. ¿Tienen ya alguna idea los gendarmes? Seguro que esta vez hay imágenes o algo.

—Me he enterado por una de mis fuentes —respondió muy seria— de que los gendarmes están investigando, pero que no filtrarán ninguna prueba por si el ladrón huye. Es una pérdida trágica. Y una enorme falta de respeto a Catherine Lacroix, que confiaba en que sus bellezas encontrarían el hogar adecuado y el dinero para ir a parar a esos animales que ella tanto quería.

No había rastro de Tristan en Francia; tal vez estaba en el lugar equivocado en el momento equivocado con los otros robos. ¿Era inocente? La idea me daba esperanzas.

—Ella estaría horrorizada —dije—. Su legado desaparecido.

—El seguro lo pagará —dijo Madame Dupont, con tristeza—. Pero esa no es la cuestión. La cuestión es que la mitad ha ido a parar a manos de alguien que no se lo merece. Anouk, ¿crees que es tu pretendiente? ¿Ese hombre tan guapo? —Se le caía la cara de vergüenza al considerar por primera vez a Tristan como un delincuente sin escrúpulos, sin pensar en su papel.

Me encogí de hombros.

—Quizá no sea él. Hace semanas que no lo veo. —Mi voz era esperanzada; por más que intentara enmascararla, seguía notándose.

Se le iluminó la cara.

—Son sus ojos —dijo—. Esos ojos hacen que una mujer se derrita. Tengo la sensación de que el ladrón será... de rasgos afilados, no sé... Ya sabes, del tipo corazón negro, sin alma, con ojos que te hielan la sangre...

—¿Así que basamos la inocencia de Tristan en su apariencia? —Nunca seríamos buenas espías; yo hice lo mismo.

Sacudió la cabeza, en desacuerdo conmigo.

—Todos los buenos investigadores confían en sus instintos. Yo confío en los míos.

—No lo sé, Madame. Es sospechoso que los robos comenzaran justo después de su llegada. Creo que tenemos que ser realistas. Nuestro modelo para el típico ladrón de ojos oscuros y alma negra podría estar equivocado —dije.

—Ya que no podemos atraparlo, ¿qué más podemos hacer?

Fruncí el ceño.

—Supongo que podríamos escribir una lista de todas las casas de subastas de Francia, pero ¿de qué serviría? Todas venden joyas. No hay forma de saber cuál será el próximo objetivo.

—¿Estás sugiriendo que nos ocupemos nosotras mismas de este asunto? ¿Una vigilancia a la antigua usanza? —Su rostro maquillado brilló con la idea y no pude evitar reírme.

Este era el tipo de cosas para las que Madame Dupont vivía: las aventuras de alto riesgo.

Antes de que la idea pudiera cuajar dije:

—Pues no. No estaba sugiriendo una vigilancia. Estaba...

Levantó una mano adornada con tantos anillos de oro que me pregunté cómo tenía fuerzas para mantenerla en alto.

—¡Es la única manera! Seguro que los gendarmes aceptan sobornos. Seguro que no pueden tardar tanto en resolver los robos. Lo haremos nosotras. —Inspeccionó la tienda—. Necesitaremos una cámara. ¿Tienes algo más que esa caja de ahí? —Señaló una vieja cámara Le Phoebus, una reliquia de la década de 1870.

Me reí.

—Todas mis cámaras son antiguas. Son perfectas para hacer fotos artísticas y melancólicas, pero no para hacer *zoom* ni obtener detalles nítidos. —Me sorprendí a mí misma. ¿Qué me estaba planteando? ¿Esconderme en un coche en mitad de la noche? Era algo que solo haría una persona desquiciada—. Pero, Madame, ¿cuáles son las posibilidades de que estemos en el lugar correcto en el momento adecuado? No hay patrón en estos robos. Podría llevar meses e incluso entonces podríamos estar en el lugar equivocado, o peor, ¡no ver nada porque entran por el tejado o algo así!

Madame Dupont fue a encender un cigarrillo, pero se lo pensó mejor cuando la miré fijamente.

—Cariño, tienes que creer, si no, ¿qué nos queda? Será divertido. Llevaremos mi viejo Bugatti...

Negué con la cabeza, pero Madame Dupont no se dio por aludida y me miró, conspirando en silencio.

—¡No podemos coger ese coche! No es precisamente discreto.

Se rumoreaba que el Bugatti de época de Madame había sido un regalo de la estrella de cine Olivetti, con quien había tenido un breve romance en los años setenta. Era llamativo, demasiado reconocible.

—Vale, supongo que tienes razón. Entonces, ¿alquilamos un coche? Algo sencillo: un Peugeot o un Renault. ¿Qué te parece?

—¡Pero podríamos pasar meses sentadas en un coche toda la noche sin ninguna razón! Es ridículo, Madame Dupont, de verdad. No es como si tuviera una llave y fuera a entrar en escena bailando un vals.

—Nunca se sabe. —Madame Dupont sonrió satisfecha y se dirigió a la puerta. Se quedó en el umbral, con el brazo fuera para poder fumarse un cigarrillo.

—Querida, ¿qué otra cosa tienes que hacer por la noche? Lilou dice que has vuelto a esas largas tardes jugando al solitario en el ordenador. ¿No te dije que dejaras de hacer eso? ¿Qué clase de vida es esa? ¡Si quieres jugar a las cartas, al menos vete al casino! Mueve esas pestañas...

Sacudió la cabeza, como si estuviera decepcionada conmigo, y pude ver por qué Madame Dupont y Lilou se llevaban tan bien. La edad era un número insignificante para Madame Dupont, que seguía siendo tan voluble y espontánea como Lilou. Madame Dupont me decía constantemente que estaba desperdiciando mi juventud, también mis curvas. Yo solo podía reírme.

Aun así, dije:

—Yo no juego al solitario. Juego a SimCity. Me gusta construir pueblos. Esa gente depende de mí.

—¿Esa gente? ¿En un juego de ordenador? —Se quedó boquiabierta.

—Ya han sufrido bastante. Hubo un terremoto y la ciudad tardó mucho tiempo en reconstruirse. La moral está baja, hay tensión...

Su rostro empezaba a cambiar de color.

—Es mucho peor de lo que yo pensaba...

La culpa me dio un golpecito en el hombro.

—Solo estoy bromeando, Madame. No juego al SimCity. De vez en cuando juego al solitario, sí, pero mi vida no está tan vacía como Lilou quiere hacer creer.

Echó la cabeza hacia atrás y se rio.

—*Merde!* ¡Me estaba preocupando! Planeaba secuestrarte y obligarte a pasar las vacaciones en Saint-Barth o en algún lugar del que no pudieras escapar. Volvamos a la operación... Aguamarina.

—¿Aguamarina?

—El color de sus ojos —dijo con mirada soñadora—. No sospechará que estamos hablando de él, si se tropieza con nosotros. Así que asegúrate de usar esa palabra clave siempre que quieras hablar de él, ¿vale?

—¡Hace un minuto pensaba usted que era inocente! —No podía seguir. ¿En qué locura me había metido?—. Seguro que los gendarmes tienen investigadores vigilando las casas de subastas, también tendrán cámaras de visión nocturna y... —Me esforcé por pensar en los pertrechos del espionaje moderno—. Y... armas. ¿Y qué tendremos nosotras? Una vieja cámara de caja.

—No era exactamente el *modus operandi* de policías y ladrones.

—¡Compraré una cámara! ¡Compraré dos! Prismáticos... —Arrugó la nariz en señal de concentración y chasqueó los dedos—. ¡Ya está! También necesitaremos periódicos para escondernos en caso de que pase alguien. Podemos hacer agujeros para ver lo que ocurre. Es genial.

Nos iban a detener por alterar el orden público, estaba segura.

—¿Agujeros? Madame, ¿quién leería el periódico en un coche oscuro por la noche? ¿No cree que eso chirriaría un poco?

—Vale, vale, no tiene por qué ser un periódico. Solo tenemos que mimetizarnos con el entorno. Nos conseguiré unos monos, de color caqui. ¡Espera! —Levantó una mano—. ¡Dion! Él sabrá lo que necesitamos. Voy a llamarle ahora mismo.

Contuve una sonrisa.

—De acuerdo. —A pesar de lo descabellada que era la idea, cada vez me gustaba más. Era difícil resistirse al entusiasmo de Madame. Y estaría bien saber si estaba enamorada de una mente criminal—. Pero no me comprometo a hacer esto durante meses, para que conste.

Exhaló una columna de humo.

—Vamos a darnos un par de semanas, y si conseguimos alguna prueba de que es él, entonces podremos discutir el siguiente paso. Quién sabe, podría ser un equipo de mujeres, podría ser el novio de Lilou, ¡podría ser cualquiera!

—Vale. Supongo que tenemos que ayudar. Francia no puede seguir perdiendo sus preciosas joyas. Y tiene razón, el novio de Lilou es sospechoso, ahora que lo pienso. Apareció al mismo tiempo que empezaron los robos también, Madame... ¿No le parece raro?

Suspiró.

—Creo que te estás agarrando a un clavo ardiendo para salvar a tu hombre...

Me sonrojé. ¿Lo estaba haciendo?

—Bueno, también ha estado husmeando en mi apartamento, estudiando mis papeles.

—Es inocente. Probablemente estaba buscando dinero, eso es todo. Es un surfista de sofá con fondos limitados. No le culpo —dijo ante mi cara de consternación—. Hagamos esa lista. Cada casa de subastas y sus próximas subastas. Veamos cuáles son las joyas que más le interesan.

Una hora más tarde habíamos hecho una larga lista de objetivos potenciales. Madame Dupont se marchó con instrucciones de que me recogería a la noche siguiente, una vez que hubiera alquilado un coche, y pidió a Dion que le consiguiera abundante parafernalia de espionaje.

Escondí la lista dentro de mi bolso. ¿De verdad podríamos atrapar a un ladrón?

Sonó el teléfono, lo que desvaneció toda idea de echarme atrás.

—La Pequeña Tienda...

—¡Anouk! *Je l'ai mis la maison en feu!*

—¿Qué? ¡Más despacio, *papa*! ¿Has prendido fuego a qué? —Me puse en pie, como impulsada por un resorte, hasta que recordé que estaba demasiado lejos para ayudarle.

—¡La casa está ardiendo! Bueno, la cocina más concretamente.

De fondo sonaban las sirenas de los camiones de bomberos.

—¡Dios mío, *papa*, sal de la casa!

—No puedo porque no tengo móvil, y entonces ¿cómo te lo voy a contar?

Contuve un bufido.

—*Papa! Mon Dieu!* ¡Sal y vete a una cabina!

—Vale, vale. Dile a *maman* que vuelva. ¡Lo siento!

—Sal de ahí, *papa*, y deja que los bomberos lo apaguen! —Me temblaba el pulso del susto.

La línea se cortó.

Volví a coger el teléfono y llamé a mi apartamento.

Maman respondió:

—*Bonjour?*
—*Maman*, ha habido un incendio. *Papa* ha prendido fuego a la cocina, no sé cómo.
—Vale, gracias por avisarme.
—*Maman!*
—¿Qué? Es una llamada de atención. Apuesto a que estaba tratando de quitar las arrugas de ese gran mantel que insiste en usar y le prendió fuego con esa plancha anticuada.

El *shock* me dejó muda. Era como si no le importara nada.

—¡Pero, *maman*, la casa está ardiendo! La casa está ARDIENDO. —¿Quizá había oído mal?
—Siento que le esté costando superarlo, pero ahora quizá se dé cuenta de lo absurdas que son sus expectativas. Ya verás, *ma chérie*. Aún no es el momento.
—¿Momento para qué? ¿Y si toda tu casa se calcina?
—La casa no se quemará. Estará exagerando, como siempre hace. Anouk, si realmente prestaras atención, sabrías que es demasiado egoísta para disculparse así que, en lugar de hacerlo, espera que esto funcione.

¿Quién era esta mujer? Le encantaba su casa y toda la decoración que le había hecho a lo largo de los años. ¿Cómo podía estar tan segura de que estaría bien?

—Espero que no haya inhalado demasiado humo...
—No lo ha hecho.
—*Maman*, ¿por qué eres tan insensible?

Dejó escapar un largo y cansado suspiro.

—Matteau, el vecino, llamó. Vio humo y fue a ver si *papa* estaba bien. Echaron un montón de agua sobre el mantel y las cortinas y se apagó. El camión de bomberos ya estaba de camino. Quizá debería haberles llamado para cancelarlo, y no a ti, con la esperanza de que me lo contaras, ¿no?
—¿Así que no estaba en peligro?
—Puede que lo estuviera durante unos minutos, pero lo tienen bajo control. Este tipo de artimañas no funcionarán.

Sacudí la cabeza, aturdida por todo aquello. *Papa* prefería

que *maman* volviera a casa por un incendio a suavizar las cosas y ceder a sus demandas. A veces el amor era imposible.
—¡Espera a que hable con él!

23

Al día siguiente, por la tarde, estaba ordenando la tienda. Con un plumero le hacía cosquillas al armario que albergaba carretes de cintas de encaje antiguas, ordenadas por colores, desde rosas pastel hasta marrones dorados, en diversas texturas y tamaños. El día había estado mortalmente tranquilo debido al espléndido sol y, por una vez, me alegré de la paz. Me dio tiempo para reflexionar sobre la vigilancia y lo que haríamos si viéramos a Tristan entrar en una casa de subastas. ¿Esposarlo? No nos veía a Madame Dupont o a mí corriendo por la calle empedrada y abalanzándonos sobre él, derribándolo. ¿Teníamos siquiera esposas? ¿Haríamos fotos y se las enseñaríamos a los gendarmes? Pero ¿y si Madame Dupont tenía razón y les estaba sobornando?

¿Y si era otra persona? Podría ser cualquiera. El sombrerero de ojos pequeños que siempre iba envuelto en capas de joyas caras; el hombre de la tienda de pasatiempos que tenía vínculos con políticos, siempre hablando de aparatos de lo último en tecnología; Henry...

Cuando el sol comenzó su lento descenso, los rayos ámbar brillaron a través de las cortinas de encaje, como polvo de hadas. Los nervios revolotearon en mi vientre como las puntas de las alas de una mariposa. Una noche, me prometí, y luego le diría a Madame Dupont que estábamos haciendo el ridículo.

Recogí la recaudación, la metí en el bolso y cerré la tienda.

En lugar de volver a casa caminando, fui al metro. Tenía que ver a una clienta en Ménilmontant, en el distrito 20. Marianna me visitaba a menudo para tasar las antigüedades que encontraba en ferias *vintage* y mercadillos.

La estación estaba llena de cuerpos acelerados en la carrera por asegurarse un asiento. La hora punta y los rostros apagados de viajeros cansados, agotados tras un día inusualmente caluroso. Abriéndome paso a codazos como un parisino experimentado, me sujeté a la barra para no caerme, mientras el tren avanzaba a trompicones.

En la primera parada, una oleada de viajeros salió y otra multitud entró a toda velocidad. Chocaban contra mí y me empujaban, y lamenté haber salido tan pronto del trabajo. Con las prisas por llegar a tiempo, me había metido en una hora punta.

Se me erizó el vello de la nuca. Alguien estaba invadiendo mi espacio personal, una falta común en el metro. Estaba a punto de darme la vuelta para echarle la bronca cuando habló:

—Me gusta tu sombrero.

Era él. El ladrón. El ladrón. El malo.

Me giré para mirarle. Tristan.

—No pensé que alguien como tú usaría el transporte público —repliqué, mientras mi mente daba vueltas furiosamente.

¿Había estado en París todo el tiempo? ¿O había vuelto solo para robar las joyas Cartier? Se me encogió el corazón.

Destacaba en el metro con su pelo rubio brillante de su pelo y sus dientes deslumbrantemente blancos cuando sonreía. Los demás teníamos expresiones apagadas, ojos vacíos. Pero él no. Llevaba el desafío escrito en letras mayúsculas.

—A veces me aburren los coches rápidos y los aviones privados.

Me sentí mareada, desconcertada al verle en el metro y confusa por la necesidad acuciante de acercarme a él y tocarle que se había apoderado de mí. Sacudí la cabeza y pensé que probablemente estaba ensayando una nueva vía de escape. No debería fiarme de una sola palabra que saliera de sus sedosos labios.

—No haces más que aumentar el caos estando aquí. Ya no hay sitio suficiente para los viajeros —espeté.

Ladeó la cabeza e intentó calibrar mi estado de ánimo. Un súbito malhumor se apoderó de mí, pero tuve que ocultarlo. Este momento era demasiado bueno para dejarlo pasar. Necesitaba información. Necesitaba saber si él era el ladrón, el Bandido de las Postales del que todo el mundo hablaba.

El tren traqueteaba, haciendo que nos tocáramos.

—¿Me has echado de menos?

Me atraganté.

—Más de lo que puedo expresar con palabras.

Una sonrisa se le dibujó en el rostro.

—Bien.

Me ablandé, pero enseguida me recompuse para intentar averiguar cómo podía recopilar información sin que fuera obvio.

—¿Cuáles son tus planes para esta noche? —le pregunté.

Esperaba que dijera algo que me sirviera para verle más tarde esa noche desde mi oculto puesto estratégico en el coche alquilado por Madame Dupont.

—Ocupado, lo siento. Pero estoy libre mañana por la noche si tú lo estás. Aunque primero cenamos. —Tosió, cubriéndose con la mano—. Si lo prefieres.

Me sonrojé hasta la raíz del pelo. Nadar en champán había sido un error.

—Tengo que asistir a unas cuantas subastas, y mucho que revisar mañana.

—¿Por la noche? —Frunció el ceño.

—*Oui*, reviso las fotos en Internet y hago mis selecciones. ¿Y tú? ¿Has visto algo que te guste últimamente? —Lo único que necesitaba era un nombre.

—Hay una cosa que quiero.

Me choqué con fuerza contra él cuando el tren cogió una curva.

—¿Y qué es?

—Un secreto.

Esto no iba nada bien. Yo estaba cada vez más atrapada en su red de engaño. ¿Debería decirle que huyera? Me tragué el miedo sincero a que lo atraparan y pasara toda su vida en la cárcel. ¿Por qué tenía que ser así?

—Entonces, ¿cuándo puedo esperar el placer de su compañía? —preguntó, con voz melosa.

Era ahora o nunca. Mi mente se agitaba con tantas emociones, pero pensé en Joshua y en el drama que había provocado, y supe que no podría volver a pasar por eso. Tendría que ser una ruptura limpia.

—No estoy interesada en ti de esa manera, lo siento.

—¿Ah, sí? ¿Qué significa exactamente eso? ¿Quieres decir sexualmente? —Su voz retumbó en el pequeño espacio, atrayendo miradas extrañadas.

—¡Cállate, no uses conmigo ese descaro americano! —siseé.

—Responde a la pregunta. ¿Quieres decir que no te sientes sexualmente atraída por mí?

Me estaba provocando, tratando de excitarme, y lo había conseguido.

Levanté la voz para igualarla a la suya:

—No, Tristan Black, no me atraes sexualmente en absoluto. Ni siquiera un poquito. —El calor me subió a la cara.

Echó la cabeza hacia atrás y se rio.

—Eres una mentirosa. Siempre has sido una mentirosa. ¿Y sabes por qué lo sé? Por la forma en que... —Hizo una pausa y me sonrió. Me preparé para lo que diría a continuación—. Me devolviste el beso. No se puede fingir esa clase de pasión.

—¿Le devolviste el beso? —me preguntó una mujer robusta de piel morena que estaba a mi lado.

Apreté los labios al notar que todas las miradas estaban puestas en nosotros. Esto era como ser un actor en una especie de teatro callejero.

—Lo hice, pero solo porque...

Me detuvo con la mirada.

—¿Cuántas veces lo besaste? —preguntó la señora.

Tragué saliva.

—Dos veces, quizá tres, cinco como mucho, pero no es lo que parece.

La mujer intercambió una mirada cómplice con Tristan y dijo a continuación:

—Parece que alguien no quiere admitir lo que siente... Ten

cuidado, porque podrías asustarla. Probablemente sea una de esas con todos los problemas, ya sabes, que leen esas revistas...

—¡Perdón, estoy aquí!

Ella se encogió de hombros.

—Le devolviste el beso. Sé que soy vieja, pero esto suena a que te sientes atraída por el chico. Quiero decir, mírale.

Era como un partido de tenis; la gente giraba la cabeza de mí a él, y viceversa.

—Sí, tiene una cara bonita... No es para tanto.

Ella soltó una carcajada y algunos viajeros se unieron con risitas.

—¿Qué? —le pregunté—. ¿Qué tiene eso de gracioso? Resulta que prefiero hombres que son... un poco más feos. —«Muy bien, Anouk. Tú prefieres hombres que son más feos».

—Tiene algo más que una cara bonita, y me atrevería a decir que siente algo por ti. ¿Por qué no le das una oportunidad? Eres una chica guapa. Hacéis buena pareja, ¿sabes? Con tu belleza rubia de ojos azules.

Tristan se quedó allí, como un rey, sonriendo, mientras sus fieles seguidores le ponían caritas.

—No salgo con americanos. —Levanté la barbilla.

Ella puso los ojos en blanco.

—Eso es lo más absurdo que he oído nunca. Seguro que sueñas con él, ¿no? Así es como se sabe, si se cuelan en tu subconsciente.

—Ciertamente se cuela en... mi subconsciente.

La gente asintió y siguió mirándome. No era propio de los parisinos meterse en las conversaciones de los demás en un tren atestado de gente. Tristan tenía esa forma de ser, como si los hubiera hipnotizado para que fueran sus animadores. ¿Cómo lo hacía? ¿Quizá había contratado a un grupo de gente para que le hicieran?

—Disculpe. —Me abrí paso, aliviada de que el tren se detuviera justo a tiempo—. Esta es mi parada.

Cuando el tren se alejó, me detuve y me apoyé en la pared de azulejos del andén. Era tan increíblemente obvio que era el culpable... Podía manipular un vagón lleno de parisinos para que le creyeran. Era cuestión de práctica. Probablemente era así como había perpetrado tantos robos. Usaba su intensa mirada para lavarle el cerebro a gente inocente.

Me apresuré a salir del metro, corriendo hacia mi reunión con Marianna y sintiéndome agotada. Madame Dupont no tardaría en llegar a mi casa, y yo tenía que ducharme e intentar vestirme con discreción, así que tendría que hacerlo rápido. Estaba más decidida que nunca a pillarle. Tras mi apresurada cita con Marianna, me dirigí a casa con la mente en blanco.

Cuando llegué a mi apartamento, me quedé helada. ¡Mi bolso! No estaba. Aunque estaba segura, no pude evitar palpar toda mi ropa, buscando algo. ¿Me lo había dejado en el trabajo? No, había sacado el billete del bolso para entrar en la estación.

Era él otra vez. Por desgracia, tenía que añadir la prestidigitación a sus habilidades. Por supuesto que sería un consumado carterista: podía entrar en casas de subastas protegidas con sistemas de seguridad como los del FBI sin que lo descubrieran. Volví corriendo escaleras abajo, desganada, sin fuerzas.

Madame Dupont llegó, tocando alegremente el claxon, con el rostro feliz. Corrí hacia el coche y me tiré en el asiento delantero.

—¿No quieres cambiarte primero? —me preguntó, entregándome un par de monos que parecían sacados de la selva.

—Son de camuflaje.

—¡Me robó el bolso! —le dije.

—¿Quién?

—¡Tristan! Casualmente iba en el mismo tren que yo.

Se quedó con la boca abierta.

—¿Dónde está la lista que hicimos de lugares sospechosos? ¿No me digas que estaba en tu bolso? ¡Sabrá que vamos tras él!

Resoplé y me eché las manos a la cabeza.

—*Oui*, estaba allí. Pero está en un bolsillo oculto. Quizá no lo vea.

Apoyó las manos en el volante y miró a través del parabrisas.

—¿Por qué te robaría el bolso?

Me encogí de hombros.

—¿Dinero? Tenía la recaudación de hoy. Pero sería calderilla para él.

Madame torció el gesto.

—¿Las llaves de tu tienda? ¿Crees que te robaría?

—¡La habitación secreta! —Se me aceleró el pulso.

¿Quizá la tradición sobre la habitación secreta le había intrigado? Pero el contenido parecía menor comparado con lo que podía robar. Evalué mentalmente lo que llevaba en el bolso: las llaves del apartamento y de la tienda, incluidas las de la habitación secreta, cuya alarma podría anular fácilmente; la lista de objetivos sospechosos; varias barras de labios; una polvera; mi teléfono móvil... ¿Había algo incriminatorio en él?

—¡Oh, Madame! —exclamé—. ¡Mi móvil tiene nuestros mensajes de texto! ¿Y si los lee?

Tamborileó con los dedos en el volante, mientras reflexionaba.

—Hablamos en código, ¿recuerdas? No puede saber que «Gárgola junto al río» se refiere la casa de subastas del Campanario. No sabrá de qué estamos hablando. Usar la palabra Aguamarina fue una idea brillante. ¡No sabrá que nos referimos a él!

—*Oui*, pero ¿qué pasa con el mensaje sobre la vigilancia?

—Todo lo que dijimos es que íbamos a quedar. —Sacó su teléfono de un bolso de terciopelo y deslizó el dedo a través de nuestros mensajes—. Espera, ¿puede siquiera leer francés?

Nos quedamos quietas.

—¡No! ¡No puede! —El aire se llenó de esperanza—. ¡Cuando estuvimos en Saint-Tropez, le pidió al camarero que le tradujera el menú de la cena! —Me hundí en el asiento, mientras el alivio me inundaba.

—Vale, vale, no puede leer nuestros mensajes, puede que no encuentre la lista y, en el peor de los casos, tiene las llaves de tu tienda y de tu apartamento. Algo me dice que si quisiera colarse en tu habitación secreta, ya lo habría hecho. ¿Quizá te robó el bolso para devolvértelo? Es el truco más viejo del mundo cuando Cupido llama a la puerta.

Resoplé, considerándolo todo.
—¿De verdad cree que haría eso? —Se me quitó un peso de encima.
—Por supuesto. No está seguro de en qué punto estáis. Es una razón para visitarte.
Ella tenía razón. No necesitaba mis llaves. Si hubiera querido entrar en mi tienda, ya lo habría hecho.
—Vale, centrémonos en el asunto que nos ocupa. No tenemos la lista, pero no la necesitamos. Sabemos que nuestra primera suposición fue la Casa de Subastas Trésor. Dirijámonos allí y esperemos al otro lado de la calle. Seguro que no pasará nada hasta que oscurezca, pero mejor si llegamos antes que él.
Giró la llave del contacto y el coche se puso en marcha.
—*Oui*—dijo—. Coge la cámara del asiento trasero y agárrate.
Sus manos agarraron con fuerza el volante mientras miraba al frente.
No sabía si estaba aterrorizada o emocionada. Una risa nerviosa se apoderó de mí cuando me acerqué al supuesto equipo de espionaje que tenía detrás. El asiento trasero estaba repleto de cámaras, prismáticos y unas gafas con una forma extraña.
—¿Qué ha comprado?
—Todo —dijo sonriendo—. Hay cámaras que reflejan el calor y también una GoPro para nuestras cabezas. No quiero perderme nada. Podemos instalarlo todo y ver las imágenes más tarde.
Sacudí la cabeza.
—¿Qué es esto? —Levanté unas gafas que parecían algo que llevarían los pequeños minions amarillos de los dibujos animados.
—Oh, son gafas de visión nocturna. Si tenemos que perseguirlo, podremos verlo a un kilómetro de distancia.
—Esperemos que no tengamos que perseguirlo —dije, imaginándonos con gafas de visión nocturna y GoPros y corriendo por la calle con tacones de aguja.
Aunque Madame Dupont iba vestida de camuflaje, se había puesto unos tacones de aguja altísimos. Éramos parisinas; podríamos correr una maratón con ellos si fuera necesario.

Rezongó.

—¿Qué tendría eso de divertido? A mí, personalmente, me encantaría perseguirlo.

Salimos a toda velocidad por la calle, con Madame Dupont cogiendo las curvas como si estuviera en el circuito de Fórmula Uno de Mónaco.

Me agarré al reposabrazos y me tensé cuando el impulso me envió de lado a lado.

Finalmente, avistó un hueco para aparcar y derrapó hasta detener el coche. El aire estaba impregnado del olor a goma quemada.

—Qué manera de pasar desapercibida —le dije, mirándola fijamente.

—Vamos, conduzco como cualquier otro parisino. Como si tuviera que ir a algún sitio.

—¡Ha estado a un paso de tirar del freno de mano y entrar marcha atrás!

Sonrió.

—¡Iba a hacerlo! Me conoces muy bien. He visto algunos vídeos de conducción acrobática para tener algunas nociones... Estoy segura de que lo podría haber metido marcha atrás.

—Madame, nos va a delatar. —Sacudí la cabeza mientras preparábamos el equipo.

Pusimos las cámaras en el reposapiés y reclinamos los asientos para estar en línea con el salpicadero.

—Me siento ridícula llevando esto. —Me señalé la cara, adornada con las pesadas gafas de visión nocturna, y la GoPro atada a la cabeza como si fuera una especie de intrépida aventurera.

—Cariño, relájate. Estás tan guapa como siempre. ¿Te apetece una copa de vino? Te vendría bien, estás muy tensa.

¿Quién iba a decir que el equipo de espionaje pesaba tanto? Realmente me sentía como si fuera a la guerra.

—No deberíamos beber en el trabajo, ¿no?

Me hizo un gesto con la mano, haciendo una mueca.

—Es puramente medicinal. —Se inclinó hacia el asiento trasero y blandió una botella de *vin rouge* y dos copas.

Tenía que reconocer que venía preparada. Bebimos nuestras copas de vino y esperamos. Unas sombras grises oscurecieron el cielo y el aire se enfrió, disipando el calor anterior un día más. Miré el reloj. Llevábamos exactamente una hora, pero parecían más bien cinco.

Madame Dupont se cruzó de brazos.

—Esperaba un poco más de acción, debo admitir.

Un golpe en la ventana nos hizo dar un respingo. La preciosa cara de Lilou se asomó.

—¿Qué hacéis? —murmuró a través del cristal.

Madame Dupont abrió el coche y salió un momento para que Lilou se sentara en el pequeño asiento trasero.

—¿Cómo sabías dónde estábamos? —pregunté.

Ella frunció el ceño.

—No lo sabía. Volvía a casa de una reunión. He recibido un gran pedido de la tienda de Quai Voltaire. Me encargaron llaveros.

—Lilou, ¡es increíble! —dije, con orgullo y con la voz entrecortada.

Me hizo un gesto con la mano.

—¿Qué está pasando aquí?

—No podemos decírtelo, Lilou —dijo Madame Dupont con gravedad—. Es alto secreto.

—Estáis tratando de atrapar al ladrón de joyas, ¿no?

No había secretos en mi vida, a pesar de mis esfuerzos por mantenerlos, ¡maldita sea!

—¿Has estado registrando mi habitación otra vez? —Había recortado artículos de periódico sobre los robos y los había escondido en mi armario.

—Necesitaba ropa para mis reuniones —dijo encogiéndose de hombros.

—¡Lilou!

—¿Qué? —Su expresión de falsa inocencia se mantuvo.

—¿Por qué no puedes comprar algo con la paga que te da *papá*? —El dinero se le escapaba entre los dedos, como el agua.

—Anouk, ¡nadie puede vivir con esa mísera cantidad! No te da ni para pintalabios.

No tenía sentido pelear con ella. Teníamos un trabajo que hacer.

—Si te quedas, tienes que prometer no decir una palabra a nadie. ¿Trato hecho?

—Trato hecho. Dame tu vino.

Pasó otra hora, aún más lenta que la anterior. Lilou se asomó por el pequeño hueco entre los asientos delanteros.

—¿A quién buscamos exactamente? ¿De quién sospechamos?

Intercambié una mirada con Madame Dupont y le hice un movimiento de cabeza casi imperceptible.

—No hay sospechosos. Puede que ni siquiera estemos en el lugar correcto.

—Muy bien —dijo ella—. ¡Oh, mira, ahí está tu novio! Llámale, puedo intercambiar asientos contigo.

Madame Dupont y yo nos pusimos en guardia.

—Cállate, Lilou —siseé—. ¡Agáchate, no dejes que te vea!

Lilou se deslizó hacia abajo y susurró:

—¿Pelea de amantes?

Quería zarandearle.

—¡Es el ladrón!

—¡¿Qué?! —Su voz salió como un chillido.

—¡Cállate! Vas a hacer que nos pillen.

Con dedos ágiles, Madame Dupont cogió los prismáticos sin apartar los ojos del sospechoso. Con ellos contra las gafas y con la GoPro apretándole la cabeza, me preguntaba cuánto vería en realidad. Estaba segura de que lo estábamos haciendo todo mal.

—Está sacudiendo las puertas de la entrada principal de la casa de subastas —dijo apenas audible.

—¿Ese es su método? ¿Comprobar si la puerta está abierta? No me parece muy inteligente —dije, entrecerrando los ojos para distinguirlo a través de la niebla de mis gafas de visión nocturna. Todo lo que podía ver eran salpicaduras de manchas verdes, como líquido derramado. ¿Había que encenderlos o algo así?

—Vale, se está moviendo —dijo.

Me quité las gafas y, al mismo tiempo, la GoPro. Frotándome la cara, me incliné hacia delante, mirando por encima del salpicadero.

—¿Qué hace ahora? —Lilou se coló en el asiento delantero, aplastándome aún más en el hueco para los pies.

—*Merde!* ¿No puedes callarte? Estamos tratando de ver.

—Calla —dijo ella—. Yo también intento ver. Tengo mejor vista que tú, soy más joven.

Le di un codazo.

—Está haciendo una llamada —dijo Madame Dupont—. ¡A cubierto, rápido! Viene hacia aquí.

Traté de encogerme y esconderme aún más, lo que era prácticamente imposible con Lilou encima, despatarrada. Era una chica alta y no encajaba muy bien cuando había otro cuerpo compitiendo por el espacio.

—¿Y si nos ve? —Me entró pánico; el estómago me dio un vuelco de angustia.

Madame Dupont estaba inmóvil. Ni siquiera podía distinguir la elevación de su pecho.

—¿Madame? —susurré, sacando una mano de debajo de la pierna de Lilou para llegar a Madame.

Vaya suerte la mía si pereciera en nuestra misión. Nunca me lo perdonaría. Quizá su corazón no estaba hecho para este tipo de cosas.

—¿Madame? —pregunté inquisitivamente.

Estaba a punto de tocarle el brazo cuando se incorporó de golpe y metió la llave en el contacto.

—Está cruzando la calle. ¡Agáchate! —gritó.

Mi corazón latía tan fuerte que podía sentirlo en los oídos. ¡Estaba viva! ¡Y estaban a punto de atraparnos!

—*Mon Dieu!* Me está mirando directamente. Esperad, *belle filles. Un, deux, trois!* —Agarró con fuerza el volante, con un chirrido del embrague, pisó el acelerador y el coche salió disparado con un chirrido de goma quemada.

Me vi lanzada hacia delante, en la parte inferior del salpicadero, mientras ella zigzagueaba por las calles como una loca. Cuando estuvimos lo bastante lejos, aminoró la marcha. Me eché la mano al corazón y pregunté:

—¿Se ha acercado lo suficiente como para ver dentro?

Recuperando el aliento, Madame Dupont se tomó un momento antes de responder.

—No, no creo. ¡Ha sido lo más divertido que he hecho en años!

¿En qué lío me había metido? Una mujer que pensaba que esto era una aventura... Abrí la puerta en el momento en que Lilou me daba un empujón con el pie y aterricé como pude sobre la acera. Había sido claustrofóbico estar allí dentro aplastada y agradecí el aire fresco y el espacio para pensar. Lilou saltó detrás de mí y me levantó.

—Madame Dupont, ¿va a entrar? —le pregunté—. Y comentamos.

—No, gracias. Tengo una cita —respondió—. Toma nota de todo. —Sus ojos marrones brillaban con picardía. Sinceramente, era una fuente inagotable de energía—. Voy a revisar las imágenes más tarde y ver si puedo detectar algo más.

Antes de que pudiera responder, el coche salió rugiendo calle abajo, tomando la curva a la izquierda a una velocidad alarmante.

24

Tosiendo a través del rastro de gases del tubo de escape que Madame dejaba a su paso, me di la vuelta para entrar, agotada tras la vigilancia.

Lilou me agarró del brazo y tiró de mí hacia la acera.

—¿Quieres decirme qué está pasando?

¿Podía confiar en ella? No era probable que se lo tomara en serio y, entonces, ¿en qué posición estaría yo?

—No, la verdad es que no. Y no le digas nada a *maman*. No quiero que se preocupe.

Se cruzó de brazos.

—Dímelo o buscaré tu diario y lo leeré por mí misma.

La fulminé con la mirada, pero se mantuvo firme.

—No sé qué está pasando, pero creo que acabamos de probar que Tristan es el ladrón de joyas. Y eso es todo lo que puedo decir por ahora. No digas ni una palabra a nadie, especialmente a Henry.

Se burló.

—¿Por qué es el ladrón? ¿Porque sacudió unas puertas? Eso no significa que sea un delincuente. ¿Y si no desaparece nada de allí?

Ahogué un suspiro. Por eso no quería involucrarla.

—Todos esos son buenos argumentos. Pero hay más que eso.

Me dedicó una sonrisa benévola.

—Lo quieres, y estás tratando de encontrar una excusa para alejarte.

¡¿Qué les pasa a todos últimamente?!

—¡Apenas conozco a ese tipo! ¡Y desde luego que no lo quiero!

—Entonces, ¿por qué te sonrojas cada vez que alguien lo menciona?

—Me sonrojo porque mi vida estuvo en manos de Madame subiendo por esas carreteras como un piloto de *rally*. Tengo la tensión por las nubes. Me siento débil.

—Sí, claro. Siempre haces lo mismo, Anouk. Tratar de huir para que no te rompan el corazón. Te arriesgaste con Joshua y no funcionó. Eso no significa que tengas que rendirte por completo. Tristan puede ser lo mejor que te haya pasado en la vida, pero nunca lo sabrás porque no paras de buscar una forma de distanciarte.

—No sabía que eras psicóloga... —Sinceramente, era como si nadie creyera que tuviera cerebro.

Se encogió de hombros.

—Lo digo como lo veo.

La brisa soplaba, trayendo consigo el aroma de la bullabesa de *maman*. Reconocería aquel aroma en cualquier parte; me recordaba a casa.

—*Merci*, Lilou. Cuando quiera un consejo de alguien que cambia de novio como de zapatos, te lo pediré.

Me puso las manos en los hombros y me miró fijamente a los ojos.

—Anouk, ¿no lo ves? No voy a conformarme. Cuando encuentre al hombre adecuado, lo sabré. Y llevo meses con Henry. Tiene potencial, pero dudo que sea el indicado. Aun así, no lo habría conocido si me hubiera escondido. Un contratiempo, y te has rendido. Ahora has tramado algún plan para atrapar a Tristan. No viste la forma en que te miraba, como si fueras una preciada pieza de arte...

Con los ojos en blanco, dije:

—Sí, probablemente preguntándose si podría venderme en el mercado negro.

—No, probablemente se preguntaba por qué tiene que esforzarse tanto para llamar tu atención. Y ahora, ¿qué?, ¿es un hombre buscado, un ladrón de joyas? No sé por qué, pero no lo creo. —Sacudió la cabeza, como si yo estuviera loca.

No era propio de Lilou hablar como una adulta. No me la había imaginado como alguien que se fijara en algo más que en sí misma. ¿Había estado prestando atención todo este tiempo?

Aun así, yo era la hermana mayor que había visto mucho más del mundo real y sus orquestaciones de lo que ella vería jamás.

—Tú no lo entenderías. La vida es fácil para ti: te dan una paga y trabajas cuando te conviene. Te dejas llevar por el viento o por cualquier hombre que se cruce en tu camino. Una de nosotras tiene que ser responsable, y eso me corresponde a mí. ¿Tengo que recordarte que *maman* sigue aquí, rechazando todas las llamadas de *papa*? Está hecho polvo sin ella. —La miré fijamente—. ¿Lo has llamado desde el incendio? ¿Sabes siquiera lo del incendio?

Ella seguía en sus trece.

—¿Nunca has pensado que tal vez deberías dejar las cosas como están? *Maman* y *papa* son adultos. ¿Por qué tienes que intervenir y arreglar las cosas? Sé que tienes buenas intenciones, pero te pasas todo el tiempo preocupándote por nosotros, cuando deberías preocuparte por ti misma. Estaremos bien. Y si cometemos algunos errores por el camino, aprenderemos de ellos. —Se encogió de hombros como si nada. Pero, en realidad, no lo entendía.

Exhalé un suspiro.

—Eso suena muy bien en teoría, Lilou. Pero si no ayudo, las cosas se descontrolan. *Papa* está cayendo en una depresión porque cree que su familia no lo necesita. Prendió fuego a la casa, ¡a propósito, si lo que cree *maman* es cierto! Tú estás en mi apartamento como si fuera un hostal... Si quieres que deje de preocuparme, empieza a comportarte como una adulta. Gana tu propio dinero, paga algunas facturas, llama a *papa* y dile que lo quieres... —Era duro oír a Lilou decir que me estaba inmiscuyendo en sus vidas, cuando ellos se estaban apoderando de la mía. ¿Quién los ayudaría si yo no lo hiciera?

—Bien. —Dejó caer los brazos a los lados—. Pero hazme caso respecto a Tristan, ¿de acuerdo?

¿Por qué todo el mundo creía conocer a ese hombre? Era tan falso como un bronceado de espray, pero se disfrazaba lo suficientemente bien como para que todo el mundo tuviera algo bueno que decir de él.

—No puedo prometerlo. Pero si es inocente, lo daré todo y veremos qué pasa.

Tras una noche de sueño tumultuoso, me desperté con un plan claro. Atrapar al ladrón y preocuparme de mi vida amorosa, o de la falta de ella, más tarde. Eran algo menos de las siete, así que me acerqué sigilosamente al teléfono de la cocina y llamé a Madame. El sueño le era esquivo con la edad, y sabía que estaría levantada, leyendo los periódicos y bebiendo café en el salón.

—¡*Bonjour*, Anouk! He estado esperando tu llamada.

—*Bonjour*, Madame. ¿Se sabe algo? —Con su red de contactos, sabía que ella habría tanteado y sabría antes que cualquier periodista si la casa de subastas había sido asaltada durante la noche.

—*Oui*. —Su voz era brillante y clara, como si la misión le hubiera dado otra oportunidad en la vida—. He oído que no se ha producido ningún robo durante la noche, ni allí, ni en ninguna parte. Debe haber estado haciendo algún tipo de reconocimiento. Creo que deberíamos volver esta noche. Las imágenes de la GoPro no mostraban nada, solo su encantador paseo por la calle.

Me reí ante el típico estilo de Madame Dupont.

—Vale —dije—. Estaba tan segura de que iba a entrar... —Me mordí el labio, contemplando todas las opciones. Algo me daba vueltas en la cabeza—. ¿No le parece extraño que sea tan obvio?

—¿Qué quieres decir? —preguntó ella—. En realidad no hizo nada.

—Tristan no robó allí, pero si lo hubiera hecho, no llevaba cubierta la cara, por lo que hubiera sido fácilmente reconocible con la multitud de cámaras de CCTV que hay alrededor del edificio. ¿No es raro?

—Eso es extraño, a menos que esa sea su estratagema. Si lo interrogaran, podría responder que no sería tan tonto de estar cerca, si él fuera el ladrón. Es realmente brillante.

—Mmm... —murmuré, poco convencida—. Aunque es arriesgado. Sería más fácil no estar en las inmediaciones y ahorrarse el interrogatorio.

—Tengo que irme, *ma chérie*. —Sonaron unas risas sensuales por detrás. Era incorregible—. Hablamos esta noche.

Colgué el teléfono y me preparé un café con la mente llena de Tristan.

Una semana más tarde estaba en la tienda como una zombi, muerta de cansancio después de pasarme casi todas las noches vigilando. Quería acurrucarme en la cama y dormir durante un mes. Pero Madame Dupont se negaba a parar, aunque yo veía que a ella también le costaba. Tenía la impresión de que le interesaba más demostrar la inocencia de Tristan que atrapar al ladrón. Pero la esperanza se desvanecía para mí. Mi bolso no había aparecido, así que habían cambiado las cerraduras y restablecido los códigos de la alarma. No es que le importara a alguien como él, el cerebro criminal. El dinero había desaparecido, pero al menos no había sido mucho, en aquel lento día de verano.

No había habido robos, pero Tristan también había pasado desapercibido. Afortunadamente, yo tenía muchos clientes para mantener mi mente ocupada. Con el ojo apretado contra la lupa, inspeccioné una gema de lapislázuli. Estaba sacada de un viejo broche cuyo enganche se había desintegrado con el tiempo. Como gema que era, no valía mucho dinero, pero debería haberlo valido, porque era increíblemente hermosa. Estaba pulida, de un azul cobalto resplandeciente con motas doradas que brillaban como el cielo.

—Sé que probablemente no valga nada —dijo la mujer. Llevaba un vestido de lunares y olía a verano, a coco y a sol. Se alborotó los rizos pelirrojos y me sonrió—. Tengo todo el juego. —Dio un golpecito a su bolso—. Un anillo, unos pendientes y un collar, además del broche. Todos están en el mismo estado, un poco rasposos, pero no carentes de encanto.

—¿Qué historia hay detrás de ellos? —pregunté.

—Eran de mi tía. Me los dejó, pero no son mi estilo. —Se señaló a sí misma. Llevaba perlas blancas—. Me parecía un desperdicio guardarlas en un joyero.

—Háblame de tu tía. —Acaricié la piedra preciosa que tenía en la mano. Pesaba, la piedra era demasiado grande para el broche que la albergaba.

La mujer apoyó los codos en el mostrador.

—Era bióloga marina. De ahí el lapislázuli. Siempre vestía de azul. No le gustaba la gente... —La mujer soltó una carcajada—. Prefería otros mamíferos. La última vez que hablamos fue la vez que más feliz la oí. Tuve que pedirle que hablara más despacio para poder entender lo que intentaba decir con tanta emoción.

—¿Por qué estaba tan emocionada?

—Tía Molly navegaba hacia el océano Antártico para ayudar a salvar ballenas. Formaba parte de un selecto grupo elegido por sus diversas habilidades, y estaba segura de que lograrían su objetivo. Su habilidad, obviamente, era ser bióloga marina, pero en el viaje había de todo.

—Parece que le apasionaba —dije.

La gema parpadeó bajo la luz, y supe que la anterior propietaria estaba de pie a un lado, en algún lugar, escuchando su historia, contada a través de su sobrina.

A la mujer le tembló el labio y me senté en un taburete detrás del mostrador para darle tiempo a serenarse.

—Salvaron a las ballenas. Tía Molly y algunos miembros de la tripulación saltaron a bordo del barco ballenero y consiguieron cortar los cabos de los arpones. Pero después, al ir a subir a su propio barco, cayó al agua. La buscaron durante la noche y volvieron a buscarla al amanecer. Pero ya no estaba; desapareció sin dejar rastro.

—Lo siento mucho. ¿Nunca la encontraron? —Se me puso la piel de gallina. Había algo más en la historia, estaba segura.

Ella negó con la cabeza.

—Me enteré más tarde de que tenía cáncer en fase cuatro. No creo que quisiera que la encontraran. Creo que salvó a las ballenas y se unió a ellas por última vez. Su peor pesadilla era verse rodeada de gente mientras su estado empeoraba. Que la machacaran con tópicos y falsas sonrisas la habría vuelto loca. En lugar de eso, murió a su manera.

Se hizo difícil respirar, como si el aire hubiera sido succionado de la tienda. Y supe que estaba sintiendo lo que ella había sentido en sus últimos momentos, de la forma más dulce.

Con una mano en la garganta, le dije:

—Tienes que conservar estas joyas; representan tanto...

Estaba impresionada por la tía Molly, que había vivido su último minuto como quiso: lanzándose al vasto azul del océano, después de rescatar a una manada de ballenas un día más.

—Yo también lo creía. Pero es como si pudiera oírla, verla a veces, solo un breve destello, y creo que me está diciendo que las traspase a alguien. Hay alguien que las necesita más, alguien a quien inspirarán para hacer grandes cosas.

Me di cuenta de que la tía Molly tenía razón. Las gemas solo tenían que esperar a que su próximo dueño las encontrara.

—Si estás segura, puedo darte...

Puso su mano sobre la mía y la cerró sobre la gema.

—No, no quiero nada por ellos. Solo que vayan a alguien que tú consideres digno. En París se dice que eso es lo que mejor sabes hacer.

El calor se acumuló en la palma de mi mano donde brillaba la gema.

—Es todo un cumplido. Me encantaría encontrarle a la colección su pareja perfecta. Pero siempre puedes pedir que te la devuelva. Lleva tiempo encontrar a alguien que entienda la historia de tu tía, porque también será la suya, así que no habrá prisa.

La mujer ladeó la cabeza y me observó.

—¿Le contarás su historia?

Asentí con la cabeza.

—Esa es la parte más importante.

Cuando salió al día veraniego, cogí un paño y lustré el conjunto de lapislázuli, emocionada de que las cautivadoras joyas no siguieran guardadas en un cajón mohoso. Merecían estar a la vista, brillando hasta que llamaran la atención de alguien especial. Ya sabía que sería alguien que amara a los animales, alguien que ayudara a protegerlos.

Llave en mano, abrí la vitrina y cambié algunas joyas de sitio. Perdida en mis pensamientos, imaginé a la tía Molly, exultante por haber completado su misión de salvar a las ballenas, pero ¿tuvo miedo al final? Me gustaba pensar que simplemente cerraba los ojos y oía la música de las ballenas cuando le hablaban bajo el agua, una sinfonía de agradecimiento. Se me saltaban las lágrimas de pensarlo.

Asomada sobre el cristal para comprobar la posición de los tesoros de la tía Molly, no oí la puerta, así que me sobresalté y me eché la mano al corazón cuando una voz dijo:

—Creo que esto te pertenece.

¿Cómo se acercaba siempre así? Bajé la mirada al suelo para comprobar que no llevaba unos zapatos especiales de espía, sino unos mocasines normales de verano. Le arrebaté el bolso.

—¿El viejo truco de robar el bolso para poder devolverlo? —Enarqué una ceja y volví detrás del mostrador.

Sonrió, con sus ojos azules brillando.

—Se te cayó —contestó—. Tuviste suerte de que yo estuviera allí y lo viera caer de tu hombro cuando saltaste del tren como si te persiguieran.

Abrí la cremallera de mi bolso.

—Oh, estoy segura de que fue exactamente así. —Con la mirada clavada en él, rebusqué dentro.

Comprobé mi móvil, que estaba apagado. Quizá no había tenido tiempo de descifrar los mensajes en francés si se había quedado sin batería.

Pero ¡qué tonta...! Tenía que recordar que Tristan no era un hombre corriente, dijera lo que dijera Lilou. Si la batería del teléfono se hubiera descargado, él podría haberlo cargado fácilmente. Había un código pin de seguridad activado, pero igualmente podía anularlo si quería. Solo dependía de la verdadera razón por la que hubiera cogido el bolso. El rulo de billetes seguía sujeto con una goma elástica. No podía comprobar el bolsillo secreto con él allí, por si no había visto nuestra lista de casas de subastas.

—Ahora que me has dado las gracias y nos hemos puesto al día... —dijo.

—No te he dado las gracias. —Lo fulminé con la mirada—. Me ha causado bastante dolor, en realidad.

—Puedo ver en tus ojos lo verdaderamente feliz que estás de reencontrarte con ese pintalabios rojo tuyo.

¡Así que había rebuscado en mi bolso! Pero ¿por qué?

—¿Qué? —Abrió los ojos, haciéndose el inocente—. No estaba cerrado. Algunas cosas se salieron.

Me crucé de brazos y apreté los labios.

—Como te decía, he venido a invitarte a una pequeña fiesta que estoy organizando. A ti y a tu familia...

—¿Por qué? —¿Cómo encajaba esto en su plan?

Mi primer instinto fue decir que no, pero tal vez esta era una manera mejor de vigilarlo. No le quitaría los ojos de encima en toda la noche, aunque tuviera que seguirlo hasta el baño y esconderme detrás de un ficus o algo así.

—La gran reapertura del Ritz de París es para celebrar, ¿no?

—Por supuesto.

Había mucha expectación por la gran reapertura, después de que hubiera permanecido cerrado los últimos años debido a importantes obras de restauración. Todo se había retrasado unos meses más después de que se declarara un incendio.

El sueño de cualquier chica era pasar una noche en el Ritz, en una de sus suntuosas *suites*, o visitar uno de los muchos bares y restaurantes, cada uno cargado con su historia. Como enamorada de las antigüedades, solo podía imaginar cuánta belleza encontraría allí. Y apostaba a que él lo sabía; sabía que yo no podría decir que no a semejante invitación.

La mirada de Tristan era juguetona.

—Les dije que tuvieran cuidado contigo: bebes champán como agua y luego besas a desconocidos.

—Esperemos que esta vez haya canapés para absorber el alcohol, ¿no?

—*Touché*. Soy una mala cita.

—No era una cita.

—Vale, fue una copa, seguida de unos besos con lengua... Y una promesa tuya de que me amarías para siempre si fuera un Robin Hood de incógnito.

Qué manera de hacer el ridículo. Aquella noche me perseguiría el resto de mi vida.

—¿Robin Hood? Eso no tiene ningún sentido. —Puse los ojos en blanco, esperando que el rubor no me delatara. ¿Le había contado que le estaba espiando? Estaba claro que no estaba hecha para este tipo de vida.

—Estás llena de ocurrencias misteriosas —dijo—. Si no hablaras tan bien inglés, lo achacaría a la traducción, pero ahí dentro hay más de lo que dejas entrever. —Dio un paso adelante y me pasó la yema del dedo por la sien.

Mi mente se aceleró y los latidos de mi corazón siguieron su ritmo. Era difícil saber cómo reaccionar porque no estaba segura de lo que él sabía. Y volvía a tocarme. Me irritaba que a una parte de mí le gustara. «Recuerda, es un espejismo, no es real».

—Si eso es todo, tengo que volver al trabajo.

¿Por qué no podía ser simplemente un coleccionista de antigüedades? ¿Por qué tenía que robar?

¡Ladrón! ¡Ladrón! ¡Criminal! Aunque no podía gritar las palabras, me sentía mejor pensándolas.

Fuera, un músico ambulante colocó su atril y empezó a tocar la trompeta. El sonido metálico llegó hasta el interior. La gente pasaba despacio, comiendo helados o bebiendo batidos de chocolate. París en verano era casi un carnaval. Música, comida, alegría... Al otro lado de aquellas puertas había una ciudad rebosante de frivolidad.

Siguió mi mirada hacia el músico y luego dijo:

—Tienes razón. Algunas personas dedican su vida al trabajo sin importar lo que les cueste.

Sus ojos estaban llenos de melancolía.

—¿Te refieres a mí?

Mi familia le había insistido en mi obsesión por la tienda y en el hecho de que no tenía muchos amigos ni ningún interés amoroso. Cualquiera se compadecería de la persona que habían descrito.

Su mirada se ensombreció.

—¿Por qué te pones así? No me refería a ti.

—Bueno, ¿a quién te referías entonces?

No iba a aceptar la compasión de nadie.

No pude leer su expresión. Se distanció, como lo había hecho tantas veces antes. Era casi como si estuviera enfadado, no conmigo, sino con algo inexplicable. Le miré durante largamente, preguntándome si la culpa le atormentaba.

—Olvídalo —dijo—. ¿Nos vemos en el Ritz? ¿A las nueve esta noche?

—Claro, todos estaremos allí. No faltaremos.

Yo sería su sombra, y esta vez mantendría todas mis facultades intactas. Tenía el presentimiento de que lo de ponerse al día era una treta, y descubriría por qué. Esta vez estaría preparada.

25

Maman tropezó con los adoquines desiguales. La sujeté del brazo para evitar que se cayera.

—¡Te dije que no te pusieras esos tacones! —exclamé.

Se echó a reír y se subió la falda para que pudiera verle los pies, como si con solo mirarlos pudiera hacer que cooperaran sobre los finísimos tacones.

—*Ma chérie*, nunca he estado en el Ritz, pero siempre he querido. No puedo llevar mis zapatos de campesina, ¿no?

Rezongué.

—Deberías haberte puesto lo que fuera cómodo. No tenemos que intentar ser nadie más que nosotras mismas.

Mi opinión, sin pretenderlo, sonó más como una orden. Pero mi familia, incluido el acoplado de Henry, había saltado y gritado como si les hubiera tocado la lotería cuando les dije que estaban invitados a la fiesta de Tristan. Intenté calmar su entusiasmo, pero no escucharon ni una palabra.

—¡Anouk! —*Maman* me regañó—. Es el Ritz. Puede que yo sea una simple aldeana, ¡pero hasta yo sé que no se entra allí con cualquier cosa! Tú, mejor que nadie, deberías saberlo.

—*Oui*, tiene razón —coincidió Lilou. Estaba prácticamente saltando de emoción.

—¿Ves? —*Maman* me sonrió.

Sus rasgos resplandecían de felicidad y estaba preciosa, como si hubiera encontrado la fuente de la juventud. Lilou se había esmerado en peinar a *maman* con rizos en cascada. En casa solía llevar una bata y zapatos sencillos, con el pelo siempre recogido en un moño apretado; aquí estaba floreciendo, despojándose de capas para revelar a una mujer diferente, tal vez la que siempre había querido ser.

—Tienes que relajarte, Anouk —dijo Lilou—. ¿Es porque estás nerviosa por volver a salir con alguien? Es como montar en bicicleta. Te vuelves a subir después de una caída...

Entrecerré los ojos. Ella sabía exactamente por qué estaba nerviosa; al menos había guardado el secreto hasta ahora...

Le contesté:

—¡No estoy saliendo con él! Y estáis todos emocionados como si fuera una especie de famoso, y no lo es.

Mi hermana fue a contraatacar, pero levanté una mano.

—Ahora no es el momento, Lilou.

Maman gimió mientras se tambaleaba.

—Sinceramente, Anouk, a veces me preocupa que hayas pasado demasiado tiempo entre objetos inanimados y eso haya deformado tu mente. Tristan es un hombre encantador. Quiere conocerte mejor. A todos nosotros. ¿Qué hay de malo en eso?

—Espera. ¿Qué? ¿Cómo sabes que quiere conocernos?

Se mordió el labio y se sonrojó ligeramente.

—Él me lo dijo.

Ladeé la cabeza.

—¿Cuándo te lo dijo? Nos ha invitado esta tarde...

No lo había visto desde aquella incómoda noche en que llegó al apartamento y nos escabullimos juntos para beber demasiado champán, ¿no?

—Se pasó por aquí esta tarde, después de verte. Supongo que quería asegurarse de que recibíamos la invitación... —Su voz se apagó—. Se suponía que no debía decírtelo...

¡Qué hombre!

—¿Ves lo que quiero decir? ¿A qué vienen estos engaños? —Se las arreglaba para corretear por París como si fuera un pueblecito. ¿No había fin a sus manipulaciones?—. ¿Y qué más tenía que decir?

—Me dio la impresión de que se sentía solo. Puedes pensar que lleva un estilo de vida exótico, y puede que así sea, pero detecté un verdadero vacío en él. Se siente atraído por ti, ve algo que le gusta en tu forma de vivir, y nosotros también. No veo por qué no puedes ofrecerle una amistad. Sería grosero no hacerlo. No te crie para que fueras tan prejuiciosa.

¿Cómo podía entenderlo? No le había contado mis sospechas sobre Tristan, así que pensó que yo estaba siendo petulante sin una buena razón.

—Bien. —Cedí. No era el momento de dar explicaciones, porque si lo hacía, ellos actuarían de forma extraña y él sabría que íbamos tras él.

Maman me cogió de la mano y tiró de mí.

—Sonríe. —Me pasó los dedos por la frente—. Deja de fruncir el ceño.

El cambio en mi *maman* era increíble. Estaba dando consejos, tranquila y relajada, con unos tacones altísimos y uno de mis vestidos de época, de un amarillo tan vivo que parecía el sol. Sentí tristeza por mi padre, solo en casa, con las cortinas quemadas, esperando a que volviera *maman*. Si pudiera verla ahora, en su elemento, volvería a enamorarse de ella. Me pregunté qué necesitaba cada uno para ser feliz.

Nadie quiere ver a sus padres separados, pero *maman* era como un pájaro liberado de su jaula, y me hizo preguntarme cuánto se había conformado en su vida, cuando quizá siempre anheló agitar las alas en otro lugar. ¿Sufriría yo el mismo destino, encerrándome en el trabajo, hablando con los clientes y diciendo que eran mis amigos, sin darme cuenta de que mi vida había pasado volando, y acabaría mis días con solo una colección de objetos bellos e importantes y sin nadie con quien compartirlos?

Antes de darme cuenta, estábamos en la puerta del Ritz de París. Sus toldos eran de acordeón, como los ojos entrecerrados de alguien enamorado. Un portero nos recibió con una reverencia, quitándose el sombrero. Un estremecimiento de placer me invadió por el honor, aunque viniera de la mano del despiadado Monsieur Black. En el interior nos detuvimos, chocando unos con otros, mientras nos quedábamos con la boca abierta ante la vista que teníamos ante nosotros. El hotel Ritz de París era suntuoso, desde las relucientes lámparas de araña hasta las paredes ornamentadas y sus elegantes alfombras. Espejos dorados colgaban de las paredes y un resplandor ambiental nos seguía a medida que avanzábamos.

—Nunca he visto nada tan hermoso. —La voz de *maman* era un susurro.

Un puñado de hombres con elegantes esmóquines negros sonrieron y nos dieron la bienvenida.

—Bienvenidos. Monsieur Black les espera en el Bar Hemingway.

Estar rodeados de tanta opulencia nos dejaba sin palabras. Era como estar en un sueño..., tonos dorados y cristal resplandeciente. Nunca había visto tanto glamur junto. Era difícil moverse, y ya no digamos de hablar.

Maman fue la primera en recomponerse.

—Muchas gracias; es un honor estar aquí.

Nos hicieron pasar al Bar Hemingway y se me cortó la respiración. En las paredes había fotos de Hemingway en blanco y negro. En algunas estaba al borde de la risa, con el pelo plateado; en otras era mucho más joven, y su expresión estudiosa, como si estuviera perdido en su mente con sus personajes. Hubo un tiempo en que se sentó aquí y contó historias a un público ansioso. ¿Sentiría aún su presencia? ¿Acaso rondaba por allí, iluminado por la luz de la luna que entraba por las rendijas de las persianas, esperando a alguien a quien contar un cuento, una historia con sus giros, aderezada con un cóctel o dos?

A un lado había sofás de cuero, sillas de respaldo alto alrededor de mesas de caoba repletas de sus libros. El bar era elegante, con las botellas alineadas en estantes de espejo y una luz brillante que iluminaba los líquidos ámbar y los volvía dorados. Había taburetes varoniles alineados en la barra y allí estaba sentado Tristan, en el lugar de Hemingway, tomando un vaso de *whisky* con hielo. Nos dedicó una enorme sonrisa y se levantó para abrazar a *maman*.

—Me alegro mucho de que haya podido venir. —Le besó en de las mejillas y le acercó un taburete. Sus palabras eran tan suaves como la seda, y genuinas, que me había fijado.

—Este lugar es magnífico —dijo Lilou, estrechándole la mano emocionada.

—Ah —dijo él, cogiéndome la mano y mirándome profundamente a los ojos—. Estás fascinada. Sabía que te gustaría este sitio.

—Quiero vivir aquí —dije—. Es impresionante.

—Y tú también. —Su sonrisa le llegó hasta los ojos y me pregunté qué había cambiado.

En su estado de relajación, era la personificación del anfitrión perfecto, haciéndonos sentir especiales en un lugar tan grandioso.

—¿Qué vas a tomar?

Tragué saliva, la cabeza me latía con fuerza. No podía entregar a este hombre a los gendarmes. ¿Qué le haría la cárcel a un hombre como Tristan? Tendría que reconsiderar mi postura. Esta noche era la noche; podía sentirlo en mi corazón. Si probaba que era él, le diría que huyera y se acabaría el asunto, siempre y cuando prometiera devolver lo que había robado.

—¿Anouk? —Me tocó el brazo.

La bebida, claro.

—Agua con gas para empezar. —Esbocé una sonrisa, esperando parecer relajada, confiada.

Apareció un camarero y tomó nota de las bebidas. Tristan se acomodó a mi lado.

—¿Dónde están tus amigos? —pregunté.

Parecía un poco exagerado tener el Bar Hemingway para nosotros solos, con tan pocos asistentes.

—No tardarán en llegar —dijo, con la mirada ensombrecida—. Tenían algunas cosas que hacer antes. Además, la gente más importante está aquí. —Me clavó una mirada tan larga y penetrante que me puse a buscar algo en el bolso para romper el momento.

De él saqué un pequeño regalo. Estaba envuelto en papel de seda rubí y atado con una cinta dorada. *Maman* había insistido en que le llevara un detalle a Tristan para darle las gracias. Sabía lo que necesitaba y consulté con Dion y Madame Dupont para poder conseguirlo tan rápido.

—Para ti —le dije y le di la caja.

Mi familia se reunió alrededor, ansiosa por ver también lo que había elegido. Lo desenvolvió con cuidado y lo levantó.

—¡Un bolígrafo! Qué práctico. —Se le escapó una carcajada y nadie se movió, esperando ver si estaba impresionado o le parecía una torpeza.

—¿Un bolígrafo? —me dijo *maman*—. Es muy... práctico.

Asentí.

—No es un bolígrafo cualquiera, es una pluma estilográfica.

—Siempre lo guardaré como un tesoro —dijo, aún con un toque de risa en la voz.

Se lo quité de las manos.

—En París está de moda —mentí, y le enganché el bolígrafo en el bolsillo de la pechera para que se viera la perla de cristal azul de la parte superior.

Tenía una minicámara oculta bajo el cristal, que ahora estaba apuntando a la cara de Tristan, y captaríamos cualquier mentira que saliera de sus dulces labios una vez que se fuera de la fiesta. Las imágenes se estaban reproduciendo en directo y las estaba viendo Madame Dupont. Dijera lo que dijera e hiciera lo que hiciera durante el tiempo que durara la batería, lo grabaríamos y tendríamos pruebas irrefutables. Quedaba por ver si decidíamos utilizar esas pruebas.

Cogimos nuestras copas y le dimos las gracias al camarero.

—¿Qué? —pregunté, mientras Tristan me miraba con una sonrisa bobalicona, tan poco habitual en él.

—No pensé que aparecerías esta noche, eso es todo.

Enarqué las cejas.

—Bueno, no me dejaste muchas opciones, visitando a mi familia...

Un camarero se acercó con una bandeja de canapés. Hice además de decidir qué comer, con el estómago revuelto.

—Ah, aquí están mis amigos. —Señaló la puerta.

Entraron dos hombres mayores, con los rostros marcados por el cansancio. Me pareció extraño que fueran sus amigos. No eran en absoluto lo que yo me imaginaba; es decir, unos clones de Tristan, con su aspecto desenfadado y su vestuario elegante y entallado. Estos hombres eran francamente hoscos, con poco estilo. Uno llevaba un traje mal ajustado y se tiraba del cuello como si le estrangulara; otro llevaba un polo y unos pantalones de lino, tan arrugados como si hubiera dormido con ellos. ¿Eran sus amigos de las altas esferas? Sus expresiones eran serias. ¿Qué clase de amigos vienen al Ritz con esas caras? Se podría haber pensado que acababan de asistir a un funeral. Se me puso la piel de gallina. Algo pasaba. Formaban parte de su equipo.

¿La columna vertebral de su operación? Por supuesto, hacía falta más de una persona para entrar en una casa de subastas, hacerse con las joyas y salir tan rápido. Había visto suficientes películas como para saber que se necesitaban especialistas para anular los diversos aspectos de la seguridad mientras un ladrón astuto se abría paso para dar el golpe.

¡Habíamos sido tan ingenuas...!

Antes de que pudiera pensar, Tristan hizo un gesto para que los hombres se unieran a nosotros e hizo una ronda de presentaciones. Los recién llegados eran Ben y Jerry. Sus miradas se detuvieron en mí mucho más de lo necesario, y me pregunté qué estarían tramando sus mentes criminales. Ojalá Madame Dupont estuviera aquí para guiarme, pero como solo Lilou sabía la verdad, tenía que aprovechar el tiempo con esta banda de delincuentes de aspecto inverosímil. Solo en las películas los criminales tenían esa fanfarronería y esa forma elegante de vestir. Era un disfraz brillante esconderse tras ropa barata y malos cortes de pelo. Tristan destacaba entre ellos por ser tan encantador.

—Entonces —aventuré, mirando a los recién llegados—, ¿llevan mucho tiempo en París?

Sacudieron la cabeza, negando.

—Italia es preciosa. ¿Han estado allí?

Jerry, el tipo del traje mal ajustado, dijo:

—Sí, hemos estado. Hermoso lugar. ¿Usted también ha estado?

—*Oui* —respondí.

Jerry asintió.

—¿En qué parte?

¿Me atrevería a decir la verdad? ¿Qué daño podría hacer?

—Sorrento. ¿Y ustedes? —Me detuve para observar su reacción, pero permanecieron pétreos, como rocas.

—Sorrento también.

—Un estupendo lugar para la joyería.

Ben asintió.

—Un buen lugar, sí.

Era como hablar con la hierba. Incluso mi plato de sopa tenía más personalidad.

—Las joyas de París también son exquisitas —dije.

Ben y Jerry lo confirmaron con un movimiento de cabeza.

—Especialmente la colección Cartier. ¿Han oído hablar de ella?

No se inmutaron; de hecho, parecían estatuas sin movimiento.

—Sí.

Mi familia charlaba alegremente con Tristan, que no dejaba de lanzarme miradas. De vez en cuando sonaban sus carcajadas, como si lo que dijera Tristan fuera divertidísimo. Estaban absortos, siguiendo cada una de sus palabras.

—¿Una copa? —pregunté. Y sin esperar respuesta, llené sus copas con el vino de una botella que había aparecido junto a nosotros.

—Así que —dijo Ben— toda una fiesta...

Fruncí el ceño. Yo no lo llamaría exactamente una fiesta con mi familia, Tristan y ellos dos.

—*Oui*. El Ritz es magnífico...

Tristan se levantó y se dirigió a la barra, susurrando algo al camarero, que me lanzó una rápida mirada. Tuve la clara impresión de que me estaban estudiando por algo. El camarero sacaba brillo a los vasos y no me quitaba los ojos de encima, mientras Tristan desaparecía detrás de una cortina de cambray. ¿Cómo iba a seguirle si todos me estaban estudiando? Esperaba que Madame Dupont estuviera viendo las imágenes del bolígrafo; aun así, no quería que Tristan se escabullera sin que se dieran cuenta.

—Disculpen —les dije a Ben y Jerry—, creo que me he dejado el horno encendido. Voy a llamar a la vecina.

Salí precipitadamente, tropezando en la gruesa moqueta. La mirada del camarero me siguió y entonces él intercambió miradas con Ben y Jerry.

Aparté las gruesas cortinas y caí en los brazos de Tristan.

—Mi vecina —dije— se ha dejado el horno encendido. —*Merde!*—. Quiero decir que yo me he dejado el horno encendido. Tengo que llamar a mi vecina para que lo compruebe.

Me cogió de los brazos, una sonrisa curvando sus labios.

—Creo que tu horno no está encendido.

Le miré con los ojos entrecerrados.

—Será mejor que lo compruebe.

Quería llamar a Madame Dupont y preguntarle qué había visto en las imágenes del bolígrafo, pero no podía permitir que me escuchara.

—¿Preparaste algo antes de venir aquí?

—No, quiero decir, sí, era el hervidor de agua, ya sabes. Iba a hacer una cafetera. ¡Podría estar a punto de arder ahora mismo mientras hablamos!

—Desearía que por una vez fueras honesta. Puedo ayudarte. —Me abrazó, y ya no había nada que yo pudiera hacer para evitar que la verdad saliera de mis labios.

«¡Tengo que salir corriendo! Si yo puedo, ¡cualquiera puede!».

Le dediqué una sonrisa tensa.

—No necesito ayuda. Llamaré a mi vecina para que vaya a comprobarlo.

Soltó un gruñido. ¿Por qué le molestaba tanto mi hervidor?

—Anouk, tienes una gran familia. ¿Has pensado alguna vez en ellos? ¿En lo que significará todo esto?

—Siempre puedo comprar otro hervidor, Tristan. En realidad no es para tanto.

Sacudió la cabeza y bajó las manos.

—De acuerdo, si es a esto a lo que quieres jugar... —Una sombra de dolor delineaba sus rasgos, y quise empujarle para que confesara.

—¿Cómo dices? No soy yo la que tiene a dos matones inexpresivos como compinches. ¿Jugando a qué exactamente?, porque podría hacerte la misma pregunta.

—Son buenos chicos y son parte de mi vida.

Sí, como su soporte técnico. Rompecódigos.

—Seguro que sí. Debe ser agradable tener amigos en los que confías.

—¿Confiar? Bueno, eso es una calle de doble sentido.

¿Cómo se atrevía? Este hombre era incorregible.

—Mejor voy a hacer esa llamada antes de que mi apartamento se calcine. No tardaré mucho.

—Tómate tu tiempo.

Entré en una sala y saqué mi segundo móvil, el que Madame Dupont llamaba el teléfono fantasma. Dijo que no se podía relacionar con ninguna de los dos.

—¡Anouk! —exclamó Madame Dupont—. ¡Tengo tanto que contarte! ¿Estás sola?

—*Oui* —susurré—, pero no puedo hablar mucho. ¿Qué pasa?

—¡El camarero es uno de ellos! Tristan le dijo que te vigilara.

—¡Lo sabía! Pero ¿por qué?

—Dijeron algo de que estabas en el lugar adecuado en el momento adecuado. No sé lo que significa, ¡pero creo que tal vez van a intentar culparte de los robos!

Se me revolvió el estómago.

—Ese egoísta, indigno...

—Intenta mantener la calma. Tenemos que pensar...

—Tiene a dos matones con él: Ben y Jerry. Me dan escalofríos. ¿Cómo podemos averiguar quiénes son?

—Dion —dijo—. Déjame llamarlo y ponerlo al tanto.

—Bien, bien. ¿Qué hago mientras tanto?

Se rio alto y fuerte.

—Coquetear. Finges que bebes mucho champán, hablas muy alto, actúas como si no pasara nada y te lo estás pasando como nunca.

—Todos me están observando. Va a ser difícil.

—Puedes hacerlo. Vigílalo. Y yo veré qué puede averiguar Dion.

Nos despedimos y colgué, decidida a poner fin a aquello.

Con cara de circunstancias, entré en el Bar Hemingway de nuevo, preguntándome qué pensaría Ernest de esta escena en uno de sus bares favoritos.

Tristan bailaba con *maman*, haciéndola girar por la pista con pasos ágiles. Su cara se iluminaba de alegría. Se me encogió el corazón al verlos. Nunca había visto a *maman* encariñarse con alguien como lo había hecho con él. Se le partiría el corazón cuando descubriera quién era.

—¡Aquí está Anouk! —exclamó ella—. Es hora de que la anciana se haga a un lado. —Me ofreció la mano de Tristan, y la cogí a regañadientes..., pero hizo que mi cara se iluminara.

Me apretó contra su cuerpo y ralentizó sus pasos de baile.

—Realmente le gustas, ¿sabes? —«Y cuando termines en la cárcel, se pondrá muy triste».

—Yo también creo que es genial. Espero que ella y tu padre puedan arreglar las cosas. Me encantaría conocerle.

Me aparté y le miré a la cara. ¿En qué estaba pensando? Como si pudiera conocer a mi padre y luego irse, dejándome a mí como una tonta, cuando mi familia descubriera quién era en realidad. Estaba harta de que los hombres dejaran víctimas a su paso como si nada.

—No líes más las cosas, Tristan. Deja en paz a *maman*.

Obviamente, le había cogido cariño, lo que era muy raro en ella, y odiaba pensar en las consecuencias.

—Lo sé —dijo—. He intentado mantenerme al margen, pero me ha resultado imposible.

—Inténtalo más.

Los dos estábamos dando vueltas a la verdad. ¿Por qué la vida era tan complicada?

Por el bien de mi madre, que nos miraba como si fuéramos la personificación del amor juvenil, apoyé la cabeza en su pecho para no tener que mirarle a los ojos. Su corazón latía con fuerza contra mi cara y yo lo escuchaba sabiendo que sería la última vez que lo oiría.

—¿Dónde están tus padres, Tristan?

Después de la noche en mi cocina en la que había endurecido sus facciones y me había dado la espalda, me había preguntado qué sería de ellos. ¿Estarían decepcionados de que su hijo fuera un ladrón? ¿Se habrían distanciado?

Sus ojos se ensombrecieron, como si le doliera.

—Ya no están por aquí.

—¿No están por aquí?

—Murieron. Hace mucho tiempo. —Sus palabras eran secas, como si quisiera cerrar esa línea de conversación.

Obviamente le dolía, pero seguí adelante, preguntándome si sus muertes le hicieron ser como era: capaz de robar sin cargo de conciencia.

—¿Cómo?

—Prefiero no hablar de ello.

Fruncí el ceño.

—¿Tienes hermanos?

—No, no tengo. ¿Qué pasa? ¿Es esto un interrogatorio? —Su voz era ligera, pero percibí que se esforzaba porque así fuera.

Realmente estaba a la deriva sin nadie que lo anclara. Qué existencia tan solitaria debía ser. Eso no arreglaba nada, pero explicaba en cierto modo por qué no tenía reparos en robar: porque no tenía nadie a quién decepcionar. Me encogí de hombros.

—Me conoces a mí, a mi familia y todos sus secretos. Solo esperaba poder entenderte mejor. Tus motivaciones, por así decirlo.

Seguimos el ritmo de la música, pero sin entusiasmo, de lo concentrados que estábamos el uno en el otro.

—Me ha gustado conocer a tu madre y a Lilou. Lo echo de menos, ¿sabes? Echo de menos llamar a mis padres sin motivo y que se reúnan a mi alrededor como si yo fuera la única estrella de su universo.

—¿Crees que estarían orgullosos de ti? —pregunté, esperando poder apelar a alguna parte de él que aún estuviera conectada con ellos.

Sentí su tristeza, casi tangible, a través de sus manos, que estrecharon las mías. Ningún padre querría que su hijo estuviera encerrado para siempre. Y aunque yo no se lo dijera a los gendarmes, acabarían pillándole. Ver cómo se le suavizaba el rostro al recordar su pérdida lo hizo mucho más real, y me dolió por él, por lo que debía de haber pasado.

—Es difícil de decir. Eran... —su mirada se dirigió hacia arriba mientras buscaba un adjetivo— hogareños, el tipo de personas que preferían estar tranquilos, el uno con el otro, en lugar de vivir vidas agitadas. Se preocupaban por mí, sin cesar. Pero no puedo cambiar lo que soy o lo que hago..., al menos no todavía.

Le brillaban los ojos. No estaba segura de si eran lágrimas no derramadas o solo el brillo de los recuerdos. Nunca había oído a Tristan hablar con tanta franqueza y sabía que era sincero porque se le veía el alma.

—Lo siento mucho. Siguen por aquí, ¿sabes? No es que no nos visiten de vez en cuando. Podrías ahorrarles la preocupación... cambiando.

Ladeó la cabeza y sus labios se movieron como si mi opinión le hiciera gracia.

—¿Siguen por aquí? No, no están. Están todo lo lejos que pueden estar.

—¿Ni siquiera te plantearías en ser un hombre mejor, en su honor?

—¿Y cómo me recomiendas que me convierta en un hombre mejor? No sabía que no lo fuera.

—Creo que lo sabes.

Suspiró.

—Y ahora es cuando te digo que eres la peor clase de hipócrita que existe. No, no me detengas —dijo cuando fui a interrumpirlo—. Tienes una familia que te adora, eres el centro de sus vidas y a ti te importa un bledo. Me cambiaría por ti sin pensarlo solo por volver a tener esa clase de amor en mi vida. Ese abrazo incondicional que solo una familia puede dar, y sin embargo no significa nada para ti.

Levanté las cejas.

—¿Y de dónde te sacas eso? No veo por qué soy yo la hipócrita. Ya iba siendo hora de que fueras claro...

Maman se acercó tambaleándose e interrumpió nuestro baile, porque nuestro tono de voz se habían elevado mientras la conversación se agriaba.

—Anouk, Lilou quiere verte. Permíteme otro baile antes de que me convierta en calabaza.

La medianoche había pasado y el intercambio de palabras me había dejado confusa. Por un lado, Tristan me había roto el corazón al abrirse, pero al instante siguiente me había acusado de dar por supuesto el amor de mi familia. ¿Cómo se atrevía? Era él quien les iba a hacer daño, no yo.

Una hora más tarde, salimos a trompicones de una limusina que Tristan había insistido en que cogiéramos.

El conductor se apresuró a ayudarnos a llegar a la acera. *Maman* y Lilou cantaban las alabanzas de Tristan y declaraban que había sido la mejor noche de sus vidas. Yo quería unirme a la alegría de ellas, pero una nube sombría se cernía sobre mí. Habría sido una noche magnífica si hubiera sido real. Era pura fantasía, y no lo olvidaría. Enterarme de la muerte de los padres de Tristan me había llenado de tristeza y seguía con el alma dividida.

Subimos las escaleras a trompicones, todos charlando sobre su parte favorita: «cuando Tristan decía esto...», «cuando Tristan hacía aquello...».

Abrí la puerta del apartamento y eché las llaves en el cuenco de la cómoda.

—Esperad —dije, extendiendo los brazos para impedir que entraran en tropel.

—¿Qué pasa? —preguntó Lilou con sueño. Todos estaban deseando irse a la cama.

—Algo ha cambiado.

Recorrí el apartamento con un cosquilleo en la espalda. A primera vista, nada estaba fuera de lugar. Las *chaise longues* seguían tapadas con sábanas, cojines en cada esquina. La puerta del balcón se cerró herméticamente con el viento del amanecer. Pero algo me erizó el vello de la nuca.

—Vamos, Anouk —insistió Lilou—. Estamos cansados.

—Alguien ha estado aquí —dije. Los matones, Ben y Jerry. Estaba segura. Pero ¿por qué? ¿Por qué yo?

—Eso es ridículo —dijo Lilou—. Todo sigue aquí. Los cuadros, los Laliques...

Me echó a un lado y le hizo señas a Henry para que hiciera lo mismo. *Maman* la siguió poco después, luchando con las escaleras después de una noche de tacones.

—Espera —volví a decir—, déjame echar un vistazo antes de tocar nada.

Había una pista en el borde de mi subconsciente, pero no conseguía llegar a ella. «¡Piensa!». Sabía que la fiesta era una estratagema. Pensaba que mi papel era vigilar de cerca a Tristan, pero eso había sido antes de que aparecieran sus amigos y mis sentidos se pusieran alerta por la inquietud. Me golpeó como un ladrillo: nos había reunido a todos en el Ritz para que Ben y Jerry pudieran irrumpir aquí sin peligro de ser descubiertos por una de las personas que ahora llamaban hogar a mi apartamento.

Tristan quería estar seguro de que todos iríamos a su fiesta. Por eso la había organizado en el Ritz, sabiendo que nadie podría resistirse a una invitación así. Había visitado a *maman* para asegurarse de que vendría en caso de que yo no se lo dijera.

¿Había hecho que Ben y Jerry pusieran micrófonos en mi apartamento? Debían saber que estaba tras ellos. Ahora me preguntaba qué harían para silenciarme.

Tristan sabía que lo habíamos descubierto, solo necesitaba pruebas. Todo su doble discurso era un esfuerzo para hacerme confesar. Bueno, a este juego juegan dos, Monsieur Black.

—En realidad —dije—, tienes razón, Lilou. No falta nada. Ha sido un día largo, eso es todo. —Si me estaba escuchando, tenía que disimular.

Todos soltaron un suspiro de alivio y se dirigieron al baño y a la cama. Caminé puntillas, en busca de micros. ¿Tenían realmente el aspecto de las películas? Sonreí cuando vi el pequeño cuadrado negro, no más grande que la uña de un pulgar, pegado debajo de la mesa del comedor. Lo dejé allí, con cuidado de no tocarlo, y seguí cazando.

Por la mañana, vería lo que Madame Dupont había captado en las imágenes del bolígrafo. Una pesada sensación de inquietud se instaló en mi vientre. Tendría que seguir como si la vida fuera igual, asistiendo a ferias, mercadillos y subastas mientras recopilaba pruebas. Me enfrentaría a él y dejaría que se explicara. Había una parte de mí que necesitaba saber si alguna vez le había importado de verdad, ver la verdad en sus ojos cuando le descubriera. Solo así podría seguir adelante.

Horas después me encontré teniendo intensos sueños con él: nosotros cogidos de la mano junto al mar, sonriendo, absorbiendo la luz del sol como si fuera la panacea... y me pregunté qué me estaría haciendo mi subconsciente.

26

Era la primera vez que veía a Madame Dupont algo más que serena y elegante. Mi visita mañanera la había pillado por sorpresa. Llevaba el pelo largo suelto y le caía por la espalda en ondas plateadas. Sin maquillaje, estaba aún más guapa, con la cara relajada por el sueño y los ojos brillantes sin la gruesa capa de kohl que solía llevar.

—Se deshizo del bolígrafo —dijo con tristeza—. No sé cómo, pero sabía lo que era. Acabó en una papelera del baño del Ritz.

Me quedé con la boca abierta.

—¿Él lo sabía?

Madame Dupont asintió.

—Diría que sí, y eso significa que no tenemos ninguna grabación de él con los payasos Ben y Jerry después de que te fueras de la fiesta.

—¡Maldita sea! Siempre va un paso por delante de nosotras.

Se recogió el pelo en un moño y lo sujetó con horquillas y una pinza de lentejuelas plateadas que brillaba a la suave luz del amanecer.

—Sospecho que siempre será así, ya que son delincuentes profesionales. Aunque tenemos un as en la manga. —Le brillaron los ojos.

—¿Los micros?

Ella asintió.

—Tienes que actuar con normalidad. No cambies la forma de comportarte en casa o lo sabrán. Sigue pidiéndole a tu *maman* que llame a tu *papa*, reprende a Lilou por leer tu diario...

—¿Usted también has puesto micrófonos en mi apartamento?

Se rio.

—No, Lilou me lo cuenta cada día tomando café. En fin, todo sigue como siempre, pero... me darás pistas sobre una subasta como, por ejemplo, la de la Casa de Subastas Cloutier. Porque tienen un diamante que rivalizará con el diamante Hope...

Resoplé.

—¡Y entonces sabemos que irá a esa subasta!

Asintió sabiamente.

—Dales información a cuentagotas. No queremos que sea obvio, así que finge que bajas la voz y susurra, aunque estarás justo encima del micrófono para que te oigan.

—Bien, buena idea.

—Digamos que llega el viernes al amparo de la oscuridad, y allí estaremos esperando. Es crucial que sigas haciendo todo con normalidad en casa.

—Por supuesto —dije con altivez.

Me miró fijamente.

—Lo digo en serio, Anouk, sigue hablando con la sopera y aullando sobre esos anuncios de boda.

Mon Dieu!

—¿Otra vez Lilou?

—Es dulce y tú eres un alma sensible, eso es todo. Sigue con tu trabajo, y no pienses en él más que como un tipo que intenta cortejarte, para que no cometas errores.

Jugueteé con el cierre de mi bolso, con la mente trabajando deprisa.

—Creo que es obvio para él que lo sé. Lo eludió anoche, e incluso en nuestro discurso de doble sentido estaba claro.

—Puede que sí. Pero tenemos que intentarlo —dijo Madame Dupont, dándome una palmada tranquilizadora en el brazo—. ¿Qué te pasa? Parece como si de repente te hubiera caído un chaparrón encima.

Levanté mi mirada hacia la suya.

—¿Por qué siempre me enamoro de los hombres equivocados? Supongo que nunca pensé que fuera el malo. En el fondo, supuse que no pasaría nada. Y ahora lo sabemos, y yo...

—Sientes algo por él. —Me miró a la cara.

—Es una locura, porque en realidad no lo conozco. Pero es algo visceral, y real, y odio no poder admitirlo. Anoche capturó a mi familia. Como si le importaran. Cada palabra que salía de sus labios... Realmente estaba escuchando, pero ¿para qué? ¿Obtener pistas? ¿Se imagina que me acusa de los robos? ¿Lo estúpida que me sentiría entonces? Y mi pobre familia estaría mortificada. A ellos también les encanta.

Madame Dupont sonrió, sacó un pañuelo de papel de una caja y me lo dio, antes de sentarse de nuevo en su ornamentado tocador y aplicarse capas de espeso maquillaje.

—Es un reto, de acuerdo. ¿Por qué no vemos qué pasa? Cuando lo atrapemos en la subasta Cloutier, podemos darle un ultimátum. Puede huir, con la promesa de volverse legal, devolver las joyas. Todavía se puede amar a un hombre así, que hizo lo correcto al final, ¿no?

—No lo sé, Madame...

Se acercó y me dio una palmadita en la mano.

—Veamos qué nos trae la semana.

Me hundí en la silla mientras Madame Dupont se retocaba las mejillas y se rociaba perfume. Me lanzaría de cabeza al trabajo, como siempre.

—¿Va a venir a casa? ¿Qué dice? —La voz de mi padre era hueca, como si estuviera cansado de esperar.

Con el teléfono pegado a la oreja, abrí las cortinas de encaje del escaparate. Fuera, la gente salpicaba el paseo; se habían levantado temprano para un día completo de turismo. París se exhibía con su cielo azul despejado y su brillante sol, que reverberaba en el metal de la Torre Eiffel, haciéndome entrecerrar los ojos.

—No lo creo, *papa*. —Suspiré.

Era difícil decirle cuánto había florecido aquí sin herir sus sentimientos. Se había convertido en una persona diferente, y no podíamos robarle eso.

—¿Por qué no la visitas? Creo que es la única manera. Y puedes ver lo mucho que ha cambiado. Quizá tengáis que encontrar una posición en el medio para que las cosas funcionen.

—¿Y admitir que me he equivocado? —farfulló él.

—No, *papa*. No se trata de quién tiene razón o no, se trata de retomar vuestra relación. ¿No puedes intentarlo? Si pudieras ver a *maman*, sabrías que es feliz. Tal vez necesitaba algo diferente, solo por una vez en su vida, y hacer las cosas por ella, para variar, poniéndose en primer lugar. ¿Por qué no debería perseguir sus propios sueños, al menos por un tiempo?

—¿Sus sueños? ¿Huir a París y enseñar a cocinar a algunos chefs? ¿Ese es su sueño? —Su voz estaba cargada de sarcasmo, pero yo sabía que estaba tratando de ocultar los sentimientos heridos, mientras lidiaba con sus emociones y con que *maman* había elegido algo que no tenía que ver con él por primera vez en su vida—. ¿No deberían saber cocinar ya, si son chefs?

—*Papa*, no estás entendiendo nada. *Maman* siente que les importa. Les está enseñando el verdadero arte de cocinar, no a la manera elegante de las estrellas Michelin, sino a la antigua, como solía cocinar su madre. Es como si preservara una forma de arte y ellos la adoran por eso.

—¿Una forma de arte? Solo es bullabesa —exclamó.

—*Papa*, es mucho más que eso, y lo sabes.

Exhaló un largo suspiro.

—Tal vez —admitió—. Pero no entiendo por qué no podría haberlo hecho aquí. También tenemos restaurantes. Podría haber hecho amigos aquí.

—¿Pero podría, *papa*? No con la agotadora lista de tareas que tenía, día tras día.

—Bien, bien. Ya ha quedado claro. No me he estado sintiendo bien; a veces tengo este dolor...

—Probablemente sea la soledad, *papa*.

—*Non, non*, no es eso. Estoy trabajando demasiado, tu *maman* me ha dejado sin miramientos. No es justo ni es lo correcto. Tengo este dolor, este entumecimiento en el brazo...

Le interrumpí, no quería dejar que se regodeara.

—De verdad, *papa*, ¿qué tienes que hacer cada día? Comer, trabajar y dormir. En casa no hace falta ser tan exigente. El mantel puede durar una semana sin lavar ni planchar si tienes cuidado. ¿Por qué haces las cosas mucho más difíciles?

—Es que me gustan las cosas ordenadas.

Suspiré.

—Tal vez tendrías que pensar en lo agotado que te sientes, y luego pensar en *maman* haciendo eso todos los días toda su vida, criando además a dos niñas.

Murmuró para sí.

—Ella hizo sus votos, y yo hice los míos, y mira... no la encuentro por ninguna parte. ¿Crees que está con otro hombre?

—¡No! *Papa*, no escuchas.

—Simplemente preguntaba, Anouk. Este es un comportamiento muy extraño para ella. Le encantaban esas cortinas. Pensé que volvería.

Se refería al incendio.

—*Papa*, en este caso las acciones hablan más que las palabras. Tienes que demostrarle lo que sientes. Ven a París, demuéstrale que la quieres. Pregúntale qué quiere.

—Mejor me voy —dijo, bruscamente—. Alguien tiene que cocinar el *coq au vin*, y, como aquí solo estoy yo, supongo que es mi trabajo.

—Cuídate, *papa*. —Sacudiendo la cabeza, colgué con sentimientos encontrados.

Era el ego lo que le impedía visitar París y llegar a un acuerdo con *maman*. La quería de vuelta en casa, pero su orgullo no le permitía admitirlo. En lugar de eso, esperaría y confiaría en que París perdiera su brillo y ella regresara al pueblo. Ni siquiera había preguntado por Lilou y el maldito curso, lo cual daba idea de cuánto echaba de menos a *maman*.

Si pudiera verla aquí, sabría que algo que llevaba mucho tiempo dormido en su interior había cobrado vida y que ella ya no iba a conformarse. ¿Podrían separarse en este momento de su matrimonio? Pensé en Agnes, que compró el colgante de rubí para el cuadragésimo aniversario de boda de sus padres: ¿habían sufrido en tiempos de crisis? Tal vez resolvieran sus frustraciones en la masa del pan, trabajando codo con codo en su *boulangerie*, sabiendo que solo era una riña y que se podía arreglar. Como cualquier gran receta, todo lo que necesitaba eran algunos retoques para mantenerla fresca. Quizá eso sea todo lo que mi padre necesitaba: alguien que lo llevara a rastras al siglo XXI, para que dejara de insistir en que el lugar de la mujer es el hogar.

Mi teléfono volvió a sonar y dudé. ¿Y si era Tristan? ¿Podría actuar igual sabiendo que había puesto micrófonos en mi apartamento? Vacilante, contesté:

—*Bonjour?*

—*Ma chérie.* —La voz de Madame Dupont era aguda—. Una de mis fuentes acaba de llamar. El mercado de pulgas junto al Sena, debes ir ahora. Dicen que la máquina de escribir de Henry Miller está allí. La tiene el viejo de la boina roja.

—*Oui, merci*, Madame. ¡Enseguida voy para allá!

Si realmente era la máquina de escribir de Henry Miller, tenía que tenerla. Otro americano que se enamoró de París y escribió aquí en los años treinta. Si era la máquina de escribir con la que escribió *Trópico de Cáncer*, entonces sería un verdadero hallazgo, y mentalmente empecé a evaluar las formas en que podría averiguarlo. Miller había sido amigo de Anaïs Nin, así que conseguir la máquina de escribir aliviaría en parte el dolor de haber perdido su escritorio.

Cerré y con pasos rápidos me dirigí hacia el Sena.

Los puestos estaban instalados a lo largo de la orilla derecha, donde las suaves olas se deslizaban al paso de los barcos.

Los mercadillos de París eran un negocio serio. Aunque las mesas repletas parecían estar llenas de fruslerías, a menudo escondían valiosas antigüedades. Solo había que dedicar tiempo a buscarlas o tener fuentes fiables que te avisaran antes.

Vi al anciano de la boina roja. Tenía la cara endurecida, arrugada por el tiempo: el viento salado en invierno y el chisporroteo del sol en verano. Un cigarrillo le colgaba de la comisura del labio mientras charlaba en francés con alguien. Recorrí las mesas en busca de la máquina de escribir, pero solo pude ver libros viejos, hinchados por el aire del Sena. No había tiempo para sutilezas. Le di un golpecito en el hombro y se giró hacia mí. En sus manos estaba la máquina de escribir. Pero era aún peor: detrás de él se hallaba Tristan.

¡Y habían estado hablando en francés! ¿Conocía el idioma desde el principio? ¿Tradujo todos los mensajes de mi teléfono cuando me robó el bolso? Se me encendieron las mejillas. No había tiempo para pensar.

Hablé en francés rápido al dueño del puesto con la esperanza de despistar a Tristan con la velocidad de mis frases.

—¡Quiero esta máquina de escribir! Este hombre no es de fiar. Me aseguraré de que llegue a la persona adecuada —exclamé con tal ímpetu que llamaba la atención de los transeúntes.

—Puede ser, pero él llegó primero. Ya hemos llegado a un acuerdo. —El hombre de la boina roja frunció el ceño.

—¡No! ¡No puede! —siseé, mientras trataba de lanzar una sonrisa de está todo bajo control a Tristan para que no adivinara lo que estaba pasando. Tenía las joyas. ¿Para qué necesitaba esto?

—¡Es americano! —Intenté otra táctica.

El hombre de la boina roja arrugó la frente.

—También Henry Miller.

Resoplé. Ahí me había pillado.

—Por favor, está cometiendo un error. —Le quité la máquina de escribir de las manos.

A Tristan se le caía la cara de vergüenza.

—Anouk, por favor. Escúchame. Necesito esto, y no puedo explicar por qué ahora mismo. —Sus ojos buscaron los míos.

¿Por qué parecía tan triste? Le conocía lo suficiente como para saber que una máquina de escribir no habría provocado una reacción así.

Le miré fijamente, con la mente en blanco.

—¿Por qué la quieres? No tienes una tienda, Tristan. No tienes clientes. ¿No puedes dejármela? —Apelé a su lado bondadoso.

La verdad era que no había mucho beneficio en la máquina, era más un valor sentimental, y tenía clientes a los que les encantaría. Y yo no quería que él la tuviera porque no se la merecía.

El hombre de la boina roja levantó las manos y negó con la cabeza.

—Cuando alguien quiera pagar, que me avise —dijo y volvió a fumar.

Tristan asintió con la cabeza y se volvió hacia mí.

—¿Por qué la quieres? Henry Miller era americano. Creía que solo querías proteger el patrimonio francés.

—¡Henry Miller escribió en París! Era uno de los nuestros.

Estábamos dando vueltas en círculos, y yo sabía que, fuera lo que fuera, se trataba de mucho más que de la máquina de escribir.

Tristan negó con la cabeza.

—Solo escribió aquí porque su obra fue prohibida en América por ser demasiado promiscua. —Enarcó una ceja.

—Puede ser, pero él encajaba aquí, en París. El lugar le dio forma como escritor.

Él suspiró con cansancio.

—Anouk, dame la máquina de escribir. Te lo devolveré más adelante, te lo prometo.

—No. —¿Por qué iba a necesitar algo tan insignificante comparado con lo que estaba robando? Tal vez aceptaba pedidos del mercado negro y trataba de conseguirlos, por pequeños que fueran. Pero no tenía mucho sentido.

—Anouk. Dame la máquina de escribir y te prometo que no volveré a entrometerme en otro de tus negocios.

—No...

No podía confiar en él. Sabía que no volvería a verlo. A pesar de la tontería que estaba cometiendo, me sentí muy bien al defenderme y decirle que no podía robarme ni comprarme cosas. No lo permitiría.

—Te daré lo que quieras, pero necesito esto, y no estoy bromeando —dijo, con voz aprensiva.

—¿Por qué? —Me sorprendió su cambio de actitud. Sonaba como si hubiera perdido a su último amigo en el mundo. Sus hombros se hundieron con cansancio.

—No puedo discutirlo contigo. Pero créeme, necesito esta máquina de escribir, y tiene que ser esta. —Miró a un lado y a otro, con expresión preocupada.

Si no le conociera, diría que parecía que le estaban persiguiendo. Tenía la sensación de que las cosas estaban a punto de estallar en el mundo de Tristan.

—Que pongas tus huellas por todas partes no ayuda —dijo, con un tono de voz tenso.

¡Ah! Las postales escritas por el Bandido de las Postales. ¿Era esta la máquina con la que las había escrito? Y de ser así, ¿cómo había llegado a manos de Boina Roja?

Hice una mueca.

—Pruebas, ¿verdad?

Su cara de dolor...

—No es culpa mía.

—¿Qué, Tristan? ¿De quién es la culpa entonces?

Estábamos a centímetros de distancia, como en un combate. Se pasó las manos por el pelo, frustrado.

—Esto no me gusta más que a ti. —Su tono era lastimero; quizá fuera una adicción para él, como para un jugador. Le encantaba la emoción del robo, salirse con la suya, entrar y salir tan rápido, como si fuera una especie de superhombre.

—Entonces, ¿por qué lo haces? —siseé en respuesta.

—Tengo que hacerlo. ¿Por qué lo haces tú?

—¡Es mi trabajo!

Se burló.

—Yo podría decir lo mismo.

Alcé las cejas.

—Menudo trabajo.

Entrecerró los ojos.

—Normalmente no me implico tanto emocionalmente. Me lo has puesto muy difícil.

—¿Implicarte emocionalmente? Bueno, perdón por hacer que te importe algo más que la codicia. —Se me atragantó el final de la frase.

Había pensado que había algo real entre nosotros. En sus besos había algo, algo que no podía haber fingido... ¿o sí? Recordé las veces que había estado a mi lado, las cosas que me había dicho para consolarme. Si todo eso era fingido, entonces era un excelente actor.

—¿Codicia? —Se echó hacia atrás como si le hubiera abofeteado—. ¡No sabes cuánto he sufrido por tu culpa! Es imposible hacer «mi trabajo» —hizo comillas el aire— ¡sabiendo lo que va a pasar! ¡Y a ti te importa un bledo! Te enfrentas a mí todo el tiempo.

—Porque «tu trabajo...» —imité sus comillas con las manos— ¡se basa en una mentira! Y lucharé a muerte porque es mi trabajo.

Nuestra conversación se intensificaba a medida que la frustración sacaba lo mejor de nosotros.

—¡A veces querría sacudirte hasta que entrarás en razón! —Me agarró de los brazos y me miró fijamente a los ojos, ninguno de nosotros prestando atención a la máquina de escribir.

—¿Sí? Y yo a veces quiero hacerte tropezar para verte caer. ¿Por qué no puedes ser quien dices ser?

Se frotó la cara con las palmas de las manos.

—¡Porque es mi maldito trabajo, Anouk! ¿Por qué no puedes vender antigüedades y dejarlo así?

—¡Qué cara tienes! ¿Por qué no puedo? Porque no dejas de robármelas.

—¡Eres la mujer más exasperante que he conocido! —Se rio.

Negué con la cabeza.

—Eres increíble, Monsieur Black.

—Cuando todo esto explote, solo quiero que sepas... —Su voz era un susurro.

—¿Saber qué? ¿Que no fue culpa tuya? —Se me llenaron los ojos de lágrimas y me autocensuré porque me importara tanto. Me apresuré a parpadear para alejarlas.

—Maldita sea. Saber que no quería hacerlo. Yo quería salir corriendo en dirección contraria y dejarte ir...

—Oh, gracias, Tristan. ¿Tan repulsiva te parezco?

—¿Qué es lo que no entiendes, Anouk? —Me cogió la cara y me miró fijamente a los ojos, buscando una respuesta que no estaba allí.

Después de negar con la cabeza ante mi confusión, apretó sus labios contra los míos y me besó como si fuera la última vez que fuéramos a vernos.

En el calor del momento le devolví el beso con fuerza, mientras todo tipo de emociones me recorrían el cuerpo, pero sobre todo con la sensación que iría a la cárcel y no volvería a verle. Fue como un beso de despedida y me arrepentí de que Cupido me hiciera sentir algo por alguien como Tristan.

El dueño del puesto me quitó la máquina de escribir de las manos, negando con la cabeza.

Me sentí como si estuviéramos en una encrucijada, frente a frente. De puntillas, le pasé las manos por detrás del cuello y cerré los ojos, besándole con todas mis fuerzas, porque malditos fueran el destino, las decisiones equivocadas y los hombres poco de fiar, al diablo con todo eso. Le daría un largo y apasionado beso de despedida a mi manera.

Sin aliento, nos separamos y nos quedamos inmóviles. Me debatía interiormente sobre qué decir, cómo advertirle, pero él lo sabía y no le importaba.

Eso era lo más irritante.

—*Au revoir*, Tristan. Recuerda que tú te lo has buscado.

El dolor apareció en sus rasgos.

—No lo hagas, Anouk.

Pensaría que iba a contárselo a los gendarmes.

—Ve a por tu máquina de escribir. —Se me escapó un sollozo mientras me alejaba.

Más tarde, aquella misma noche, hablé en voz alta, en el apartamento vacío, sobre el enorme diamante que llegaba a la Casa de Subastas Cloutier. Necesité de todas mis fuerzas para mostrarme animada, como si estuviera hablando por teléfono con Madame, entusiasmada ante la perspectiva de pujar por una joya tan impresionante. ¿Me estaba escuchando?

27

—¿Lo besaste, otra vez? —preguntó Madame Dupont, con voz incrédula.
—Fue el último beso. Fue el adiós. *Au revoir.* —Agité las manos inútilmente.
Ella me miró.
—No tenemos que atraparlo...
—Madame. Sí que tenemos. Le di la oportunidad de echarse atrás y eligió no hacerlo.
Quería verlo por mí misma, verlo robar en un lugar. Aún podía irme y no decir una palabra, pero tenía que verlo primero.
Ella jugueteaba con el periódico que tenía en el regazo, el que tenía recortados los agujeros para los ojos. Me habría reído de su locura, pero no estaba de humor.
—De acuerdo —dijo ella—. Entonces vamos a por él.
Me temblaron las manos.
—No debería haber robado las joyas Cartier.
—*Oui.*
Se me hizo un nudo en el estómago.
—O los diamantes rosas.
—*Oui.*
—Pero sobre todo la colección Cartier. Eso fue ir demasiado lejos.
—Entiendo.
—Una cosa es robar y otra es ser codicioso, y la colección Cartier fue ir demasiado lejos. Un paso de gigante.
—No tienes que justificármelo. Ya lo sé.
—Nunca dijo que estaba financiando un orfanato o la construcción de un hospital, ¿verdad?

Me dio una palmadita en la mano.

—Anouk...

—Lo sé, lo sé, a veces la gente se equivoca. Y a pesar de su encanto, su hermoso rostro, sus labios suaves, su andar, su risa... ya sabes que lo verdaderamente odioso de esto es que, a pesar de todo, es realmente adorable... —Asintió solemnemente—. Bueno, aparte de todo eso, está podrido hasta la médula. Debido a la Cartier.

No habló, pero sus labios se movieron como si estuviera a punto de reír.

—¿Qué? —pregunté.

—Nada, nada. ¿Vamos a atraparlo o nos vamos a quedar aquí sentadas toda la noche?

Respiré hondo para tranquilizarme.

—Vamos a atraparlo.

Madame Dupont aceleró y atravesamos los bulevares a toda velocidad, deteniéndonos bruscamente cerca de la casa de subastas. Me miró y me dijo:

—Si quieres salirte de esta farsa, dímelo. Nadie excepto Dion y Lilou saben lo que hacemos. No hace falta que se lo digamos a los gendarmes... Eso es todo lo que voy a decir.

No me atrevía a hablar, así que me limité a asentir. Esperamos en silencio hasta que se hizo de noche. Estaba agarrotada de tanto apretarme en el reducido espacio del estrecho coche de alquiler.

—Me alegraré cuando terminen estas vigilancias —se lamentó Madame Dupont—; mis viejos huesos sufren.

Le di una palmadita en la rodilla.

—Ha hecho un gran trabajo, Madame. Usted ha sido el cerebro. Y tendremos que agradecérselo a Dion también, es muy ingenioso.

Se rio.

—Aunque echaré de menos pasar las noches contigo.

—Vuelve la lectura de los anuncios de boda para mí.

Pasó una hora y no ocurrió nada. Las calles se quedaban en silencio, la gente se apresuraba a volver a casa y se encerraban cuando se acercaba la medianoche.

—¿Quizá haya captado la indirecta? —pregunté esperanzada.
—Está esperando su momento.
—Probablemente tenga razón.
Madame Dupont jugueteó con sus gafas de visión nocturna.
—¿Y si está entrando por la puerta lateral? ¿Deberíamos ir a comprobarlo?
—No es probable que entrara por la puerta principal, supongo... ¿Y si le pillamos en mitad del robo?
—Yo iré —dijo Madame Dupont.
—*Non, non*. Yo iré. Yo nos metí en este lío.
—Date prisa —dijo—. Y llévate el teléfono fantasma por si me necesitas.

Asentí con la cabeza y salí sigilosamente del coche, corriendo detrás de los árboles y deteniéndome para echar un vistazo antes de correr hacia el siguiente. Crucé la calle y me escondí detrás de un poste de la luz, cuya circunferencia era insuficiente para ocultar mis curvas. De puntillas, me dirigí a la entrada lateral, con el callejón en silencio. Ni siquiera las sombras se movían. Al levantar la vista, vi las cámaras de circuito cerrado de televisión conectadas al edificio. No había forma de que pudiera entrar sin ser visto.

Corrí hacia la parte trasera de la casa de subastas, con el corazón martilleándome por mi atrevimiento, sabiendo perfectamente que me verían en las mismas cámaras de seguridad. Solo esperaba que nuestros instintos fueran correctos y que él hubiera oído mis bravatas sobre la llegada del enorme diamante. Así al menos podría explicar a los gendarmes por qué andaba a hurtadillas.

En la parte de atrás, probé con la gran puerta ovalada y la encontré abierta. Se me congeló la mano en el picaporte. ¿Era una trampa? ¿Por qué iba a estar abierta con tantos objetos de valor dentro? Recordé que Gustave había dicho que el señor Cloutier estaba cada vez más despistado y se olvidaba de cerrar, aunque me pareció demasiada coincidencia. Mi mente me gritó que tuviera cuidado, pero lo rechacé y entré. Imaginé que me pillaban. ¿Qué les diría? «Oh, no estaba cerrado, esperaba cazar al ladrón con las manos en la masa...». Iba a conseguir que me detuvieran, pero algo me decía que siguiera adelante.

En la más absoluta oscuridad, me mantuve pegada a la pared con los brazos abiertos, tanteando en la oscuridad. ¿Por qué no estaban encendidas las luces? Normalmente las casas de subastas estaban iluminadas como si fuera de día para que los guardias de seguridad pudieran hacer sus rondas. Algo no iba bien... En algún lugar, a lo lejos, se oyó un zumbido, como el sonido sordo de algún tipo de herramienta eléctrica. Me quedé paralizada. ¿Estaba entrando? Se me paralizó el corazón, pero tenía que enfrentarme a él.

«¡Piensa en las antigüedades! ¡Viva Francia!».

Siguiendo con paso firme la fría pared, las yemas de mis dedos tocaron algo en mi camino. Tan suavemente como pude, distinguí la forma, una vitrina, y la rodeé sin golpear los objetos que albergaba. Mi respiración era entrecortada por la concentración. Tomé una bocanada de aire antes de arrodillarme y arrastrarme hacia el sonido. ¿No podían oírlo los guardias? ¿Por qué no habían venido a por mí?

A cuatro patas, podía orientarme mejor. El ruido se hizo más nítido. Obviamente no se había disparado ninguna alarma o ya habían sido anuladas, porque mi presencia no había hecho sonar ninguna. A menos que fueran alarmas silenciosas... Entonces, ¿los sesenta segundos empezaban a contar desde que estaba dentro? De verdad, todo esto podría haber acabado en un minuto si los periódicos hubieran acertado. Tragué saliva; sería mala suerte que me pillaran en el fuego cruzado... Se me heló la sangre. ¿Me había tendido una trampa? Tal vez le había hecho el juego creyendo que le estaba atrapando yo cuando en realidad me estaba tendiendo una trampa a mí.

¿Debía salir corriendo de allí? Ya no tenía elección, estaba demasiado metida. Seguramente podría explicar mi salida, si los gendarmes irrumpían.

El zumbido aumentaba. Podía sentir la vibración en mi cuerpo a medida que me acercaba a él. Algo detrás de mí se movió. Me quedé paralizada.

Antes de que pudiera pensar, alguien me levantó bruscamente y me tapó la boca con una mano, ahogando mis gritos. Pataleé y me retorcí intentando soltarme, pero él era demasiado fuerte. Una sensación de mareo me invadió mientras perdía el equilibrio y caía sobre su hombro.

Me sujetaba con fuerza y yo seguía mareada, mientras él echaba a correr, pero me agitaba y me retorcía intentando liberarme.

—¿Quieres dejar de pelear conmigo? —siseó.

¡Tristan! Pero el zumbido de la herramienta aún se oía en la distancia. ¿Ben y Jerry? No imaginaba que eran ellos los que hacían el trabajo sucio, pero ¿qué sabía yo?

Se oyó un crujido cuando una puerta se abrió y Tristan me arrojó sin contemplaciones sobre la alfombra, encendiendo una luz que me cegó momentáneamente. Me tapé los ojos y le fulminé con la mirada.

—¡Tú eres el ladrón! —grité.

Se sentó a mi lado, con un auricular en la mano, escuchando atentamente lo que le transmitían. No me miró, solo se llevó un dedo a los labios y dijo:

—Shhh.

—No me callaré —grité—. ¡No voy a ser cómplice de tu delito!

Me lanzó una mirada sombría que me hizo estremecer, pero no iba a ceder. Hasta aquí habíamos llegado.

—¡Voy a gritar tan fuerte que Madame Dupont vendrá corriendo y con ella los gendarmes!

Me tapó la boca con una mano y habló rápidamente por el micrófono:

—La tengo, pero va a arrasar el lugar a gritos. Atrápalo en cuanto atraviese el acueducto.

¡El acueducto! ¡Claro que sí! París se construyó sobre una montaña de conductos de piedra que ya no se usaban. Donde antes fluía el agua, ahora se levantaba el aire viciado. Un complejo laberinto subterráneo que era perfecto para que un ladrón lo utilizara como entrada invisible y, aún mejor, como vía de escape. La mano de Tristan seguía firme contra mi boca, así que le mordí e intenté soltarme. De ninguna manera me iban a pillar sentada con el ladrón como si fuera uno de ellos.

—¡Ay! —Retiró la mano por el dolor del mordisco—. ¿Por qué has hecho eso?

—¡Es divertido! —dije—. ¡Déjame salir de aquí!

—¡Puedes callarte un maldito minuto! —siseó.

Mi teléfono fantasma sonó, sobresaltándome.

—Dámelo —ordenó.

Estaba oculto en el escote de mi vestido. Me miró primero a mí, luego a mi escote, y se lo pensó mejor. Lo cogí y lo aparté de él, consiguiendo pulsar el botón del altavoz.

—Socorro. —Ahogué un grito cuando Tristan se abalanzó sobre mí.

Su cuerpo aterrizó sobre el mío, robándome el aliento de los pulmones. Con el brazo libre, sostuve el teléfono por encima de mí y grité lo más fuerte que pude, esperando que Madame Dupont me entendiera.

—Soy Dion. ¿Estás ahí, Anouk?

Me liberé un segundo.

—*OUI!* Tristan... —Pero su mano volvió a bajar con firmeza, silenciándome una vez más.

—¡Sí, Tristan! He encontrado su rastro documental. Es un detective encubierto que trabaja para la Brigada de Delitos Graves relacionados con los robos de joyas.

El cuerpo de Tristan dejó de luchar. Sentí que se debilitaba sobre mí. Apartó la mano de mi boca. Tomé una bocanada del preciado aire y dije:

—¡QUÉ! ¿Él es qué?

—¡Es un detective! No es el malo —anunció Dion lentamente, como si yo fuera un niño.

El *shock* me puso rígida. Observé cómo el rostro de Tristan se torcía de rabia.

—¿Él no es el malo? —pregunté con la cabeza dándome vueltas.

Tristan se incorporó y me ofreció la mano. Negué con la cabeza y sostuve el teléfono delante de mí.

—Entonces, ¿quién es el malo? —le pregunté a Dion.

Había tanto que procesar, y con todos los golpes y forcejeos me costaba controlar mi respiración agitada.

La risa de Dion resonó por toda la habitación.

—¡Pensaban que eras tú!

Me atraganté y le lancé una mirada viperina a Tristan, quien tuvo la delicadeza de sonrojarse.

—¿Yo? ¿Por qué yo?

—Tendrás que preguntárselo tú.

—*Merci*, Dion.

Colgué el teléfono y me puse en pie inestablemente. La coleta se me había deshecho en la refriega. Intenté en vano rehacerla mientras ordenaba mis pensamientos. ¿Creían que yo era la ladrona de joyas?

Me invadió un torrente de ira. ¿Tristan me cortejaba para pillarme? La ironía me hizo hervir por dentro.

Al final conseguí serenarme y pregunté:

—¿Es verdad, Tristan? ¿Pensabas que era yo?

Él agachó la cabeza. Se produjo un alboroto en el exterior y se oyeron gritos y una pelea. El verdadero ladrón estaba siendo arrastrado y esposado. El cierre de las esposas hizo sonreír a Tristan. Ese maldito farsante.

Me invadió la curiosidad. Me asomé a la puerta y vi cómo se llevaban a un hombre con las manos atadas a la espalda. *Mon Dieu!* Habría reconocido aquella arrogancia en cualquier parte. Sin dejar de gritar a los gendarmes, consiguió girarse y lanzarme una mirada llena de odio.

—¿Joshua? ¿Por qué?

Él me ignoró, pero la mirada que me dirigió me heló hasta la médula. Los gendarmes le empujaron hacia delante.

—Camina o te haremos caminar.

Ni una sola vez se me había pasado por la cabeza que Joshua fuera capaz de algo así. Sabía que era retorcido, que no tenía moral, pero simplemente no pensé que tuviera el cerebro para llevar a cabo atracos tan grandes. ¡No podía confiar en ninguno!

Tristan se reunió conmigo junto a la puerta.

—Lo siento, Anouk, de verdad. Al principio pensamos que habías sido tú. Pero luego pensé que tal vez eras su cómplice. Había tantas pistas que os señalaban a los dos. Se pensaba que la historia de la ruptura y el piano robado era una farsa y que seguíais trabajando juntos en secreto.

—¿Quién lo pensaba? —Me temblaba el labio inferior y me esforcé por apretarlo con los dientes para que no lo viera.

¿Cómo podía hacerme esto? Buscarme sin parar para meterme en la cárcel. Besarme y decirme mentiras, cuando él no era quien decía ser.

—Sabíamos que tu negocio tenía problemas económicos, tenías un motivo. Estabas en Sorrento... —Se frotó la cara, como si estuviera agotado—. Tus estanterías están llenas de novelas policiacas. Los crímenes se llevaron a cabo justo como el descrito en *La joya robada*. ¡Intentaste grabarme con un bolígrafo! Nos movimos rápido después de eso, adivinando que nos habías descubierto.

—¡Pusiste micrófonos en mi apartamento la noche de tu fiesta en el Ritz!

Sacudió la cabeza.

—No, había micrófonos ocultos mucho antes. Os llevamos a todos allí aquella noche para que Ben y Jerry pudieran registrar tu casa sin que nadie se diera cuenta. Pensaron que la máquina de escribir estaba escondida allí, por algo que Lilou había dicho de pasada. Era una posibilidad remota, pero pensamos que finalmente tendríamos la oportunidad de buscar bien sin que hubiera un alma allí.

—¿Cómo te las arreglaste para poner un micrófono hace meses si siempre había alguien allí? —Tan pronto como las palabras salieron de mi boca me di cuenta—. ¡Henry es uno de vosotros! —¡Ese artero surfista de sofá! Sabía que había estado hurgando entre mis cosas en busca de algo. ¡Pruebas!

—Lo es.

—¡Profanaste cada faceta de mi vida! ¡*Maman* y mi hermana estarán dolidas! —Mi voz se alzó, y se quebró vergonzosamente. Todo era mentira—. ¿Lo sabe Lilou?

—No lo sabe con seguridad, pero creo que ha tenido sus sospechas, por lo que hemos escuchado en sus llamadas telefónicas.

—Esto es demasiado, Tristan.

¿Qué pensaría mi pobre hermana? Era una traición, no cabía duda. ¿Qué clase de persona simula salir con alguien de forma despiadadamente calculadora solo para infiltrarse en su vida?

—¿Por qué me robaste el bolso en el metro?

—¿Nunca te has preguntado cómo Joshua sabía siempre dónde estabas y qué estarías haciendo?

Dios, esto era como el argumento de una película de espías..., excepto que era real, y mis sentimientos estaban más que heridos. Los dos hombres a los que había entregado mi corazón eran manipuladores.

—¿Así que mi bolso estaba pinchado?

—Sí, por él, y después del viaje en metro por nosotros. Luego nos imaginamos que con tu gran charla sobre un diamante que rivalizaría con el diamante Hope, que fue muy inteligente, por cierto, mordería el anzuelo. Y lo hizo. En realidad nos ayudaste, ¿sabes?

—Aun así, todo el tiempo querías meterme en la cárcel...

—Podría decir lo mismo de ti, Anouk. Tú también pensaste que era yo todo el tiempo.

Me quedé boquiabierta.

—Bueno, todas las señales apuntaban hacia ti. Y no me disuadiste, ¿verdad? ¡Yo te habría advertido! ¡Esa es la diferencia! ¡Estabas dispuesto a encerrarme!

—Quería que hablaras. Incluso cuando supimos que no eras tú quien cometía los robos, pensamos que podrías haber participado. Sabíamos que no los hacía solo, y tú seguías diciendo todas esas tonterías. Era como si quisieras que te pillaran.

—¿Tonterías? ¡Estaba intentando que hablaras!

—Lo sé, lo sé. Casi estropeo todo el caso por lo que sentía por ti. Mi superior me envió de vuelta a América para calmarme, con instrucciones estrictas de no volver a besarte. Lo vieron todo y supieron que había ido demasiado lejos. Quería decirte que huyeras, pero a mí también me vigilaban.

Le miré a la cara. Sus ojos se llenaron de inquietud.

¿Nos habían estado espiando todo el tiempo?

—Pero... no me dijiste que corriera.

—Mi trabajo es atrapar criminales. Y ahora lo tenemos. Pensé que estarías feliz, Anouk. Ahora tus antigüedades se quedarán en Francia, como querías. Tenemos las joyas Cartier. Parece que estaban demasiado calientes para venderlas, eran demasiado conocidas. Tenemos fe en que también recuperaremos el resto de objetos.

—¿Puedo irme? —dije, odiándome por el quiebro en mi voz.

Estaba abrumada y quería huir. Tal vez debería haberme alegrado de que Tristan no fuera el malo, pero me sentía ultrajada: mi apartamento intervenido y registrado, mi hermana también atrapada en un falso romance... Por no hablar de mí. Sentía algo por Tristan y, una vez más, todo era una farsa. Aunque fuera el bueno, también estaba rompiendo un corazón. ¿Esta gente no tenía decencia? Entraban en tropel, ponían trampas y se iban, sin importarles la destrucción que causaban a su paso.

—Puedes irte, pero pensé que podríamos...

—No, Tristan, solo quiero ir a casa. Aunque mi casa no es ya el santuario que fue una vez, ¿verdad?

En el fondo sabía que Tristan solo hacía su trabajo, pero no podía evitar la sensación de que toda mi vida había sido expuesta ante una sala llena de investigadores. Parecía la peor de las traiciones.

Antes de irme, me volví hacia él.

—Quiero que quiten los micros y cualquier otra cosa que hayas puesto en mi casa.

Él asintió con la cabeza, su cara volvía a ser una máscara de profesionalidad, como si hubiera pulsado el interruptor y estuviera terminando este trabajo y listo para pasar al siguiente.

—Claro. Haré que lo hagan ahora mismo.

Exhausta, subí al coche y me quedé mirando al frente. Madame no dijo ni una palabra, intuyendo mi necesidad de silencio. Al llegar a mi apartamento, me dio unas palmaditas en la rodilla.

—Dion me lo ha contado —dijo finalmente—. Es un *shock*, Anouk. Pero con el tiempo creo que lo entenderás. Estaba haciendo lo correcto.

Me tragué un nudo en la garganta.

—Pero, Madame, todo era mentira, igual que con Joshua. Una vez más fui un peón, utilizada por un hombre. Ahora tiene sentido que siempre estuviera allí cuando yo tenía problemas: me seguía todo el tiempo, para conseguir suficientes pruebas y arrestarme.

—Si te sirve de algo, creo que debe sentir algo por ti. Dion me dijo que enviaron a Tristan a América como castigo porque casi arruina la investigación por acercarse demasiado a ti.

—Sí, probablemente se supone que no debe besar al principal sospechoso —dije con amargura.

Me invadió la rabia al recordar que nuestras conversaciones privadas, que nunca habían sido privadas, eran escuchadas por una sala llena de gendarmes.

—Necesitas pensar largo y tendido sobre todo esto, Anouk. Las cosas se verán mejor por la mañana, siempre es así.

Manteniéndome rígida, asentí con la cabeza, incapaz de encontrar la energía para discrepar.

28

Podía considerarse macabro, pero cuando quería pasar un rato a solas visitaba el cementerio del Père-Lachaise. En cuanto a lugares de descanso, era verde y exuberante, con jardines bien cuidados y césped y caminos inmaculados. No podía resistirme a estar en un lugar donde podría tropezarme con los fantasmas de tiempos pasados.

Sentada en un banco, mirando hacia las colinas, reflexioné sobre las últimas semanas. Como había predicho Madame, las cosas no parecían estar tan mal, pero seguía dolida por la falsedad de Tristan y mi confianza, la poca que me quedaba, estaba completamente destrozada.

Me resonaban en la cabeza tantas preguntas..., pero no contestaba a sus llamadas para hacérselas. ¿Era todo su pasado una invención? Debía de serlo. Y allí había estado yo, con los ojos brillantes, empapándome de cada palabra. El enfrentamiento que tuvo con Joshua en nuestro primer encuentro debía de estar planeado. El beso de Saint-Tropez, planeado. ¿Se estaban riendo de mí? «Mírala morder el anzuelo, ¡y tan fácilmente!».

Lilou había aceptado con gracia el hecho de salir con un investigador encubierto. Seguían siendo amigos y ella no le guardaba rencor. En cambio, estaba fascinada e interrogaba a Henry sobre su técnica, cómo la había encontrado y cómo había conseguido que pasara lo que pasó después. Fui testigo de su conversación mientras él empaquetaba sus cosas y se marchaba de mi apartamento, con Lilou despidiéndole alegremente. Cuando más tarde le pregunté si se sentía utilizada, se echó hacia atrás sorprendida y dijo:

—¡No, me siento importante! Sin mí, no habrían atrapado a Joshua tan rápido. Y siempre tendré debilidad por Henry. Seguiremos viéndonos cuando esté en París. No es el final, pero los dos tenemos otras cosas que resolver ahora.

Me dejó boquiabierta. Se había quedado tan tranquila. El hombre la había elegido porque era mi hermana y era una forma de entrar en mi apartamento para espiarme. Pero a Lilou no pareció importarle, y me soltó el viejo refrán:

—En la guerra y en el amor todo vale. —Y se marchó canturreando.

Quizá yo era la rara. Incluso *maman* había tratado de hacerme entrar en razón. Insistió en que Tristan estaba salvando el mundo, antigüedad a antigüedad. Pero yo me había negado a escuchar. De ahí mis muchas incursiones al Père-Lachaise en el calor pegajoso del día para estar sola, excepto por algún fantasma que eligiera sentarse a mi lado.

Los días se hacían interminables a medida que se acercaba el final del verano. Estaba pensando en alargar las vacaciones, tal vez para ocultar mi rostro durante un tiempo, pero los investigadores me habían dicho que no saliera de Francia, ya que habría un juicio contra Joshua y yo formaría parte de él. Tendría que volver a verlos a todos, no tenía elección, y eso me irritaba. Una vez más, otros hombres decidían mi destino. Al menos esta vez Joshua sería castigado como correspondía.

Mi teléfono vibró, interrumpiendo mi ensoñación.

—*Maman?*—respondí en voz baja, respetuosa con los muertos y el lugar donde descansaban.

Se oyeron sollozos y luego un gemido agudo.

—*Maman*, ¿qué pasa?

—Tu padre... Él... Él es... —Se le saltaron las lágrimas—. Han llamado del hospital. Ha tenido un infarto. Ven enseguida.

Sentía que la sangre se me escapaba del rostro.

—¿Está... bien? —La culpa se abalanzó sobre mí. Había estado tan absorta en mí misma que hacía tiempo que no pensaba en mi padre.

—Nos han dicho que está crítico.
Sentí una presión en el pecho. ¿Crítico? ¿Mi grande y fuerte padre?
—No te preocupes, *maman*. Ya voy. Vamos a verle inmediatamente.
Veinte minutos después, un taxi me dejó en mi apartamento. Subí los escalones de dos en dos y prácticamente caí en los brazos de *maman* al abrir la puerta principal.
—¿Dónde está Lilou? —pregunté.
Maman se retorció las manos.
—Se ha ido en tren. Quería verte primero, pero se ha ido ya, para que así al menos una de nosotras estuviera de camino. Por favor, debemos darnos prisa. —*Maman* se puso un abrigo y se colgó el bolso al hombro—. No te enfades, pero he llamado a Tristan y se lo he explicado. Ha organizado un avión privado para nosotros. Llegaremos antes.
Palidecí. ¿Lo había llamado y se lo había dicho? No quería que ninguno de ellos se metiera en nuestra vida privada. No se podía confiar en que no usaran nada para su propio beneficio.
—*Maman*!
Se mantuvo firme.
—Anouk, sé razonable. Tardaremos casi todo el día en llegar en tren; esto nos llevará una hora y pico. Venga —me ordenó—, hay un coche esperando abajo para llevarnos al aeródromo.
Quería negarme, pero ¿cómo iba a hacerlo? Era una bendición, de verdad.
—Por favor, vayamos con *papa* —dijo—. Nada más importa.
Ben y Jerry, o lo que es lo mismo, los detectives Dean y Morris, nos esperaban en el coche. Nos llevaron a un aeródromo en las afueras de París y nos ayudaron a subir a un pequeño avión. *Maman* fue efusiva en su agradecimiento, pero yo permanecí en silencio. Estaba agradecida de que nos reuniéramos con *papa*, pero quería dejar atrás todo esto.
Maman y yo nos cogimos de la mano mientras el avión rodaba por la pista de despegue. Cerramos los ojos, sumidas en nues-

tros pensamientos, incapaces de expresar nuestra preocupación. ¿Qué clase de hija era yo? *Papa* había dicho que no se encontraba bien y yo lo había atribuido a una llamada de atención. Si le hubiera escuchado... El remordimiento me atormentaba mientras el avión despegaba.

El pequeño hospital del pueblo funcionaba con personal escaso. Cuando llegamos, corriendo y buscando ayuda desesperadamente, una enfermera se nos acercó.

—¿Anouk?

—*Oui* —respondí, preguntándome cómo sabía mi nombre.

Debió leer la confusión en mi cara y dijo:

—Un tal Monsieur Riley llamó y nos dijo que la esperáramos.

—¿Riley...? Oh, Tristan. —Claro que Tristan Black no era su verdadero nombre. Alejé ese pensamiento—. ¿Dónde está *papa*? ¿Cómo está?

Maman me cogió la mano con fuerza y asintió mirando a la enfermera, aún incapaz de hablar.

—Está estabilizado —explicó—. El especialista acaba de volver y le ha dado más medicación. Lo mejor es no ponerlo nervioso, hablar bajo y dejarlo dormir. Ha mejorado, pero las próximas veinticuatro horas son críticas.

Asentimos pesarosas y la seguimos hasta una pequeña habitación donde yacía el cuerpo de mi padre. Dormido, con los cables sobresaliendo de debajo de la manta, parecía diminuto, más pequeño que el hombre robusto que yo conocía. Tenía la cara gris, un tono más oscuro que la barba plateada.

Me tragué las lágrimas, no quería derrumbarme delante de *maman*; sabía que teníamos que ser fuertes.

Estábamos junto a su cama, con el sonido de las máquinas y el traqueteo de la respiración agitada de *papa*. Lo único que era igual eran sus manos: grandes y sólidas manos de obrero, llenas de cicatrices del duro trabajo, extendidas sobre la cama. Le cogí una y *maman* la otra. Las lágrimas le caían por las mejillas y a mí se me anegaron los ojos. No hablamos, solo escuchamos los pitidos y soplidos de las máquinas que mantenían vivo a *papa*.

Pensaba en Lilou y esperaba que llegara pronto. Imaginaba cómo se sentiría ella, apretujada y siendo empujada en el tren... Un viaje interminable tratándose de una emergencia.
Me senté con cuidado en el borde de la cama y esperé.

El amanecer se asomó a través de las cortinas con suaves tonos ámbar y la promesa de un cielo azul, mientras la noche se escapaba una vez más. La enfermera le examinaba cada hora, comprobaba sus constantes vitales y le administraba medicación mientras nosotros seguíamos en silencio. De vez en cuando, *papa* gemía y nos sobresaltaba, pero luego se callaba. ¿Seguía sufriendo? Me dolía pensar en su pérdida.
Dentro de un sueño, su corazón luchaba por latir.
Unos pasos rápidos resonaron en el pasillo y un médico que parecía demasiado joven para tener experiencia entró en la habitación.
—*Bonjour*—dijo.
Saludamos en un murmullo y yo me moví para hacerle sitio.
El aire se volvió denso mientras esperábamos noticias.
El médico revisó el historial de *papa* y entrecerró los ojos mientras leía. El corazón me latía rápidamente mientras intentaba descifrar lo que significaba su expresión.
—¿Se pondrá bien? —pregunté con la voz entrecortada.
Con el expediente cerrado, el médico sonrió.
—Ya ha pasado lo peor, por ahora está estable. Le harán más pruebas en los próximos días y le mantendremos con la medicación que le adormece para que su corazón se recupere. Pero, en general, creo que está tan bien como cabría esperar en tales circunstancias.
Dejé escapar un audible suspiro de alivio y *maman* sollozó entre sus manos. El médico sonrió, y lo tomé como una buena señal.
—Necesitaremos un cardiólogo que le haga pruebas exhaustivas. Cuando pueda viajar, organizaremos su traslado. Hablarán con ustedes sobre el plan de cuidados a largo plazo. Pero yo diría

que tiene que hacer una serie de cambios en su estilo de vida para evitar que esto vuelva a ocurrir.

—¿Como cuáles? —pregunté.

—Comidas sencillas, menos mantequilla, menos nata. Tiene que hacer ejercicio, perder algo de peso... para que su corazón aguante mejor.

Los ojos de *maman* se abrieron de par en par.

—Quizá debería decírselo cuando se despierte. —Su rostro esbozó una sonrisa—. Le encanta la comida.

El médico se rio.

—Me doy cuenta. Aún puede comer bien; solo hay que hacer algunos cambios. Raciones más pequeñas y bajas en calorías. Tendrá citas de seguimiento conmigo para que no pueda hacer trampas.

Era como si me hubiera quitado un peso de encima. El médico hablaba del futuro, un futuro con *papa*. Envié un silencioso agradecimiento al universo.

—¿Cuánto tiempo cree que necesitará para recuperarse? —preguntó *maman*.

El médico se encogió de hombros.

—Tendremos que esperar y ver, pero tendrá que tomarse las cosas con calma. ¿Tiene a alguien que lo cuide? La enfermera dijo que ambas volaron desde París...

—Estaré aquí —dijo *maman*—. Solo estaba visitando a mi hija. Cuando se recupere, nos mudaremos a París para estar más cerca de la familia —dijo con fervor.

—¿Te vas a mudar? —pregunté. Era la primera noticia que tenía.

—Los dos —dijo—. *Papa* aún no lo sabe, pero es donde quiero estar. Esto lo demuestra. Podemos pasar nuestro ocaso paseando por los Campos Elíseos o navegando por el Bois de Boulogne. Ni siquiera notará que está haciendo ejercicio. Un pequeño apartamento en el Barrio Latino nos vendrá bien a los dos. Mis amigos cocineros podrán venir a visitarme... —Se encogió de hombros como si no fuera para tanto.

Luché contra las ganas de abrazarla. Estaba tan orgullosa de la persona en que se había convertido...

El médico garabateó algunas notas en el expediente.

—Si eso es lo que piensa hacer, parece posible. Le veré durante las próximas semanas y luego le pondré en manos de otro médico en París para las visitas de seguimiento. Un estilo de vida más relajado es crucial, y si puede encontrarlo en otra parte, adelante.

—*Merci* —dijo *maman*—. Una vez que esté lo suficientemente fuerte, nuestra nueva vida comenzará.

—Debería despertarse pronto. Estará adormilado, así que nada de emociones. Volveré más tarde para ver cómo está.

El médico hizo algunas comprobaciones más y sonrió de nuevo antes de salir de la habitación.

Maman y yo intercambiamos miradas de gratitud.

—Pensé... —Mis palabras se apagaron. No podía decir nada más por miedo a gafarlo y que pasara algo malo.

—Yo también lo pensé —dijo ella—. Pero es fuerte. Y a partir de ahora, yo estoy al mando y él me hará caso. No me va a dejar así, sola, no va a tener la última palabra. *Non, non, non.*

Le dediqué una amplia sonrisa. La puerta se abrió de golpe y entraron Lilou y Henry. ¿Por qué estaba él aquí? Lilou tenía la cara marcada por la falta de sueño y los ojos brillantes por las lágrimas.

—Ve a sentarte a su lado —le dije—. El médico acaba de estar y nos ha dicho que ya ha pasado lo peor.

Rompió a sollozar ruidosamente. Entre sollozos y lamentos, dijo:

—¿No se va a morir?

El viaje había debido de ser duro. Le temblaban las manos y no podía dejar de llorar.

—Ven aquí —dijo *maman*, y Lilou se acercó a ella, permitiendo que *maman* la abrazara como cuando éramos niñas, con la cabeza sobre su pecho.

Maman le acarició la espalda y dejó que Lilou expulsara la pena que había estado conteniendo.

—No se va a ir a ninguna parte. Pero va a tardar en recuperarse y tenemos que tenerlo en cuenta.

—¡Dios mío, se va a poner bien! —Se acercó a *papa*, se tumbó en la cama y abrazó su cuerpo dormido.

Henry se quedó de pie a un lado de la habitación, rígido y firme como un soldado de juguete.

—Lo siento —dijo a la habitación en general.

—No lo sientas —le dijo Lilou—. Se va a poner bien. Lo noto en mi corazón.

Se atrevió a mirarme y se encontró con una mirada asesina.

—Henry quería venir —dijo Lilou, sentándose junto a *papa* y cogiendo una de sus manos entre las suyas.

—Qué amable —dije fríamente, consciente del escrutinio de Henry.

Se volvió hacia mí.

—Es buena persona, Anouk. Y también Tristan.

—¿Quién lo dice?

Frunció el ceño.

—Anouk, ¿en serio? ¿No te alegras de que hayan cogido a Joshua?

Me encogí de hombros.

—Voy a por café.

Salí a trompicones de la habitación y me dirigí a la pequeña cafetería en busca de una taza de café bien cargado. Mis pensamientos zigzagueaban entre el alivio por lo de *papa* y la furia por la doble vida de Tristan. En el fondo, sabía que solo estaba haciendo su trabajo, pero ¿tenía que incluir besarme en su investigación? Era como si tuviera un cartel de neón en la cabeza que dijera «Aprovéchate de mí». No quería pensar en nada de eso mientras *papa* yacía en la cama del hospital.

En lugar de ceder a la angustia, pensé en todo lo que tendríamos que hacer para llevar a *papa* sano y salvo a París cuando se recuperara. Tendrían que vender la casa, el coche, el negocio de *papa*... y encontrar un bonito apartamento en un barrio relativamente humilde.

Me concentraría en mi familia y olvidaría que Tristan alguna vez existió. Había mucho que considerar sobre la mudanza y especialmente ahora, teniendo en cuenta la salud y los cuidados a largo plazo de *papa*.

Llevando el café hacia a la habitación, casi me arrollan un grupo de médicos que pasaba a toda prisa, al grito de *Excusez-moi!*

Me apoyé en la pared para dejarles pasar. Las enfermeras les seguían rápidamente. Cuando entraron en la habitación de *papa*, se me aceleró el corazón. Sin pensarlo, solté el vaso y corrí tras ellos. *Maman* y Lilou estaban abrazadas, con los ojos muy abiertos por el susto.

Los médicos estaban inclinados sobre mi padre, trabajando furiosamente con las palas.

—¿Qué ha pasado? —pregunté, aunque ya sabía la respuesta.

Nadie hablaba mientras veíamos cómo intentaban reanimar a *papa*, con su cuerpo fuerte como un toro, lanzado hacia arriba por la fuerza de la descarga que le estaban dando para poner en marcha su corazón.

Henry estaba al otro lado de la puerta, hablando por teléfono. Hablaba bruscamente con alguien en voz baja.

—Dijiste que llamara. Iba a hacerlo, pero acaba de sufrir otro infarto... —Hizo una pausa y escuchó a quien estaba al otro lado—. Sí, necesitan un especialista aquí urgentemente, o si no... Si se estabiliza, lo llevan a París... Sí. De acuerdo. ¿Cuándo? Se lo diré. —Colgó el teléfono.

Era como estar atrapada en una pesadilla. Los médicos hablaban rápidamente entre ellos y le hacían compresiones en el torso. ¿Se estaba muriendo? Se me llenaron los ojos con lágrimas de dolor y de impotencia.

Henry vino detrás de mí.

—Era Tristan. Ha encontrado un cardiólogo, uno de los mejores, ha dicho. Lo está trayendo ahora mismo. —Asentí en silencio.

¿*Papa* podía esperar tanto? ¿Qué podría hacer el cardiólogo que estos médicos no pudieran? Me uní a *maman* y Lilou. Nos apoyamos en la ventana y nos cogimos de la mano. Lo único que podíamos hacer era esperar y confiar en que el cardiólogo tuviera algún cura mágica. «¡Date prisa, por favor!».

Por mi mente pasaron miles de hipótesis. Y si le hubiera escuchado... Y si le hubiera hecho visitar París antes... «Y si» quizá sean las dos palabras más tristes del mundo...

Casi dos horas después, estábamos muertas de la preocupación mientras *papa* apenas se aferraba a la vida cuando Tristan entró con un hombre mayor muy serio. El hombre se presentó como el doctor Carmichael y se dirigió directamente a *papa*. El otro equipo de médicos entró y habló en voz baja mientras el doctor Carmichael asentía con la cabeza.

—Vamos a trasladar a tu padre a cirugía —dijo el doctor Carmichael—. Vamos a hacer todo lo posible.

No había tiempo de hacerle preguntas. Le dimos las gracias y vimos cómo movían rápidamente las máquinas y ordenaban los cables para poder sacar la cama.

Maman se inclinó y susurró algo a *papa* al oído. Le besó suavemente en la frente, mientras Lilou y yo esperábamos para hacer lo mismo.

—*Je t'aime*, papa. —Su piel era cálida al tacto y olía al jabón de lavanda que usaba.

Me aparté y me tapé la boca con las manos, como si así pudiera evitar que la angustia se desbordara. ¿Y si nunca volvía a besar su cálida mejilla? ¿Coger esas manos grandes y robustas de *papa*? Alejé aquel pensamiento, en su lugar, pensé en él despertando, en prepararle una sopa mientras se recuperaba. Se mudarían a París y todos cuidaríamos de él.

Empujaron la cama y las máquinas y las sacaron fuera de la habitación. El espacio vacío que dejó era casi grotesco, como si de verdad se hubiera ido para siempre.

Tristan me hizo un gesto para que saliera y, aunque quise ignorarlo, no podía, después de lo que acababa de hacer. Tenía la mandíbula apretada, como si estuviera nervioso.

—El doctor Carmichael es el mejor en su campo. Tiene su propio equipo con él, y se siente seguro por la información que tiene de que puede salvarlo. Voy a quedarme aquí por si necesita algo más.

—Gracias. —Las palabras se evaporaron mientras le miraba fijamente a los ojos, con mi dolor reflejado en ellos.

—Lo siento mucho, Anouk. Por todo.

—Lo sé. —Habría sido grosero expresar mis opiniones, así que me callé. Y, en realidad, ¿a quién le importaba? De repente, todo parecía tan insignificante. Todo lo que quería era que mi padre tuviera una oportunidad más en la vida.

—Se va a poner bien. Haremos que así sea. —Los ojos de Tristan se nublaron—. Mis padres... —Tragó saliva con dificultad—. No pude llegar a tiempo. Se habían ido... y yo llegué demasiado tarde. Pero esta vez las cosas serán diferentes. Lo que necesite, lo conseguiremos...

Mi corazón se partió en dos. Para él era como revivir su pesadilla personal; aun así, lo había hecho, había intentado valientemente salvar a mi padre, cuando podría haber dado por terminada su investigación y... marcharse.

—Lo que has hecho lo apreciamos más de lo que puedo decir con palabras.

—Tengo un montón de cosas por las que disculparme ante tu familia una vez que las cosas se hayan arreglado.

El cansancio se apoderó de mis extremidades. Quería sentarme y esperar. No quería pensar en nada más.

—Voy a la sala de espera a tumbarme un rato. Pero gracias de nuevo.

Levantó las cejas.

—Sé que no es el momento adecuado, pero ¿me perdonarás alguna vez? Me gustaría que fuéramos amigos, o...

El mundo real se estrelló contra mi subconsciente.

—¿No te vas ahora? ¿De incógnito otra vez y despertar en Brasil o un sitio así?

No tenía sentido ofrecer amistad cuando lo que teníamos se basaba en una mentira.

No sabía absolutamente nada del rubio que tenía delante. Y no creía querer saberlo.

La confianza era importante, y él la había roto de muchas

maneras diferentes. Para protegerme tenía que alejarme. Era la decisión correcta. Mientras me alejaba, el corazón me pesaba. ¿Por qué tenía que doler tanto?

29

Unas semanas más tarde estaba de vuelta en París, esperando ansiosamente la llegada de mis padres. La operación de *papa* había sido un éxito, pero seguía en reposo. El médico aprobó su viaje con la condición de que no se moviera mucho cuando llegara. Tenía muchas ganas de verlos y de ayudar a *maman* a buscar un piso de alquiler. Su casa estaba en venta, pero el mercado inmobiliario de su pueblo no era precisamente próspero, así que mientras tanto buscarían un piso de alquiler en el Marais, el barrio que a *maman* le encantaba por sus mercados de alimentos frescos y su estilo bohemio.

Llamaron a la puerta y corrí a abrir. En lugar de mis padres era un mensajero con una gran caja.

—¿Anouk?

—*Oui.*

—Una entrega.

Cogí la caja, que pesaba más de lo que parecía, y la abrí.

Dentro estaba la máquina de escribir de Henry Miller por la que habíamos discutido en el mercadillo del Sena. Tal vez no había sido la que utilizó el Bandido de las Postales, después de todo, y agradecí que sus sucias zarpas no estropearan el legado de Henry Miller. Tenía un trozo de papel puesto con una frase pulcramente mecanografiada: «Te echo de menos».

Era una sensación agridulce. Yo también le echaba de menos. El paquete no tenía remitente, así que no podía devolverlo... La dejé sobre la mesilla y suspiré. ¿Sería capaz de olvidar alguna vez aquellos brillantes ojos azules...?

Lilou llamó desde el balcón.

—Vamos a dar un paseo antes de que lleguen. Tengo los nervios a flor de piel.

Me reí, dispuesta a distraerme de la máquina de escribir, y la seguí hacia el espléndido día. El verano ofrecía un buen espectáculo. El aire estaba perfumado con las flores que rebosaban en las jardineras de los balcones. Claveles rojos, narcisos amarillos y abundantes rosas nos saludaban a cada paso.

Lilou llevaba un vestido de rayas blancas y negras que se movía alrededor de sus muslos. Una empresa estadounidense había hecho un pedido de sus pulseras *Je t'aime*: eslabones de plata unidos con un minicandado en homenaje al puente de los Candados, que ya no existía. Yo llevaba una con orgullo en la muñeca, porque me encantaba lo que significaba. Siempre había pensado que mi hermana necesitaba que la guiaran, que la ayudaran a fijarse metas, pero yo no la había escuchado. Sabía que encontraría su camino, del mismo modo que sabía que algún día encontraría el amor adecuado, y no se conformaría con nada que no fuera lo mejor. Pero mientras tanto vivía realmente su vida, disfrutando cada minuto de cada día.

—¿Adónde vamos? —pregunté.

—¿Un helado en el pasaje Dauphine?

—*Oui*. Me encanta.

El pasaje Dauphine era un callejón empedrado de la Rue Dauphine. El paisaje urbano era precioso. Con nuestros tacones, tropezábamos con las piedras desiguales, levantamos la vista para contemplar la hiedra que trepaba por las toscas paredes. Era un lugar de postal, con numerosos bistrós y cafés que nos encantaban, incluido uno que vendía helados artesanos en verano. Cuando el helado se prepara correctamente con los mejores ingredientes, no se parece en nada a las marcas azucaradas de supermercado que se encuentran por todas partes. Era uno de los mayores placeres de la vida, tomarse tiempo para disfrutar de la magnificencia del verano con algo que te refrescara.

—Tristan sigue preguntando por ti. No va a parar —dijo Lilou, volviéndose para ver mi reacción.

—No respondas. Es una forma de hacer que pare.

Lilou seguía siendo buena amiga de Henry, chateaban constantemente por correo electrónico y Skype, y a menudo le pasaba mensajes de Tristan.

Me miró como si yo no entendiera nada.

—Anouk, ¿no puedes darle una segunda oportunidad?

Las risas de los niños salpicaban el luminoso día y sus pasos resonaban entre los edificios.

—¿Para qué? No le veo sentido. —La mentira se me atascó en la garganta.

—¡Esa es la mayor tontería que he oído nunca! Has estado caminando por ahí con esos ojos húmedos y esa cara larga, como si todo tu mundo se hubiera venido abajo. No puedes mentirme porque puedo leerte como un libro.

Suspiré.

—Lilou, estaba todo listo para enviarme a la cárcel... ¿Quién le hace eso a alguien por quien supuestamente siente algo?

—Dijo que aquel día en el mercado, cuando os peleasteis por la máquina de escribir, te dijo que corrieras. Arriesgó su carrera diciéndote eso.

Pensé en aquel día. ¿Fue él? ¡Qué tonta había sido pensando que él era el ladrón!

—No lo recuerdo. Pero le estaba incitando a huir. ¿Y en qué me convierte eso? En una hipócrita en el mundo de las antigüedades.

—¿Así que dejarías que el primer hombre que te quiere de verdad te perdiera por su trabajo, que es proteger antigüedades, las cosas que tú más quieres?

Llegamos al café y cogimos una mesa delante.

—Él no me ama.

—Sí, se lo dijo a Henry. ¡Y Tristan ha renunciado a su trabajo! Así de fácil. Le han ofrecido trabajo de seguridad, en París. Gustave, el jefe de seguridad que tanto admiras, lo ha contratado porque el dueño sigue dejando el edificio sin cerrar. Así es como entraste esa noche.

Exhalé bruscamente.

—¿Por qué ha renunciado?

Me dedicó una sonrisa deslumbrante.

—¿Por qué crees tú?

—No puede renunciar y esperar que eso me haga cambiar de opinión.

Se encogió de hombros y cogió la carta del soporte de madera.

—Por lo visto —continuó—, es la primera vez que ha dejado que sus sentimientos se interpongan en su trabajo. Y eso ha sido su sentencia de muerte. Si no puede separar los dos mundos, no puede comprometerse como es debido. Es hora, dice, de una nueva vida, una vida de verdad.

Hice como que leía la carta. No quería que dejara su trabajo por mi culpa. ¿No había dicho que le encantaba su trabajo? Pero ¿era eso cierto, o solo parte de la historia de Monsieur Black, que en realidad era un personaje ficticio?

—Espero que sepa lo que hace —dije en voz baja.

¿Qué haría con su vida? Era una de esas carreras que pensaba que podrían hacer que una persona se sintiera perdida si tenía que renunciar a ella. ¿Cambiaría esto las cosas? Pedí mi helado, *violette*, y me pregunté quién era él, quién era realmente. El que perdió a sus padres, que no tenía hermanos, ni lazos, excepto ese trabajo, y ahora ni siquiera tenía eso... Tal vez podría crear el hombre que quería ser...

—Yo quiero el sabayón —dijo Lilou, dedicándole al camarero una sonrisa pícara—. Es guapo —añadió, viéndole alejarse—. Así que, si por casualidad ves a Tristan, ¿puedes ser amable? Salvó a nuestro padre, por si tengo que recordártelo. Realmente intervino cuando nadie más lo hizo. Eso lo convierte en un gran hombre a mis ojos.

De pronto caí en la cuenta; un intenso dolor se me instaló en el pecho.

—¿Le han despedido, Lilou? ¿Es eso lo que ha pasado? —Un destello de culpabilidad le cruzó las facciones—. Lilou, dime.

Suspiró dramáticamente.

—Se supone que no debo decírtelo, pero si es la única forma de llegar a tu corazón de acero, que así sea. Henry me contó que los superiores de Tristan dijeron que si utilizaba el avión por motivos personales, le despedirían. Bueno, él eligió usar el avión, ¡dos veces! Una vez para llevarte allí, y la segunda para enviar al cardiólogo, al que tuvo que hacer un millón de favores para que accediera a ir. Sus jefes no estaban contentos, pero no pudieron detenerlo. Entonces dimitió. Henry me dijo que cuando tiró su placa tenía una enorme sonrisa en la cara, como si estuviera libre de esa vida y estuviera condenadamente feliz por ello. Pero eras tú. Estaba pensando en ti y en lo que podría ser.

—No puedo creer que hiciera eso por nosotros... —Una cosa era renunciar, pero elegir dejar una carrera para salvar la vida de alguien, bueno, eso era algo totalmente distinto.

De vuelta en casa, una hora más tarde, llegaron nuestros padres. *Maman* entró por la puerta empujando la silla de ruedas, con algunos golpes y gritos de «¡Cuidado!» de *papa*. No la necesitaba mucho tiempo, solo el suficiente para recuperarse y reducir al mínimo cualquier esfuerzo. Después de saludos efusivos y muchos abrazos, *maman* y yo salimos a ver algunos apartamentos. El primero era demasiado pequeño, en realidad un estudio, en la parte alta del Marais.

—*Maman*, no cabría la silla de ruedas aquí.

El siguiente era más grande y mejor, se adaptaba a sus necesidades, pero el agente inmobiliario dijo que habían tenido mucho interés y la gente ofrecía ahora por encima del precio anunciado.

—Seguiremos buscando —dijo *maman*.

El tercer apartamento daba al Museo Carnavalet y a sus cuidados jardines. El balcón salía del salón y era lo bastante ancho para que *papa* pudiera salir en la silla de ruedas y tuviera espacio suficiente para girar.

Las balaustradas estaban llenas de macetas colgantes, listas para que *maman* hiciera su magia, hundiendo las manos en la tierra fértil, plantando hierbas y verduras de ensalada para su cocina.

—Esta es, Anouk. La cocina es perfecta. Esta isla en la cocina es lo suficientemente grande para que los chefs se sienten alrededor...

No podía ocultar mi sonrisa. *Maman* estaba sonrojada de felicidad.

—Es precioso; el sol de la tarde entra a raudales. Cuando *papa* esté recuperado, ¿por qué no piensas en abrir una escuela de cocina? ¿Algo tipo *boutique*?

—¿Crees que yo podría hacerlo? ¿Y los que se han formado en pastelería y alta cocina, cosas de las que sé poco? Probablemente me considerarían una impostora —exclamó, pasando la mano por el granito liso de la encimera.

—*Non, maman*, tú atiendes a una clientela diferente. A los que quieren aprender las técnicas tradicionales, las mejores técnicas para las comidas diarias, comidas familiares, comidas para celebraciones...

—Cuando *papa* esté mejor...

Ella lo haría. Ahora sabía reconocer la tranquila determinación de las mujeres de mi familia.

—¿Tienes el contrato? —preguntó *maman* al agente inmobiliario que había estado al teléfono fuera.

—*Maman* —le dije—, ¿no quieres ver más primero?

—Tengo sesenta años, Anouk. No tengo tiempo que perder. —Soltó una carcajada que resonó en toda la habitación.

Los días largos y calurosos cansaban a *papa* con facilidad. Incluso en reposo, estaba cansado, así que nos esforzamos por no hacer ruido y andar de puntillas por el apartamento mientras organizábamos su nueva vida en París.

Los de la mudanza habían llevado las cajas a su nueva morada y habíamos quedado con ellos para desembalar, luego volver a por *papa* para que pudiera pasar de una cama a otra.

Era tan divertido tener a *maman* aquí, feliz, haciendo planes... Me moría de ganas de que *Papa* se pusiera mejor para que pudiera disfrutar también de París.

Bajaba las escaleras cargando una caja con objetos delicados. *Maman* no confiaba a nadie sus utensilios de cocina, así que tuvimos que llevarlos en taxi, las ocho cajas.

Dejé la caja con cuidado sobre la acera y me arqueé, estirando los músculos. Contaba los minutos que faltaban para tumbarme en mi *chaise longue* y disfrutar de una copa de vino frío.

—¿Te mudas? —Sentí un cosquilleo en el cuerpo y me giré para mirarle.

El verdadero Tristan llevaba unos vaqueros desgastados y una camiseta blanca ajustada. Parecía más joven, quizá porque estaba un poco más despeinado. El pelo al viento y el atuendo informal le sentaba bien.

—No, yo no. *Maman* y *papa* se mudan al Marais —dije, luchando por mantener la voz bajo control.

Era impresionante mirarle. ¿Cómo había podido olvidar su presencia? Mi cuerpo me traicionó. Sentía mis piernas gelatinosas, mis manos temblaban de nervios...

—Quería visitarlo y ver cómo estaba, pero pensé que era mejor preguntarte a ti primero. —Me dedicó una media sonrisa, mostrando sus hermosos dientes blancos.

—Va muy bien. Unas semanas más y se estará recuperado. —Le miré, no pude contenerme—. Tristan, sé que perdiste tu trabajo por lo que hiciste. Lo siento mucho. Sé, bueno, creo, que te encantaba tu trabajo. Me siento responsable.

Me hizo un gesto con la mano.

—He pasado los últimos quince años sin domicilio fijo. Eso pasa factura. Y cuando dejé que mis emociones se interpusieran en mi trabajo, supe que había tomado la decisión correcta.

—¿Y qué vas a hacer?

—Me pasaré el día perdiéndome por los bulevares y llevaré un sombrero friki, unas gafas de sol realmente feas, y luego, cuando acabe el verano, empezaré como jefe de seguridad en la Casa de

Subastas Cloutier. Gustave me ha estado enseñando cómo funciona todo. Creo que seré feliz allí.

—¿De verdad te vas a quedar en París para siempre? —Me quedé inmóvil, sin atreverme a respirar hasta oír su respuesta.

—Hay una chica... y ella no lo sabe, pero me ha robado el corazón...

Sonreí y le di un empujón juguetón.

—¿Robar? No creo que robe.

—Tienes razón en que no roba. —Se rio—. Pero si está dispuesta a darle una oportunidad al amor y dejar sus tazones de sopa acumulando polvo, creo que puedo ayudarla.

Oh, Dios, lo había oído todo y, aun así, quería estar en mi vida, con mis rarezas y todo. ¿Podría entregar mi corazón? ¿Otra vez? ¿Y si se rompía? Mirando fijamente los ojos azules de Tristan, pensé que tal vez podría intentarlo. La vida era para vivirla, y además, gracias a lo que había hecho Tristan, *papa* había tenido una oportunidad. Sentí que algo parecido a la esperanza se apoderaba de mí.

—Tal vez la chica podría darte una oportunidad. Nunca se sabe.

Entonces me abrazó y me besó hasta dejarme sin aliento.

Epílogo

Durante los meses siguientes, los ojos de Tristan se iluminaban como estrellas cuando me veía, sus labios carnosos se movían porque quería besarme por todas partes. Me había rendido a la sensación de enamorarme. Era como saltar a un abismo. Me sentía ingrávida, con mariposas en el estómago y emocionada. ¿Cómo podía ser real? Nunca me había sentido tan profundamente enamorada. Algunos días no podía comer, mis nervios se agitaban y mis pensamientos se nublaban solo de pensar en él.

—¿Qué me dices? —dijo, dedicándome esa lenta sonrisa suya—. ¿Puedo finalmente gritarle al mundo que estamos enamorados?

Sonreí. A la luz de los acontecimientos, yo había mantenido nuestra relación en secreto e iba con cuidado, yendo despacio antes de lanzarme de golpe a esta embriagadora y apasionada aventura amorosa.

—Puedes gritárselo al mundo si quieres.

Con unas zancadas rápidas llegó al balcón y abrió las puertas de par en par.

—¡AMO A ANOUK! ¿Hay alguien ahí? Amo a Anouk, ¡y un día se casará conmigo!

Ahogué un grito.

—¡Olvidé lo americano que eres! ¡Aléjate de esas puertas ahora mismo!

Se echó a reír.

—Lo digo en serio —dijo, cogiéndome en brazos y asfixiándome a besos—. Un día me casaré contigo y podrás poner un anuncio de boda, el más grande y mejor que el de nadie...

Me mordí el labio para no reírme y dije con fingida seriedad:

—No estoy segura de tus descaradas formas americanas.
—Miraste a la izquierda.
—¿Y...?
—Eso significa que estás mintiendo...
—Te quiero...
—Miraste a la derecha...
—*Oui*, ¿qué significa eso?...
—Significa que me quieres.
—Un poco... mentiroso.

Me reí y apreté mis labios contra los suyos, deleitándome con el cosquilleo que me producía su contacto. Quería detener el tiempo y pasarme la eternidad besando al americano que me había robado el corazón, porque yo se lo había permitido.

Agradecimientos

Quiero dar las gracias a las mujeres de mi familia que, como Anouk y Lilou, me han demostrado lo que puede conseguir la determinación silenciosa. Sin su guía no sería la persona que soy hoy. Sé que todo es posible si crees en ti mismo.

Otros títulos de nuestra colección Harper+ por si quieres seguir leyendo

¡Cuidado con el lobo!
Potente y adictiva, esta recreación feminista
de Caperucita Roja es perfecta para
los fans de Stephanie Garber.

www.ingramcontent.com/pod-product-compliance
Lightning Source LLC
LaVergne TN
LVHW040134080526
838202LV00042B/2904